La mystérieuse affaire de Styles

Collection de romans d'aventures
créée par Albert Pigasse

Agatha Christie

La mystérieuse affaire de Styles

Traduit de l'anglais par Thierry Arson

ÉDITIONS DU MASQUE
17, rue Jacob, 75006 Paris

Titre de l'édition originale :

THE MYSTERIOUS AFFAIR AT STYLES

ISBN : 978-2-7024-3318-8

À ma mère

1

JE ME RENDS À STYLES

Le vif intérêt que suscita dans le public ce qu'on appela, à l'époque, « L'Affaire de Styles », est aujourd'hui quelque peu retombé. Cette histoire connut néanmoins un tel retentissement que mon ami Poirot et la famille Cavendish elle-même m'ont demandé d'en rédiger le compte rendu. Nous espérons ainsi mettre un terme aux rumeurs extravagantes qui continuent de circuler.

Je vais donc relater, sans m'étendre, les circonstances qui me valurent de m'y trouver mêlé.

Blessé et rapatrié du front, on venait de m'accorder — à l'issue d'un séjour de quelques mois dans une maison de repos plutôt sinistre — un mois de permission. Sans parents proches ni amis, je me demandais ce que je pourrais bien faire lorsque je rencontrai par hasard John Cavendish. Je l'avais quasiment perdu de vue depuis des années. En réalité, je ne l'avais jamais beaucoup fréquenté : bien qu'il ne parût pas ses quarante-cinq ans, il était de quinze ans mon aîné. Mais, dans mon enfance, j'avais effectué de nombreux séjours à Styles, la résidence de sa mère dans le comté d'Essex.

Nous bavardâmes assez longuement du bon vieux temps. Et, pour finir, il m'invita à passer ma permission à Styles.

— Mère sera enchantée de vous revoir après tant d'années, ajouta-t-il.

— Comment se porte-t-elle ? demandai-je.

— A merveille ! Vous savez sans doute qu'elle s'est remariée ?

Je ne parvins pas à cacher mon étonnement. Lorsqu'elle avait épousé le père de John, un veuf avec deux enfants, Mrs Cavendish était une belle femme d'un certain âge, pour autant que je m'en souvienne. Elle ne pouvait donc guère avoir moins de soixante-dix ans aujourd'hui. Je me rappelais sa personnalité énergique et autoritaire. Tout à la fois mondaine et jouant volontiers les dames patronnesses, elle cultivait sa notoriété en inaugurant des fêtes de bienfaisance et en s'adonnant aux bonnes œuvres. Possédant un grand fond de bonté véritable — et une immense fortune personnelle —, elle usait avec prodigalité de celle-ci pour satisfaire celle-là.

Styles Court, leur maison de campagne, avait été acheté par Mr Cavendish au début de leur mariage. Et ce brave homme était à ce point subjugué par sa femme qu'il lui en avait, à sa mort, laissé l'usufruit ainsi que la majeure partie de ses revenus — disposition qui, à l'évidence, lésait ses deux enfants. Mais Mrs Cavendish s'était toujours montrée fort généreuse envers ses beaux-fils. En outre, ils étaient encore très jeunes à l'époque du remariage de leur père — et ils l'avaient toujours considérée comme leur propre mère.

Lawrence, le cadet, avait été un adolescent fragile. Après des études de médecine, il avait renoncé à exercer et était revenu vivre à Styles Court où il avait tenté de se lancer dans la carrière littéraire — ses vers, hélas ! n'avaient jamais remporté le moindre succès.

Après quelques années de barreau, John, l'aîné, avait abandonné la carrière d'avocat au profit de l'existence plus aimable — et plus convenable ! — de gentilhomme campagnard. Il s'était marié deux ans plus tôt et avait emménagé à Styles avec sa jeune épouse. Néanmoins, je soupçonnais qu'il eût préféré recevoir de sa belle-mère une pension plus importante, qui lui aurait permis de vivre ailleurs. Mais

Mrs Cavendish avait pour habitude d'établir ses propres plans et d'attendre que l'on s'y rallie de bonne grâce. Dans le cas précis, elle possédait un atout majeur : elle tenait les cordons de la bourse.

John remarqua mon étonnement lorsque j'appris le remariage de sa mère et eut un sourire lugubre.

— Un sale petit gommeux ! fit-il avec rage. Je peux bien vous l'avouer, Hastings, sa présence nous complique pas mal l'existence. Quant à Evie... Vous vous souvenez d'Evie ?

— Non.

— Elle n'était peut-être pas encore là de votre temps. C'est la gouvernante de Mère, sa dame de compagnie... et son homme à tout faire ! Une fille formidable, cette brave Evie. Pas particulièrement jeune ni jolie, mais un cœur d'or...

— Mais qu'alliez-vous me dire sur...

— Ah oui ! sur cet « individu » ! Il a débarqué d'on ne sait où. Officiellement, c'est un cousin éloigné ou un vague parent de notre bonne Evie — bien qu'elle ne semble pas enchantée de ce lien de famille. Il n'est pas du même monde que nous, ça se voit comme le nez au milieu de la figure. Il a une longue barbe noire et porte des bottines vernies par tous les temps ! Il a tout de suite tapé dans l'œil de Mère, et elle l'a engagé comme secrétaire. Vous savez qu'elle s'occupe toujours d'une multitude d'œuvres en tous genres ?

Je me le rappelais en effet.

— Bien sûr, celles-ci se sont multipliées avec la guerre. Pas de doute que ce type l'ait beaucoup aidée. Mais imaginez notre stupeur quand, il y a de cela trois mois, elle nous a annoncé ses fiançailles avec son Alfred ! Cet individu a au moins vingt ans de moins qu'elle ! C'est du maquereautage ostensible. Mais, que voulez-vous : Mère n'en a jamais fait qu'à sa tête, et elle l'a épousé.

— Ça a dû vous créer une situation pénible.

— Pénible ? Infernale, oui !

C'est ainsi que, trois jours plus tard, j'arrivais à Styles Saint-Mary, petite gare absurde et sans raison d'être apparente, plantée au milieu de prairies verdoyantes et de chemins vicinaux. John Cavendish m'attendait sur le quai et nous nous dirigeâmes vers son automobile.

— Nous arrivons encore à obtenir trois gouttes d'essence, m'expliqua-t-il. Surtout grâce aux œuvres de Mère.

Le village de Styles Saint-Mary se trouvait à trois bons kilomètres de la gare, et Styles Court quinze cents mètres plus loin. C'était une belle journée de juillet. Devant ces plaines bucoliques de l'Essex qui s'étendaient sous le chaud soleil de l'après-midi, il était difficile d'imaginer que là-bas, pas si loin, une guerre se poursuivait. J'eus la soudaine impression de pénétrer dans un autre univers.

— J'ai bien peur que vous ne trouviez la vie ici quelque peu monotone, Hastings, me dit John tandis que nous franchissions les grilles du parc.

— Mon cher ami, je ne cherche rien d'autre.

— Bah ! c'est assez agréable si on a envie de couler une existence oisive. Je m'entraîne avec les volontaires deux fois par semaine, et à l'occasion je donne un coup de main aux fermiers. Ma femme travaille régulièrement « sur le terrain ». Tous les jours, elle se lève à 5 heures du matin pour traire les vaches, et elle ne dételle pas jusqu'au déjeuner. Ce serait somme toute la belle vie — s'il n'y avait pas ce fichu Alfred Inglethorp !

Il ralentit et jeta un coup d'œil à sa montre.

— Je me demande si nous avons le temps de passer prendre Cynthia... Non. A cette heure-ci, elle a déjà quitté l'hôpital.

— Cynthia ? Ce n'est pas votre femme ?

— Non. C'est une protégée de Mère. La fille d'une de ses anciennes amies de pensionnat. Elle avait épousé un avocat véreux, lequel a fait faillite. Quand Cynthia s'est retrouvée orpheline et sans le sou, Mère l'a prise sous son aile. Cynthia vit à Styles depuis bientôt deux ans. Elle travaille à l'hôpital de la Croix-Rouge de Tadminster, à une douzaine de kilomètres d'ici.

Nous étions arrivés devant la superbe vieille

demeure. Une femme vêtue d'une jupe de tweed épais était penchée sur un massif de fleurs. Elle se redressa à notre approche.

— Salut, Evie ! Je vous présente notre blessé de guerre : l'héroïque Mr Hastings... miss Howard.

Miss Howard me gratifia d'une poignée de main franche et presque trop vigoureuse. Je fus frappé par le bleu intense de ses yeux qu'accentuait le hâle de son visage. D'un physique agréable, elle pouvait avoir une quarantaine d'années. Elle parlait d'une voix profonde, presque masculine, et ses pieds chaussés de lourdes bottes de travail donnaient la mesure d'un corps solidement charpenté. Je découvris bientôt qu'elle s'exprimait volontiers en style télégraphique.

— Mauvaises herbes — poussent comme du chiendent. Impossible en venir à bout. Tâcherai de vous mobiliser. Méfiez-vous.

— Je serai enchanté de me rendre utile, répondis-je.

— Dites pas ça. Jamais. Après, on regrette.

— Vous êtes cynique, Evie, dit John en riant. Où prenons-nous le thé aujourd'hui ? Dedans ou dehors ?

— Dehors. Trop beau pour rester cloîtré.

— Venez. Vous avez fait assez de jardinage pour aujourd'hui. Toute peine mérite salaire, et vous avez besoin de vous rafraîchir.

Miss Howard ôta ses gants de jardinage.

— A tout prendre, j'aurais assez tendance à être d'accord avec vous sur ce point, acquiesça-t-elle — et ce fut la phrase la plus longue qu'elle ait probablement jamais prononcée.

Elle nous fit faire le tour de la maison et nous conduisit jusqu'à la table de jardin où le thé était servi sous un sycomore majestueux.

Une jeune femme se leva d'un fauteuil en osier et vint à notre rencontre.

— Hastings... ma femme, dit John en guise de présentations.

Jamais je n'oublierai cette première rencontre avec

Mary Cavendish. Sa silhouette élancée se découpait dans la lumière éclatante du soleil. Ses beaux yeux fauves — des yeux tels que je n'en avais jamais vu chez aucune femme — brillaient comme un feu sous la braise ; et, derrière son extraordinaire sérénité apparente, on devinait qu'un caractère indomptable habitait ce corps aux proportions exquises. Tout ceci reste gravé au fer rouge dans ma mémoire. Et je ne l'oublierai jamais.

Elle me souhaita la bienvenue d'une voix à la fois grave et claire. Soudain ravi d'avoir accepté l'invitation de mon ami, je pris place dans un fauteuil d'osier. Mrs Cavendish me servit du thé, et les quelques remarques frappées au coin du bon sens qu'elle m'adressa ne firent que renforcer la fascination qu'elle exerçait déjà sur moi. N'était-ce pas agréable de trouver un auditoire qui appréciait ma conversation ? Je relatai — avec un humour qui ne manqua pas d'amuser mon hôtesse — certaines anecdotes relatives à mon séjour dans la maison de convalescence. Peut-être convient-il de préciser que John, malgré ses belles qualités, ne passait pas pour un brillant causeur.

Une voix que je n'avais pas oubliée nous parvint alors par une porte-fenêtre entrouverte.

— Après le thé, Alfred, vous écrirez à la princesse. J'écrirai moi-même à lady Tadminster pour lui demander de présider la seconde journée. A moins que nous n'attendions la réponse de la princesse ? Si celle-ci refuse, lady Tadminster pourrait présider la première journée, et Mrs Crosbie la seconde. Et n'oublions pas d'écrire à la duchesse pour lui rappeler la fête de l'école.

Une voix d'homme se fit entendre, puis la nouvelle Mrs Inglethorp répondit :

— Oui, bien sûr. Après le thé, ce sera parfait. Vous êtes si prévenant, Alfred chéri.

La porte-fenêtre s'ouvrit un peu plus et une femme sortit, qui se dirigea vers la pelouse. Encore belle, avec ses cheveux blancs et son port altier, elle était suivie d'un homme à l'allure déférente.

Mrs Inglethorp m'accueillit avec effusion :

— Mr Hastings ! quel plaisir de vous revoir après tant d'années ! Alfred chéri, voici Mr Hastings. Mon mari.

Je regardai « Alfred chéri » avec curiosité. Il détonnait d'étrange façon dans notre petit groupe. Rien de surprenant que sa barbe déplût à John : c'était une des plus longues et des plus noires qu'il m'ait été donné de voir. Il arborait un pince-nez cerclé d'or et son visage paraissait figé dans une curieuse impassibilité. Sans doute eût-il été très à son aise sur une scène de théâtre, mais il me sembla bizarrement déplacé dans la vie réelle. Sa poignée de main était sans conviction, sa voix basse et onctueuse :

— Ravi de faire votre connaissance, Mr Hastings. (Puis, se tournant vers son épouse :) Emily, ma chérie, je crains que ce coussin n'ait un peu pris l'humidité.

Elle le couva d'un regard pâmé tandis qu'il lui changeait son coussin avec toutes les marques de la plus tendre attention. Etrange aveuglement chez une femme par ailleurs si raisonnable !

Avec l'arrivée de Mr Inglethorp, une atmosphère de gêne mêlée d'hostilité voilée parut s'installer. Miss Howard, en particulier, ne fit aucun effort pour masquer ses sentiments. Quant à Mrs Inglethorp, elle ne semblait rien remarquer d'anormal. Elle avait conservé cette volubilité dont je me souvenais après tant d'années, et elle noya l'assistance sous un flot verbal où il était beaucoup question de la kermesse qu'elle organisait pour les jours suivants. De temps à autre elle consultait son mari sur un problème de jours ou de dates. Celui-ci ne se départit à aucun moment de son attitude vigilante et attentive. Il m'inspira dès l'abord une antipathie aussi violente que définitive, et je me flatte de ce que mes premières impressions sont rarement infirmées par la suite.

Lorsque Mrs Inglethorp se tourna vers Evie Howard pour lui donner diverses instructions au sujet de son courrier, son mari me demanda, de sa voix appliquée :

— Etes-vous militaire de carrière, Mr Hastings ?

— Non. Avant la guerre, je travaillais pour la Lloyds.

— Et vous comptez réintégrer la banque après la fin des hostilités ?

— Peut-être. A moins que je ne me lance dans une nouvelle carrière.

Mary Cavendish se pencha vers moi :

— Quel métier choisiriez-vous, si vous n'écoutiez que votre cœur ?

— Cela dépend...

— N'avez-vous pas de marotte inavouée ? insista-t-elle. Allons ! Tout le monde en a au moins une ! Et c'est souvent un peu ridicule.

— Vous allez vous moquer de moi.

Elle sourit :

— Ça, ce n'est pas impossible.

— Eh bien, figurez-vous que depuis toujours, je caresse le rêve d'être détective !

— Un vrai détective ? Je veux dire inspecteur, comme à Scotland Yard ? Ou bien Sherlock Holmes ?

— Oh ! Sherlock Holmes, sans aucune hésitation ! Mais, toute plaisanterie mise à part, c'est vraiment cela qui m'attire. J'ai rencontré un jour en Belgique un inspecteur célèbre qui m'a fasciné. Un petit homme extraordinaire. Un véritable dandy, mais d'une intelligence hallucinante. Selon lui, un bon détective se juge à sa méthode. J'ai fondé mon système sur le sien, mais j'y ai, bien entendu, ajouté quelques perfectionnements de mon cru.

— Un bon roman policier moi, ça me plaît, intervint miss Howard. Mais on écrit trop de bêtises ! Le coupable découvert au dernier chapitre. Et à la stupeur générale ! Mon œil, oui ! Un vrai crime, on saurait tout de suite qui a fait le coup.

— Il y a pourtant eu un bon nombre de crimes sans solutions, fis-je remarquer.

— Pensais pas à la police... Mais aux gens proches. A la famille... Pas possible de les rouler, à mon avis. Ils sauraient illico.

— Alors, répliquai-je, car la conversation m'amusait, si d'aventure vous étiez mêlée à un crime, vous seriez à même de désigner le coupable au premier coup d'œil ?

— Bien sûr ! Peut-être pas de le prouver à une bande d'hommes de loi : mais s'il s'approchait de moi, je le détecterais du bout des doigts.

— Le coupable pourrait être une coupable...

— Possible. Mais le meurtre sous-entend la violence. Et cette violence, je l'associerai plutôt avec un homme.

— Cette théorie ne vaut pas dans le cas d'un empoisonnement. (La voix claire de Mary Cavendish me fit tressaillir.) Hier encore, poursuivit-elle, le Dr Bauerstein me disait que les médecins sont dans une telle ignorance des poisons les plus subtils que d'innombrables cas de meurtres par substances toxiques ne sont pas résolus.

— Voyons, Mary ! s'exclama Mrs Inglethorp. Quelle conversation sinistre ! J'en ai la chair de poule... Ah ! voilà Cynthia.

Une jeune fille vêtue de l'uniforme des Aides Volontaires traversait la pelouse en courant.

— Eh bien, Cynthia, vous êtes en retard, aujourd'hui. Je vous présente Mr Hastings... Miss Murdoch.

Cynthia Murdoch était une charmante jeune personne, pleine de vie. Elle ôta sa petite coiffe d'infirmière et j'admirai la lourde masse ondulée de ses cheveux auburn et la blanche délicatesse de la main qu'elle tendit pour prendre son thé. Avec des yeux et des cils foncés, elle eût été sensationnelle. Elle se laissa tomber sur la pelouse près de John. Je lui tendis l'assiette de sandwiches et elle leva vers moi un visage souriant :

— Asseyez-vous donc sur l'herbe ! On y est tellement mieux.

Je m'exécutai de bonne grâce :

— Vous travaillez à Tadminster, n'est-ce pas, miss Murdoch ?

— Hélas ! J'y rachète mes péchés !

— Ils vous briment donc tellement ?

— Ça, ils ne s'y risqueraient pas ! se récria Cynthia avec un air de dignité offensée.

— Une de mes cousines est aide-soignante, et elle a une peur bleue des infirmières en chef.

— Ça ne m'étonne pas ! Si vous les voyiez, Mr Hastings ! Vous ne pouvez pas imaginer ! Mais, Dieu merci, je ne suis pas aide-soignante : je travaille au laboratoire de l'hôpital.

— Et combien de personnes avez-vous déjà empoisonnées ? plaisantai-je.

— Bah ! des centaines..., rétorqua-t-elle avec un sourire.

— Cynthia ! intervint Mrs Inglethorp, j'aurai quelques lettres à vous dicter...

— Certainement, tante Emily.

Elle sauta sur ses pieds, et je devinai dans son comportement la situation subalterne qu'elle occupait dans cette maison. Mrs Inglethorp, en dépit de sa profonde bonté, ne lui permettait pas de l'oublier.

Mon hôtesse se tourna vers moi :

— John va vous montrer votre chambre. Le dîner est servi à 7 heures et demie. Depuis quelque temps, nous avons renoncé à souper plus tard. Lady Tadminster, qui est la fille de feu lord Abbotsbury et l'épouse de notre représentant à la Chambre des Communes, fait de même. Elle pense comme moi qu'il nous incombe de donner l'exemple. D'ailleurs, Styles Court vit à l'heure de la guerre. Rien ici n'est gaspillé : les moindres bouts de papier sont collectés et expédiés dans des sacs pour contribuer à l'effort national.

J'exprimai mon approbation, puis John m'accompagna jusqu'à la maison et nous gravîmes le grand escalier qui, à mi-hauteur, se divisait en deux branches desservant chaque aile de l'édifice. Ma chambre se trouvait dans l'aile gauche et donnait sur le parc.

John me laissa seul et, quelques instants plus tard, je le vis traverser la pelouse d'un pas lent, Cynthia Murdoch à son bras. J'entendis alors la voix de Mrs Inglethorp appeler « Cynthia ! » avec impatience. La jeune fille tressaillit et courut vers la maison. Au même moment, un homme surgit de derrière un arbre et s'engagea sans hâte dans la même direction. Il me parut âgé d'une quarantaine d'années, et je notai sur son visage imberbe et hâlé les signes d'une profonde mélancolie. Il semblait la proie d'une émotion violente. Quand il leva les yeux vers ma fenêtre, je le reconnus immédiatement, bien qu'il eût beaucoup changé depuis notre dernière rencontre, quinze ans auparavant. C'était Lawrence Cavendish, le frère cadet de John. Je m'interrogeai sur ce qui avait bien pu faire naître cette étrange expression sur son visage. Puis, sans plus y songer, je repris le fil de mes propres pensées.

Cette première soirée à Styles Court fut agréable ; et je rêvai cette nuit-là de la femme énigmatique qui avait nom Mary Cavendish.

Le lendemain matin se leva, clair et ensoleillé. Mon séjour s'annonçait délicieux. Je ne vis Mrs Cavendish qu'à l'heure du déjeuner. Elle me proposa une promenade en sa compagnie, et nous passâmes un après-midi charmant à flâner dans les bois.

Lorsque nous rentrâmes vers 17 heures, John nous fit signe de le rejoindre dans le fumoir. A son expression tendue, je devinai sans peine qu'il s'était produit un incident fâcheux. Il referma la porte derrière nous.

— Mary, nous voici dans de beaux draps. Evie a eu une prise de bec avec Alfred Inglethorp, et elle nous quitte !

— Evie ? Elle s'en va ?

John prit un air lugubre :

— Oui. Elle a exigé une entrevue avec Mère et... tiens, la voilà.

Les lèvres serrées, l'air décidé, une petite valise à la main, miss Howard paraissait à la fois nerveuse et sur la défensive.

— En tout cas, s'écria-t-elle, je lui aurai dit ce que j'ai sur le cœur !

— Ma chère Evelyn, dit Mrs Cavendish. Ce n'est pas possible !

Miss Howard secoua la tête d'un air buté :

— C'est parfaitement possible, au contraire. Ce que j'ai dit à Emily, elle ne l'oubliera pas, et elle ne me le pardonnera pas d'ici longtemps. Et tant pis si c'est un coup d'épée dans l'eau ! Tant pis si ça ne lui a fait ni chaud ni froid ! Je le lui ai pourtant dit tout net : « Vous êtes une vieille bonne femme, et il n'y a pas pire imbécile qu'un vieil imbécile ! Ce type a vingt ans de moins que vous. Et ne vous bercez pas d'illusions sur les raisons qui l'ont poussé à vous épouser. L'argent ! Alors, ne lui en donnez pas trop ! Raikes le fermier a une très jolie femme. Demandez donc à votre Alfred combien de temps il passe là-bas ! » Emily était furieuse. Normal. Moi, j'ai continué : « Il faut que je vous prévienne, même si ça vous déplaît. Cet homme a autant envie de vous assassiner dans votre lit que de vous y voir. C'est un sale type. Vous pouvez dire tout ce que vous voudrez, moi, je vous aurai avertie. C'est un sale type. »

— Et qu'a-t-elle répondu ?

Miss Howard fit une grimace des plus expressives :

— « Cher Alfred »... « Alfred adoré »... « affreuses calomnies »... « affreux mensonges »... quelle « mauvaise femme » d'accuser ainsi son « cher mari »... Plus tôt je partirai, mieux cela vaudra. Alors, je m'en vais.

— Mais, pas tout de suite ?

— A l'instant.

Pendant quelques secondes, nous la dévisageâmes avec stupéfaction. Enfin, comprenant qu'aucun argument ne la ferait revenir sur sa décision, John sortit de la pièce pour aller consulter l'indicateur ferroviaire. Sa femme le suivit, non sans avoir murmuré qu'elle tenterait de raisonner Mrs Inglethorp.

Dès qu'ils eurent quitté le fumoir, miss Howard changea d'expression. Elle se pencha vivement vers moi :

— Mr Hastings, vous êtes honnête. Puis-je vous faire confiance ?

Je restai quelque peu interdit. Elle me posa la main sur le bras et réduisit sa voix à un chuchotement :

— Veillez sur elle, Mr Hastings. Ma pauvre Emily ! Ce sont des requins — tous. Oh ! je sais de quoi je parle ! Il n'y en a pas un qui ne soit pas fauché et qui n'essaye pas de la dépouiller. Je l'ai protégée aussi longtemps que j'ai pu. Maintenant que je pars, ils vont lui tondre la laine sur le dos.

— Bien sûr, miss Howard, dis-je, je vous promets de faire tout ce que je pourrai. Mais je crois que vous êtes à bout de nerfs et que vous vous laissez emporter...

Mais elle m'interrompit en agitant l'index :

— Croyez-moi, jeune homme. J'ai vécu en ce bas monde plus longtemps que vous. Ayez l'œil. Vous verrez ce que je vous disais.

Le bruit d'un moteur nous parvint par la fenêtre ouverte et nous entendîmes la voix de John. Miss Howard se dirigea vers la porte. La main sur la poignée, elle tourna la tête vers moi et me fit un signe :

— Et surtout, Mr Hastings, surveillez son ignoble mari.

Miss Howard n'eut pas le temps d'en dire davantage, assaillie qu'elle était par un chœur de formules d'adieu et de protestations d'amitié. Les Inglethorp ne se montrèrent pas.

Tandis que la voiture s'éloignait, Mrs Cavendish s'écarta brusquement du groupe et traversa la pelouse pour se porter à la rencontre d'un homme grand et barbu. Elle lui tendit la main en rougissant un peu. Instinctivement, j'éprouvai de la méfiance à son égard.

— Qui est-ce ? demandai-je à John.

— Le Dr Bauerstein !

— Et qui est le Dr Bauerstein ?

— Il fait une cure de repos ici au village, suite à une crise de neurasthénie aiguë. Il vient de Londres. C'est un des plus grands experts actuels en matière de toxicologie.

— Et un grand ami de Mary, ne put s'empêcher d'ajouter l'irrépressible Cynthia.

John Cavendish fronça les sourcils et changea de sujet :

— Allons faire un tour, Hastings. Tout ceci est bien triste. Elle n'a jamais mâché ses mots, mais il n'y a pas d'amie plus sûre qu'Evelyn Howard.

Nous nous enfonçâmes dans les bois qui longeaient la propriété et descendîmes jusqu'au village.

A notre retour, alors que nous franchissions les grilles, une très belle jeune femme, de type bohémien, nous croisa et nous salua d'un sourire.

— Jolie fille ! fis-je remarquer.

Le visage de John se durcit de nouveau.

— C'est Mrs Raikes.

— Celle que miss Howard ?...

— Précisément ! dit John avec une brusquerie inutile.

Je pensai à la vieille dame aux cheveux blancs, dans son château, et au fin visage espiègle qui nous avait souri. Et un frisson trouble me glaça tout à coup, tel un pressentiment que je repoussai aussitôt.

— Styles est vraiment un endroit superbe, dis-je à John.

Il acquiesça sans se départir de son air sombre :

— Oui, c'est une belle propriété. Un jour, elle sera à moi... D'ailleurs, elle m'appartiendrait déjà, si seulement mon père avait fait un testament convenable. Et je ne tirerais pas le diable par la queue comme c'est le cas pour le moment.

— Vous tirez vraiment le diable par la queue ?

— Mon cher Hastings, je peux bien vous l'avouer : je ne sais plus où donner de la tête pour trouver trois sous.

— Votre frère ne pourrait pas vous aider ?

— Lawrence ? Il a dilapidé jusqu'à sa chemise pour publier ses vers infects dans des éditions de luxe. Non, nous sommes fauchés comme les blés. Je dois reconnaître que Mère s'est toujours montrée généreuse avec nous. Jusqu'à présent du moins... Depuis son mariage, bien sûr...

Il fronça les sourcils et laissa la phrase en suspens.

Pour la première fois, je sentis qu'avec le départ

d'Evelyn Howard quelque chose d'indéfinissable avait changé. Sa présence était synonyme de sécurité. A présent, cette sécurité avait disparu et l'atmosphère s'était chargée de suspicion. Je passai en revue tous les membres de la maisonnée et me remémorai le visage inquiétant du Dr Bauerstein. L'espace d'un instant, j'eus le pressentiment d'un malheur proche.

2

LE 16 ET LE 17 JUILLET

Mon arrivée à Styles remontait au 5 juillet. Et le départ en tempête de cette bonne Evelyn, au 6. J'en viens maintenant aux événements des 16 et 17 de ce même mois. Afin d'éclairer au mieux le lecteur, je résumerai avec la plus grande précision possible les incidents de ces deux jours. Ils ont été mis ultérieurement en lumière, pendant le procès, au cours de contre-interrogatoires aussi longs que fastidieux.

Je reçus une lettre d'Evelyn Howard, deux jours après son départ, me disant qu'elle avait trouvé un poste d'infirmière à l'hôpital de Middlingham, cité industrielle distante de quelque vingt kilomètres, et me suppliant de l'avertir si Mrs Inglethorp montrait la moindre velléité de réconciliation.

Seule ombre à mon séjour, par ailleurs très paisible, Mrs Cavendish manifestait envers le Dr Bauerstein une étonnante inclination que, pour ma part, je ne m'expliquais pas. Ce qu'elle pouvait bien lui trouver m'était un mystère, mais elle l'invitait constamment à Styles, quand elle ne partait pas avec lui pour d'interminables promenades. Je dois confesser mon incapacité à juger de ses charmes.

Le 16 juillet tombait un lundi. La journée se passa dans la fébrilité. La fameuse vente de charité s'était déroulée le samedi 14, et une soirée, au cours de laquelle Mrs Inglethorp avait projeté de déclamer un poème sur le thème de la guerre, était prévue pour ce lundi. Toute la matinée, nous fûmes accaparés par la décoration de la salle communale. Après un déjeuner tardif, nous nous reposâmes dans le parc le reste de l'après-midi. Je notai chez John un comportement assez inhabituel. Il semblait nerveux et ne tenait pas en place.

Après le thé, Mrs Inglethorp monta s'allonger afin d'être en forme pour la soirée, tandis que j'affrontais Mary Cavendish au tennis.

Aux environs de 7 heures moins le quart, Mrs Inglethorp nous rappela de nous presser car le dîner serait servi plus tôt qu'à l'accoutumée. Nous n'eûmes que le temps de nous préparer, et nous n'avions pas fini le repas que la voiture nous attendait déjà devant la porte.

La soirée fut très réussie, et des applaudissements nourris saluèrent le poème de Mrs Inglethorp. Il y eut ensuite quelques saynètes auxquelles participa Cynthia. Au retour, elle nous quitta pour aller souper avec les autres comédiens improvisés.

Le lendemain, Mrs Inglethorp, assez fatiguée, se fit servir le petit déjeuner au lit. Toutefois, c'est en pleine forme qu'elle descendit vers midi et demi pour m'entraîner, ainsi que Lawrence, à un déjeuner.

— C'est si gentil de la part de Mrs Rolleston de nous avoir conviés. Saviez-vous que c'est la sœur de lady Tadminster ? Les Rolleston ont débarqué avec Guillaume le Conquérant — c'est l'une de nos plus anciennes familles.

Arguant d'un rendez-vous avec le Dr Bauerstein, Mary avait décliné l'invitation.

Le repas fut des plus agréables. Et, au retour, Lawrence suggéra que nous fassions un détour par Tadminster — ce qui ne rallongerait guère notre chemin que d'un kilomètre et demi — pour passer voir Cynthia au laboratoire. Mrs Inglethorp trouva l'idée excellente mais, comme elle avait encore des lettres à écrire, elle se contenta de nous déposer : nous pourrions très bien revenir avec Cynthia dans la carriole.

Le portier de l'hôpital nous retint sous bonne

garde jusqu'à l'arrivée de notre amie, qui nous apparut enfin, fraîche et charmante dans sa longue blouse blanche. Elle nous conduisit dans son bureau et nous fîmes la connaissance de sa collègue, jeune femme d'aspect redoutable à laquelle Cynthia donnait joyeusement du « Votre Seigneurie ».

— Que de flacons ! remarquai-je avec étonnement, après avoir jeté un coup d'œil circulaire sur le petit laboratoire. Vous savez vraiment ce qu'il y a dans tout ça ?

Cynthia laissa échapper un soupir :

— Vous ne pourriez pas vous montrer un peu original ? Tous les gens qui entrent ici posent la même question. A tel point que nous avons l'intention bien arrêtée d'offrir une récompense à la première personne qui ne dira pas : « Que de flacons ! » Je sais d'ailleurs ce que vous allez nous débiter maintenant : « Combien de gens avez-vous empoisonnés ? » Je me trompe ?

Je plaidai coupable en riant.

— Si vous saviez comme la moindre erreur peut être fatale, vous ne plaisanteriez pas sur ce sujet... Allons ! c'est l'heure du thé. Nous avons des trésors de provisions cachés dans ce placard. Non, Lawrence, pas celui-ci, c'est l'armoire aux poisons. Celui-là, le grand.

Nous prîmes le thé dans la plus franche gaieté, puis nous aidâmes Cynthia à laver les tasses. La dernière cuillère était à peine rangée qu'on frappa à la porte. Aussitôt une expression fermée durcit les traits de Cynthia et de Sa Seigneurie.

— Entrez ! cria notre amie sur un ton d'une sécheresse toute professionnelle.

Une aide-soignante, l'air apeuré, poussa la porte. Elle tenait à la main une fiole qu'elle tendit à Sa Seigneurie, mais celle-ci lui désigna Cynthia avec cette formule sibylline :

— Aujourd'hui, je ne suis pas vraiment présente.

Aussi impassible qu'un juge, Cynthia s'empara de la fiole et l'examina.

— J'aurais dû la recevoir ce matin.

— Un oubli de l'infirmière en chef. Elle vous prie de l'excuser.

— Elle devrait lire le règlement affiché derrière cette porte.

Je devinai à l'expression de la jeune aide-soignante qu'il y avait peu de chance qu'elle ait le cran de rapporter cette admonestation à la redoutable infirmière en chef.

— Du coup, la solution ne sera pas prête avant demain, conclut Cynthia.

— Ne serait-il pas possible de l'avoir... ce soir ?

— Le problème, confia Cynthia dans un effort d'amabilité, c'est que nous sommes submergées, mais si nous trouvons le temps, nous la préparerons pour ce soir.

Sitôt la jeune aide-soignante repartie, Cynthia prit un bocal sur une étagère, emplit la fiole et la posa sur la table près de la porte.

J'éclatai de rire :

— De la discipline avant tout, n'est-ce pas ?

— Tout à fait. Venez donc sur notre petit balcon : vous verrez tous les pavillons de l'hôpital.

Je suivis Cynthia et son amie, et elles me désignèrent les différents pavillons. Lawrence était resté à l'intérieur mais, après quelques instants, Cynthia l'appela par-dessus son épaule et il vint nous rejoindre. Puis elle consulta sa montre :

— Plus rien à faire, Votre Seigneurie ?

— Non.

— Parfait. Alors nous pouvons boucler et partir.

Au cours de l'après-midi, j'avais découvert Lawrence sous un jour nouveau. Timide et effacé, il était l'opposé de John. Sa personnalité paraissait bien difficile à cerner. Néanmoins, il se dégageait de lui un certain charme, et je devinais qu'il pouvait inspirer une affection sincère à qui le connaissait bien. J'avais toujours imaginé, en voyant son comportement réservé, que Cynthia l'intimidait, et qu'elle-même se sentait mal à l'aise en sa présence. Cet après-midi-là, pourtant, ils bavardèrent ensemble, gais comme des enfants.

Alors que nous traversions Tadminster, je voulus acheter des timbres et nous fîmes halte au bureau de poste.

J'en ressortais quand je bousculai un petit homme venant en sens inverse. Confus, je lui cédai le passage, mais il me prit soudain dans ses bras avec un cri de surprise ravie et me couvrit — à la mode continentale — de baisers chaleureux.

— Mon bon ami Hastings ! s'exclama-t-il. Mais oui, c'est bien mon bon ami Hastings !

— Poirot !

Je me retournai vers la carriole.

— Vous me voyez très heureux de cette rencontre, miss Cynthia. Permettez-moi de vous présenter M. Poirot, un ami de longue date que je n'avais pas revu depuis une éternité.

— Nous connaissons M. Poirot ! répliqua-t-elle joyeusement. Mais je n'avais pas la moindre idée qu'il était de vos amis.

— C'est exact, dit Poirot posément. Je connais miss Cynthia. Et ma présence ici doit beaucoup à la bonté de Mrs Inglethorp. (Devant mon regard interrogateur, il ajouta :) Oui, mon cher ami, elle a généreusement offert l'hospitalité à sept de mes compatriotes qui, par malheur, ont dû fuir leur terre natale. Nous autres Belges nous souviendrons toujours d'elle avec gratitude.

Poirot était un homme au physique extraordinaire. Malgré son petit mètre soixante-deux, il était l'image même de la dignité. Son crâne affectait une forme ovoïde, et il tenait toujours la tête légèrement penchée de côté. Sa moustache, cirée, lui conférait un air martial. Le soin qu'il apportait à sa tenue était presque incroyable, et je suis enclin à penser qu'il aurait souffert davantage d'un grain de poussière sur ses vêtements que d'une blessure par balle. Pourtant ce petit homme original, ce parfait dandy — qui, je le voyais avec une peine infinie, traînait maintenant la patte — avait été en son temps l'un des plus fameux inspecteurs de la police belge. Doué d'un flair prodigieux, il s'était en effet illustré en élucidant les cas les plus mystérieux de son époque.

Il me montra la maisonnette où il logeait avec ses compatriotes, et je promis de lui rendre visite sous peu. Puis il souleva son chapeau d'un geste ample pour saluer Cynthia et nous reprîmes notre route.

— C'est un homme adorable, commenta Cynthia. Mais je ne savais pas que vous le connaissiez.

— Saviez-vous que vous hébergiez une célébrité ? répliquai-je.

Et, pendant tout notre voyage de retour à Styles, je leur contai les exploits d'Hercule Poirot...

A notre arrivée, nous étions d'excellente humeur. Comme nous entrions dans le vestibule, Mrs Inglethorp surgit de son boudoir. Le visage empourpré, elle avait de toute évidence l'air contrarié.

— Oh ! c'est vous, lâcha-t-elle.

— Quelque chose ne va pas, tante Emily ? s'enquit Cynthia.

— Absolument pas, rétorqua Mrs Inglethorp d'un ton sec. Y aurait-il une raison pour que quelque chose n'aille pas ?

Puis, comme elle voyait Dorcas, la femme de chambre, qui se dirigeait vers la salle à manger, elle lui demanda d'apporter des timbres dans le boudoir.

— Bien, madame, fit la vieille camériste avant d'ajouter, d'une voix hésitante : Madame a l'air bien fatiguée. Ne ferait-elle pas mieux d'aller s'étendre ?

— Vous avez peut-être raison, Dorcas... oui... je veux dire non... pas maintenant. Je dois finir quelques lettres avant la levée. Je vous ai demandé d'allumer du feu dans ma chambre. L'avez-vous fait ?

— Oui, madame.

— Alors j'irai au lit sitôt après le dîner.

Et elle regagna le boudoir sous le regard étonné de Cynthia.

— Bonté divine ! Qu'est-ce qui a bien pu se passer ? demanda-t-elle à Lawrence.

Il ne semblait pas l'avoir entendue, car il tourna les talons sans un mot et ressortit de la maison.

Je lançai l'idée d'une courte partie de tennis avant

le dîner et, Cynthia ayant accepté, je me précipitai dans ma chambre pour y prendre ma raquette.

Dans l'escalier, je croisai Mrs Cavendish. Peut-être était-ce le fruit de mon imagination mais, elle aussi, elle semblait bizarre et profondément troublée.

— Vous vous êtes bien promenée avec le Dr Bauerstein ? fis-je d'un ton aussi détaché que possible.

— Je n'y suis pas allée, répondit-elle d'un ton brusque. Où est Mrs Inglethorp ?

— Dans le boudoir.

La main crispée sur la rampe de l'escalier, elle semblait appréhender une rencontre. Me laissant là, elle dévala les dernières marches, traversa le vestibule et entra dans le boudoir dont elle referma la porte.

Quelques instants plus tard, comme je courais vers le tennis, je passai devant la fenêtre du boudoir. Elle était ouverte et je surpris sans le vouloir les lambeaux de dialogue suivants.

Mary parlait d'une voix qu'elle s'efforçait désespérément de maîtriser :

— Donc vous refusez de me le montrer ?

Ce à quoi Mrs Inglethorp lui répondit :

— Ma chère Mary, cela n'a rien à voir avec ce qui vous préoccupe.

— Alors vous pouvez me le montrer.

— Je vous répète que ce n'est pas ce que vous croyez. Cela ne vous concerne pas le moins du monde.

Ce à quoi Mary Cavendish rétorqua d'une voix de plus en plus amère :

— Bien sûr ! J'aurais dû me douter que vous le protégeriez !

Sur le court, Cynthia m'attendait avec impatience :

— Vous vous rendez compte ? Il y a eu une bagarre terrible ! Dorcas vient de tout me raconter.

— Quel genre de bagarre ?

— Une scène entre tante Emily et *lui*. Oh ! j'espère qu'elle l'a enfin percé à jour !

— Dorcas y était, alors ?

— Non, bien sûr que non ! Elle « passait par

hasard devant la porte ». Une vraie scène à tout casser. Je donnerais cher pour avoir les détails !

Je me remémorai le visage espiègle de Mrs Raikes et les avertissements d'Evelyn Howard, mais j'eus la sagesse de n'en pas parler. Cependant, Cynthia passait en revue toutes les hypothèses possibles pour finalement souhaiter avec véhémence que « tante Emily le flanque à la porte et ne lui adresse plus jamais la parole ».

J'avais très envie de m'entretenir avec John, mais il était introuvable. A l'évidence, un fait capital s'était produit durant cet après-midi-là. Je tentai de chasser de mon esprit les quelques mots que j'avais surpris en passant près du boudoir ; mais, malgré tous mes efforts, je n'y parvins pas. En quoi Mary Cavendish pouvait-elle bien être concernée par les derniers événements ?

Quand je descendis à l'heure du dîner, Mr Inglethorp se trouvait au salon. Son visage était plus impassible que jamais et, de nouveau, l'irréalité du personnage me frappa.

Mrs Inglethorp fut la dernière à descendre. Elle paraissait encore agitée, et un silence gêné pesa sur tout le repas. Inglethorp restait étonnamment silencieux. Comme à son habitude, il entourait sa femme d'attentions délicates, lui calant le dos avec un coussin et jouant à la perfection son rôle de mari attentionné. Dès la fin du repas, Mrs Inglethorp retourna s'enfermer dans son boudoir :

— Faites-moi porter mon café, Mary. Il ne me reste que cinq minutes avant la levée du courrier.

J'allai m'asseoir au salon avec Cynthia, près d'une fenêtre ouverte. Mary Cavendish vint nous apporter le café. Je la trouvai agitée.

— Souhaitez-vous un peu de lumière ? A moins que vous ne préfériez celle du crépuscule ? Cynthia, vous voulez bien porter son café à Mrs Inglethorp ? Je vais le servir.

— Ne vous dérangez pas, Mary, intervint Inglethorp. Je le porterai moi-même à Emily.

Il emplit une tasse et l'emporta avec précaution.

Lawrence le suivit, et Mrs Cavendish vint s'asseoir près de nous.

Nous restâmes tous trois silencieux un moment. Chaude, calme, la nuit était superbe. Mrs Cavendish s'éventait nonchalamment avec une feuille de palmier.

— Il fait presque trop chaud, murmura-t-elle. Nous allons avoir de l'orage...

Hélas ! ces instants de paix ne durent jamais. Ma douce béatitude prit fin le plus brutalement du monde au son d'une voix cordialement détestée et que je reconnus aussitôt. Elle venait du vestibule.

— Dr Bauerstein ! s'exclama Cynthia. Quelle drôle d'heure pour faire des visites !

Je jetai un regard jaloux à Mary Cavendish mais son visage restait serein et aucune rougeur n'était venue colorer la pâleur diaphane de ses joues.

Lorsque Alfred Inglethorp introduisit le médecin, ce dernier protestait encore en riant que sa mise était peu présentable. Il offrait en effet un spectacle pitoyable : il était littéralement couvert de boue.

— Que vous est-il arrivé ? s'exclama Mrs Cavendish.

— Je suis confus, répondit Bauerstein. Je n'avais aucunement l'intention d'entrer et n'eût été l'insistance de Mr Inglethorp...

— Eh bien ! Vous voilà dans un triste état, fit John qui venait nous rejoindre. Prenez-donc un bon café et racontez-nous vos mésaventures.

— J'accepte avec plaisir. Merci.

Avec un rire quelque peu forcé, il nous expliqua comment — près avoir repéré dans un endroit particulièrement difficile d'accès une variété de fougère rarissime — il avait perdu l'équilibre en essayant de l'atteindre et avait glissé lamentablement dans une mare en contrebas.

— Le soleil a très vite séché mes vêtements, conclut-il. Mais je dois avoir l'air d'un égoutier.

Sur ces entrefaites, Mrs Inglethorp appela Cynthia et la jeune fille sortit du salon à la hâte pour la rejoindre dans le vestibule.

— Montez-moi ma mallette, ma chère petite. Je vais me coucher.

La porte entre le salon et le hall était grande ouverte. Je m'étais levé en même temps que Cynthia, et John se trouvait juste à côté de moi. Nous sommes donc trois témoins oculaires à pouvoir certifier que Mrs Inglethorp tenait à la main la tasse de café à laquelle elle n'avait pas encore goûté.

Ma soirée était entièrement gâchée par la présence du Dr Bauerstein. On eût dit que cet individu ne partirait jamais. Il finit pourtant par se lever, et je poussai un soupir de soulagement.

— Je vous accompagne jusqu'au village, lui dit Mr Inglethorp. Je dois voir notre régisseur pour régler avec lui ces problèmes de terrains. (Puis, se tournant vers John :) Inutile de m'attendre. Je prendrai la clef.

3

LA NUIT DE LA TRAGÉDIE

Pour être parfaitement clair, je reproduis ici un plan du premier étage de Styles.

Par la porte B, on accède aux chambres des domestiques. Celles-ci ne communiquent pas avec l'aile droite où se trouvent les appartements des Inglethorp.

J'eus l'impression qu'on était en pleine nuit lorsque Lawrence Cavendish vint me réveiller. A la lueur de la bougie dont il s'était muni, je pus lire sur son visage bouleversé qu'un événement grave venait de se produire.

— Que se passe-t-il ? le questionnai-je en me redressant dans mon lit et en faisant un effort pour reprendre mes esprits.

— Mère est au plus mal. Comme si elle avait eu une sorte d'attaque. Malheureusement, elle a verrouillé sa chambre de l'intérieur.

— J'arrive.

Je bondis hors de mon lit et, tout en passant ma robe de chambre, suivis Lawrence dans le couloir puis le long de la galerie qui menait à l'aile droite de la maison.

John Cavendish nous rejoignit, ainsi que deux ou trois domestiques qui, terrorisés, ne semblaient bons qu'à tourner en rond. Lawrence se raccrocha à son frère :

— Qu'est-ce que tu crois qu'il vaut mieux faire ?

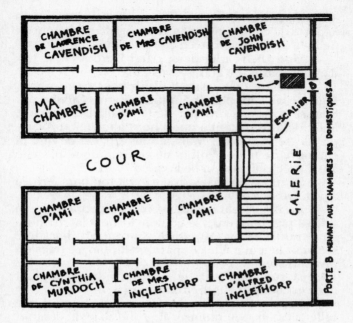

Jamais, je crois, indécision congénitale n'était apparue aussi clairement.

John secoua de toutes ses forces la poignée de la porte, mais en vain. Il était évident qu'elle était fermée de l'intérieur.

Toute la maison était maintenant réveillée. Les bruits les plus inquiétants nous parvenaient à travers la cloison. Il devenait urgent d'intervenir.

— Essayez de passer par la chambre de Mr Inglethorp, Monsieur ! lança Dorcas d'une voix stridente. Oh ! ma pauvre Madame !

Soudain je me rendis compte qu'Alfred Inglethorp ne se trouvait pas parmi nous, que lui seul ne s'était pas manifesté. John ouvrit la porte de sa chambre. L'obscurité y était totale, mais Lawrence suivait son frère avec la bougie, et, à sa faible lueur, nous vîmes que le lit n'était pas défait et que rien n'indiquait qu'Alfred Inglethorp avait dormi ici.

Sans perdre un instant, nous nous dirigeâmes vers la porte de communication entre les deux chambres. Celle-là aussi était fermée de l'intérieur.

— Mon Dieu ! monsieur, criait Dorcas en se tordant les mains, qu'allons-nous faire ?

— Nous allons essayer d'enfoncer cette porte. Mais ce ne sera pas une mince affaire. Qu'une des bonnes descende réveiller Baily. Et qu'il coure chez le Dr Wilkins. Quant à nous, nous allons nous occuper de cette porte... Mais, attendez ! Est-ce que la chambre de miss Cynthia ne communique pas elle aussi avec celle de ma belle-mère ?

— Si, monsieur. Mais la porte est toujours fermée à clef. On ne l'ouvre jamais.

— Vérifions cela quand même ! lança John.

Il se précipita dans le couloir jusqu'à la chambre de Cynthia. Mary Cavendish s'y trouvait déjà. Elle secouait la jeune fille qui paraissait plongée dans un profond sommeil.

Deux secondes plus tard, John nous rejoignait dans la chambre d'Alfred Inglethorp :

— Inutile. Elle aussi est verrouillée. Je crois que celle-ci est un peu moins solide que celle du couloir.

Malgré nos efforts conjugués, le battant de bois résista un long moment. Enfin, sous notre poussée, il céda dans un craquement assourdissant.

Emportés par notre élan, nous trébuchâmes dans la pièce, mais Lawrence parvint à garder la bougie allumée.

Mrs Inglethorp était allongée sur son lit, et tout son corps se tordait sous l'effet de violentes convulsions — ce qui expliquait sans doute que sa table de chevet soit renversée. A peine étions-nous entrés que ses membres se détendirent et qu'elle s'affaissa contre les oreillers.

John traversa la pièce et alluma l'éclairage au gaz. Puis il demanda à Annie, l'une des femmes de chambre, de descendre au plus vite chercher un verre de cognac à la salle à manger. Enfin il s'approcha du lit tandis que je déverrouillais la porte donnant sur le couloir.

Ma présence étant devenue inutile, je voulus annoncer à Lawrence mon intention de réintégrer ma chambre, mais les mots moururent sur mes lèvres. Jamais je n'avais vu un visage d'une telle pâleur, sa main, qui tenait la bougie, tremblait si fort que des gouttes de cire tombaient sur le tapis, et ses yeux, pétrifiés de terreur — ou d'une émotion du même ordre —, étaient braqués sur le mur derrière moi. On eût dit qu'il avait vu quelque chose qui l'avait changé en statue. Par réflexe je me retournai et cherchai le point qu'il fixait, mais je ne remarquai rien d'anormal. Les bibelots impeccablement disposés sur la cheminée et le feu qui se mourait dans l'âtre ne représentaient certes pas une menace.

La crise qui avait terrassé Mrs Inglethorp paraissait avoir diminué en intensité. La malheureuse parvenait même à parler, dans une sorte d'étrange hoquet :

— Je vais mieux... ça s'est passé si vite !... stupide de ma part... de m'être enfermée...

Une ombre passa sur le lit et, levant les yeux, je vis Mary Cavendish près de la porte, un bras passé autour de la taille de Cynthia. On eût dit qu'elle aidait la jeune fille à se tenir debout. Celle-ci semblait complètement hébétée, ce qui ne lui ressemblait guère. Elle avait le visage rouge brique et bâillait sans désemparer.

— Notre pauvre Cynthia est terrorisée, expliqua Mrs Cavendish à voix basse.

Elle-même portait sa blouse de fermière. Il devait donc être plus tard que je ne l'avais cru. En effet je constatai que les premiers rayons de l'aube filtraient à travers les rideaux, et que la pendule, sur la cheminée, indiquait presque 5 heures.

Un cri étranglé montant du lit me fit sursauter. Une nouvelle crise terrassait la pauvre femme. Ses spasmes étaient d'une violence insoutenable. Un vent de panique souffla sur la pièce. Nous entourâmes la malheureuse, mais nous étions dans l'incapacité totale de l'aider ou même d'atténuer ses souffrances. Une ultime convulsion arqua son corps, avec une brutalité telle qu'elle parut ne plus reposer que sur la nuque et les talons. En vain John et Mary essayèrent-ils de lui faire avaler un peu de cognac. Après quelques secondes de répit, le corps se souleva de la même façon.

C'est alors que le Dr Bauerstein se fraya un passage parmi nous. En découvrant la scène, il resta un instant sans bouger et Mrs Inglethorp, fixant le nouveau venu, poussa une exclamation étranglée :

— Alfred !... Alfred !...

Puis elle retomba, inerte, sur le lit.

Le médecin se pencha sur elle, lui saisit les bras et, avec des mouvements énergiques, pratiqua sur elle ce que je savais être la respiration artificielle. D'un ton sec, il lança quelques directives aux domestiques. Un geste autoritaire nous fit reculer vers le seuil. Nous continuions de l'observer avec une sorte de fascination, même si, à cet instant, nous avions tous deviné, je crois, qu'il était déjà trop tard, et que rien ne pouvait plus être tenté. Lui-même ne semblait guère se bercer d'illusions.

Avec un lent hochement de tête, il finit par renoncer. C'est alors que nous perçûmes des pas dans le couloir, et que le Dr Wilkins fit irruption dans la chambre — petit homme rondouillard et maniéré, médecin attitré de Mrs Inglethorp.

Bauerstein lui raconta en deux mots qu'il passait devant les grilles de Styles Court au moment précis où l'automobile sortait. Il s'était précipité jusqu'à la maison pendant qu'on allait chercher son confrère. D'un geste de la main, il désigna le corps immobile sur le lit.

— Quel-le tra-gé-die ! murmura le Dr Wilkins. Quel-le tra-gé-die ! Pauvre chère Mrs Inglethorp ! Elle en a toujours beaucoup trop fait... beaucoup trop... en dépit de tous mes conseils. Je l'avais pourtant prévenue. Son cœur n'était pas des plus solides ! « Ménagez-vous ! lui disais-je. Mé-na-gez-vous ! » Mais non... la ferveur qu'elle mettait à s'occuper de ses œuvres charitables aura été la plus forte... La nature s'est rebellée... La-na-tu-re-s'est-re-bel-lée.

Je notai le regard appuyé que le Dr Bauerstein fixait sur le praticien.

— La violence des spasmes était tout à fait singulière, Dr Wilkins. Dommage que vous soyez arrivé trop tard pour les observer vous-même. Ils présentaient un caractère... tétanique.

— Ah ! fit l'autre d'un air entendu.

— J'aimerais vous parler en privé, ajouta Bauerstein avant de se tourner vers John. Si vous n'y voyez pas d'objection, bien entendu.

— Je vous en prie.

Nous sortîmes dans le couloir pour laisser les deux médecins en tête à tête. Avec un cliquetis métallique, la clef tourna aussitôt dans la serrure.

Lentement nous regagnâmes le rez-de-chaussée. J'étais dans un état de grande agitation. Je possède incontestablement un certain talent de déduction, et le comportement du Dr Bauerstein avait jeté mon esprit dans un labyrinthe d'hypothèses échevelées.

Mary Cavendish posa la main sur mon bras.

— Que se passe-t-il ? murmura-t-elle. Pourquoi le Dr Bauerstein a-t-il l'air si... bizarre ?

Je plantai mon regard dans le sien.

— Vous voulez mon avis ?

— Bien sûr.

— Ecoutez-moi. (D'un regard circulaire, je m'assurai que les autres ne pouvaient m'entendre. Puis je chuchotai :) J'ai la conviction que Mrs Inglethorp a été empoisonnée. Et je suis sûr que le Dr Bauerstein partage mes soupçons.

— *Quoi ?*

Ses pupilles se dilatèrent et elle se blottit contre le mur. Puis, avec un cri qui me fit tressaillir, elle s'exclama :

— Non ! non... pas ça... pas ça !

Et, s'écartant de moi, elle se précipita vers les escaliers.

Je la suivis car je redoutais qu'elle ne fût prise d'un malaise. Le visage blafard, elle s'était arrêtée et s'appuyait sur la rampe de l'escalier. Quand je voulus m'approcher, elle m'écarta d'un geste excédé :

— Non ! non... laissez-moi. Je préfère rester seule. Laissez-moi tranquille une ou deux minutes. Retournez en bas avec les autres.

Je m'exécutai à regret. John et Lawrence étaient dans la salle à manger. Je les y rejoignis. Mais nous ne trouvâmes rien à dire. Je finis par rompre ce silence tendu, et je crois que mes propos reflétaient la pensée des deux frères :

— Où est Mr Inglethorp ?

— Pas dans la maison, en tout cas, répondit John.

Je croisai son regard. Où pouvait bien se trouver Alfred Inglethorp ? Son absence était aussi bizarre qu'incompréhensible. Les derniers mots de Mrs Inglethorp me revinrent en mémoire. Quelle signification pouvaient-ils avoir ? Que nous aurait-elle révélé si la mort lui en avait laissé le temps ?

Enfin les deux médecins redescendirent. Le Dr Wilkins, toujours aussi imbu de sa personne, était visiblement surexcité malgré le calme de façade qu'il affichait. Quant au Dr Bauerstein, son visage ne laissait rien deviner de ses émotions. Le Dr Wilkins semblait leur porte-parole à tous les deux. Il s'adressa à John :

— Mr Cavendish, j'aimerais votre accord pour une autopsie.

— Est-ce indispensable ? demanda John d'une voix enrouée, les traits déformés par le chagrin.

— Absolument, confirma le Dr Bauerstein.

— Vous voulez dire que...

— Que suite aux résultats des premiers examens, pas plus le Dr Wilkins que moi-même ne saurions délivrer un permis d'inhumer.

John baissa la tête :

— Dans ce cas, je ne peux qu'accepter.

— Merci, fit aussitôt le Dr Wilkins. Elle pourrait avoir lieu demain soir. (Voyant les premiers rayons du soleil par la fenêtre, il rectifia :) Je veux dire... ce soir-même. Etant donné les circonstances, une enquête sera, hélas ! inévitable. Ce genre de formalité est obligatoire et je vous conjure de ne pas vous en sentir trop affectés.

38

Un silence salua cette déclaration, puis le Dr Bauerstein sortit deux clefs de sa poche et les tendit à John.

— Ce sont celles des deux chambres. Je les ai fermées à double tour et je pense qu'il serait sage de les laisser ainsi pour le moment.

Sur quoi les deux médecins prirent congé.

Je tournais et retournais depuis quelques minutes une idée dans ma tête et je jugeai le moment venu d'en faire part. Néanmoins j'éprouvais encore quelque réticence. Je savais que John redoutait par-dessus tout le qu'en dira-t-on et que son optimisme insouciant l'inclinait sans doute à éviter les complications. J'aurais du mal à le convaincre de l'intérêt de mon plan. Lawrence, en revanche, moins attaché aux conventions et doté de plus d'imagination, compterait sûrement au nombre de mes alliés.

— John ? Je voudrais vous demander quelque chose.

— Je vous écoute.

— Je vous ai déjà parlé de mon ami Poirot, ce Belge réfugié au village. C'est un détective renommé...

— Et alors ?

— Je voudrais que vous m'autorisiez à l'appeler pour qu'il enquête sur cette affaire.

— Quoi ?... maintenant ? Avant l'autopsie ?

— Précisément ! La question de temps est primordiale si... si... le décès de Mrs Inglethorp n'est pas... euh... naturel.

— C'est absurde ! s'emporta Lawrence. Tout ça, c'est le résultat des théories fumeuses de Bauerstein ! Wilkins n'aurait jamais eu une idée pareille s'il ne s'était pas laissé bourrer le crâne ! Comme tous les spécialistes, Bauerstein n'a qu'une idée en tête. Les poisons sont sa marotte, alors, bien entendu, il en voit partout !

Je dois reconnaître que cette violente réaction me surprit : il était si rare que Lawrence se laissât aller ainsi.

John hésita :

— Je ne suis pas de ton avis, Lawrence, dit-il

enfin. Je donnerais bien carte blanche à Hastings, mais peut-être serait-il préférable d'attendre un peu. Il faut éviter le scandale à tout prix.

— Avec Poirot, vous n'avez rien à craindre ! assurai-je avec chaleur. C'est la discrétion personnifiée !

— Eh bien, soit. Faites comme vous voudrez. Vous avez ma confiance. Pourtant, si ce que nous soupçonnons est exact, l'affaire est entendue. Et si je fais fausse route, que Dieu me pardonne d'avoir accablé cet individu sans preuves !

Je consultai ma montre. Il était 6 heures. Déjà 6 heures du matin !

Je m'accordai cependant cinq minutes de délai et les consacrai à fouiller la bibliothèque jusqu'à ce que j'y trouve un ouvrage de médecine qui donnait une bonne description de l'empoisonnement à la strychnine.

4

POIROT ENQUÊTE

La maison qu'occupaient les réfugiés belges dans le village était située non loin des grilles du parc. On pouvait gagner du temps en empruntant une sente qui coupait à travers les herbes hautes au lieu de suivre les méandres de l'allée principale. Je pris donc ce raccourci.

J'avais presque atteint le pavillon du gardien quand mon attention fut attirée par la silhouette d'un homme qui arrivait en courant dans ma direction. C'était Mr Inglethorp. Où s'était-il terré pendant tout ce temps ? Comment allait-il justifier son absence ?

Il m'aborda sans ambage.

— Mon Dieu ! Quelle horreur ! Ma femme chérie ! Je viens seulement de l'apprendre !

— Où étiez-vous ?

— Chez Denby. Nous n'en avons terminé qu'à 1 heure du matin. Là-dessus, je me suis aperçu que j'avais oublié de prendre la clef ! Je ne voulais pas réveiller toute la maison, et Denby m'a donné un lit.

— Comment diable êtes-vous au courant ? m'étonnai-je.

— Par Wilkins, qui est venu tirer Denby du lit pour lui annoncer le décès. Ma pauvre Emily ! Elle qui se dévouait pour les autres... qui avait une telle grandeur d'âme ! Elle aura abusé de ses forces...

Une vague de dégoût me submergea. Quel parfait hypocrite que cet individu !

— Il faut que je me dépêche, l'interrompis-je, soulagé qu'il ne me demande pas où je me précipitais ainsi.

Quelques minutes plus tard je frappais à la porte de Leastways Cottage.

Personne ne venant m'ouvrir, j'insistai. Au-dessus de ma tête, une fenêtre s'entrouvrit avec circonspection, et la tête de Poirot lui-même apparut dans l'entrebâillement.

Il poussa une exclamation étonnée. En quelques mots, je lui racontai la tragédie qui venait d'avoir lieu et lui dis que j'avais besoin de son aide.

— Attendez, mon bon ami. Je descends vous ouvrir. Vous pourrez me raconter tout ça avec plus de détails pendant que je m'habillerai.

Il ôta bientôt la barre de la porte et je le suivis dans sa chambre. Là, il me désigna un fauteuil et je lui relatai la soirée dans ses moindres détails, sans en omettre aucun — pas même le plus insignifiant —, tandis qu'il se livrait à sa toilette avec un soin maniaque.

Je lui narrai mon brusque réveil, les derniers mots prononcés par la mourante, l'étrange absence de son mari, la dispute de la veille et les lambeaux de conversation surpris en passant devant la fenêtre ouverte du boudoir, sans oublier la scène entre Mrs Inglethorp et Evelyn Howard — ni les insinuations de cette dernière.

Mes explications, hélas ! ne furent pas aussi claires que je l'aurais souhaité. Je me répétai plusieurs fois et il me fallut, à maintes reprises revenir sur un détail omis. Poirot m'observait avec un sourire indulgent :

— Votre esprit est un peu embrouillé, n'est-ce pas ? Prenez votre temps, mon bon ami. Vous êtes agité, vous perdez pied — quoi de plus naturel ! Dès que nous nous serons un peu calmés, nous pourrons agencer les faits selon un ordre cohérent, les mettre chacun à sa vraie place. Nous les analyserons, et puis nous ferons le tri. Ceux qui nous paraîtront significatifs, nous les garderons — quant aux autres... (Il gonfla comiquement ses joues et souffla :) Pouf ! Nous les chasserons !

— Tout ça est bel et bon, objectai-je. Mais comment allez-vous décider de ce qui est important et de ce qui ne l'est pas ? Ça a toujours été pour moi la principale difficulté.

Poirot secoua la tête d'un air de profonde commisération. Puis il entreprit de lisser sa moustache avec une méticulosité renversante.

— Pas du tout. Voyons ! un fait en amène un autre. Il suffit de suivre leur enchaînement. Le suivant s'accorde-t-il au précédent ? Merveilleux ! Nous progressons. Manque-t-il un maillon à la chaîne de notre raisonnement ? Nous disséquons. Nous cherchons... Et ce détail apparemment insignifiant qui — n'est-ce pas curieux ? — ne semble pas avoir de rapport avec le reste... mais il s'ajuste parfaitement ! (Il eut un geste plein d'emphase.) Tout devient limpide ! c'est prodigieux !

L'anglais balbutiant de Poirot et son exécrable prononciation, qui n'avaient guère changé en Belgique, me déchiraient ici les tympans. Par tendresse pour ce petit homme au brillant passé — et par courtoisie envers mon malheureux lecteur — je me garde bien de les transcrire ici. Quant à son insupportable suffisance, en revanche, elle fait tellement partie de son personnage — et elle m'exaspère à un point tel — qu'il serait tout à la fois frustrant et malhonnête de ne pas la laisser entrevoir.

— Euh... oui..., balbutiai-je pour tenter d'endiguer son flot d'éloquence fleurie.

Poirot agita soudain son index sous mon nez, et je ne pus retenir un mouvement de recul.

— Mais attention ! Le danger de l'échec guette celui qui décrète : « Ce détail est si minime qu'il ne peut être qu'inutile. Ignorons-le. » Celui-là se perd par négligence. Dans toute enquête, le moindre fait peut se révéler primordial !

— J'en ai bien conscience. Vous me l'avez souvent

répété. Et c'est pour cette raison que je vous ai rapporté tous les détails de cette affaire, qu'ils m'aient paru significatifs ou non.

— Et je suis content de vous. Votre mémoire est excellente, et vous m'avez fidèlement rapporté les faits. Sur la façon confuse dont vous me les avez énumérés, je m'abstiendrai de commentaire — c'est tout bonnement lamentable ! Mais je vous pardonne — vous êtes encore sous le coup de l'émotion. Cet état vous vaut d'ailleurs d'avoir omis un point d'une importance capitale.

— Lequel ? m'étonnai-je.

— Vous ne m'avez pas précisé si Mrs Inglethorp avait mangé de bon appétit, hier soir.

Je ne cachai pas ma stupeur inquiète. Sans aucun doute, la guerre avait altéré les capacités intellectuelles de l'ex-inspecteur. Il brossait méthodiquement son manteau avant de l'enfiler et semblait très absorbé par cette tâche.

— Je ne sais plus très bien, dis-je. Et, de toute façon, je ne vois pas...

— Vous ne voyez pas ? Mais c'est primordial !

— Je ne vous suis pas, répliquai-je, quelque peu irrité. Mais pour autant que je m'en souvienne, elle a picoré dans son assiette. Elle était manifestement bouleversée, et son appétit s'en ressentait. Ce qui est bien compréhensible.

— Oui, approuva pensivement Poirot. Bien compréhensible, en effet.

Il prit une petite trousse dans un tiroir puis se tourna vers moi :

— Me voici prêt. Nous irons tout d'abord à Styles Court afin de commencer les investigations sur les lieux mêmes du drame. Pardonnez-moi, mon bon ami, mais je vois que vous vous êtes vêtu en hâte. Votre cravate est de travers. Si vous le permettez...

D'une main preste, il l'arrangea :

— Voilà qui est mieux ! Nous y allons ?

Nous traversâmes le village d'un pas vif et, laissant le pavillon du gardien derrière nous, nous nous enfonçâmes dans le parc. Poirot fit halte quelques secondes, et son regard erra tristement sur la propriété verdoyante qui s'étendait devant nous, encore toute scintillante de la rosée du matin.

— C'est si beau ! Dire que la famille est frappée par le malheur et plongée dans l'affliction...

En prononçant ces mots il m'observa avec attention et je me sentis rougir.

La famille était-elle aussi abattue qu'il le disait ? Et la mort de Mrs Inglethorp avait-elle provoqué une peine aussi profonde ? Je me rendis soudain compte que l'atmosphère de la maison n'était pas au chagrin. Mrs Inglethorp n'avait pas eu le don de se faire aimer. Certes, son décès tragique causait un choc, mais il y avait fort à parier qu'elle ne serait pas désespérément pleurée.

Poirot semblait lire dans mes pensées. Il hocha gravement la tête :

— Non, vous avez raison, dit-il. Ce n'est pas comme si les liens du sang les unissaient. Mrs Inglethorp s'est montrée d'une grande bonté envers ces Cavendish, mais elle ne pouvait prétendre remplacer leur mère. C'est le sang qui parle — n'oubliez pas ça, mon bon ami —, c'est toujours le sang qui parle !

— Poirot, dis-je, pourquoi donc vouliez-vous savoir comment avait mangé Mrs Inglethorp ? J'ai beau me creuser la cervelle, je ne vois toujours pas le rapport...

Il garda le silence un moment encore tandis que nous poursuivions notre marche.

— Vous savez, dit-il enfin, qu'il n'est pas dans mes habitudes de donner des explications tant que je n'ai pas résolu un cas. Néanmoins, je veux bien faire une exception pour vous. Pour l'instant, l'hypothèse la plus probable serait celle d'un empoisonnement à la strychnine, diluée sans doute dans son café. Nous sommes bien d'accord ?

— Oui.

— Bien. A quelle heure a été servi le café ?

— Aux environs de 20 heures.

— On peut donc présumer que Mrs Inglethorp a bu le sien entre 20 heures et 20 h 30, au plus tard. La strychnine est un poison à effet rapide. Elle aurait dû agir très vite — dans un délai n'excédant pas une heure. Or, dans le cas qui nous intéresse, les symptômes ne sont apparus que vers 5 heures du matin, le lendemain — neuf heures plus tard ! Mais un repas copieux, ingéré juste avant le poison, aurait pu retarder notablement son action, bien qu'un tel laps de temps me semble quelque peu disproportionné. Et selon vous, elle s'est contentée hier soir de « picorer dans son assiette ». Voilà un faisceau d'éléments bien curieux, mon bon ami. L'autopsie nous permettra peut-être d'y voir plus clair. En attendant, gardez cette énigme à l'esprit.

Comme nous atteignions la maison, John sortit à notre rencontre. L'air hagard, il paraissait épuisé.

— Ce drame est horrible, Mr Poirot, dit-il. Hastings vous a-t-il précisé que nous tenions à éviter le qu'en-dira-t-on ?

— Je comprends parfaitement.

— Voyez-vous, nous n'avons jusqu'ici que des soupçons. Rien de probant.

— Précisément. Considérez ma présence ici comme une sorte d'assurance contre l'erreur.

John se tourna vers moi, prit une cigarette dans son étui et l'alluma :

— Vous savez qu'Inglethorp a réapparu ?

— Oui, je l'ai croisé.

Il jeta l'allumette dans un parterre — mais c'en était trop pour Poirot qui, choqué, la ramassa et l'enterra proprement.

— Difficile de savoir quelle attitude adopter à son égard.

— Cette difficulté disparaîtra sous peu, le rassura le détective d'un ton paisible.

Visiblement désarçonné par cette assertion sibylline, John me tendit les deux clefs que lui avait confiées le Dr Bauerstein.

— Montrez à Mr Poirot tout ce qu'il désirera voir.

— Les chambres sont fermées à clef ? fit mon ami belge.

— Le Dr Bauerstein a jugé cette précaution souhaitable.

— Il semble très sûr de son fait, fit le détective pensif. Fort bien, cela nous simplifiera la tâche.

Nous gagnâmes ensemble la chambre de la défunte. Pour éclairer le lecteur sur la disposition des lieux voici le croquis de cette pièce et des principaux meubles.

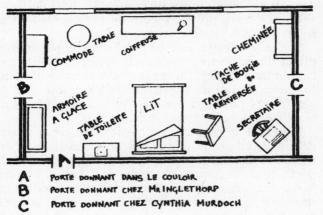

CHAMBRE A COUCHER DE MRS INGLETHORP

A PORTE DONNANT DANS LE COULOIR
B PORTE DONNANT CHEZ Mr INGLETHORP
C PORTE DONNANT CHEZ CYNTHIA MURDOCH

Une fois à l'intérieur de la chambre, Poirot en referma la porte à clef. Puis il procéda à une inspection minutieuse, passant d'un coin à un autre avec la vivacité d'une sauterelle. Je restai immobile près de la porte, de peur d'effacer un indice. Cette précaution n'eut cependant pas l'heur de plaire à Poirot.

— Qu'avez-vous donc, mon bon ami ? me lança-t-il. Vous restez planté comme un... — comment dit-on, déjà ? —... comme un épouvantail !

Je lui expliquai que je craignais de faire disparaître des empreintes de pas.

— Des empreintes de pas ? Quelle idée ! Il est déjà passé une armée dans cette pièce ! Quelles empreintes pourrions-nous trouver ? Non, venez plutôt m'aider. Je vais abandonner ma trousse ici. Je n'en ai pas besoin pour l'instant.

Il la posa sur une table ronde près de la fenêtre. C'était là une bien mauvaise idée, car le plateau, mobile, se redressa à la verticale et la trousse fut précipitée à terre.

— En voilà, une table ! s'exclama Poirot. Ah, mon bon ami ! On peut vivre dans une grande et belle demeure et tout ignorer du confort !

Et, sur cette phrase pleine de philosophie, il se remit à passer la pièce au peigne fin.

Sur le secrétaire, une mallette violette parut retenir un instant son attention. Il ôta la clef de la serrure et me la tendit. Après un examen attentif, je ne lui trouvai rien de particulier. C'était une clef de sûreté très ordinaire, de type Yale, avec un bout de fil de fer entortillé dans l'anneau.

Il examina ensuite le chambranle de la porte défoncée, et vérifia que le verrou en avait bien été poussé. Puis il traversa la pièce et s'approcha de la porte donnant dans la chambre de Cynthia. Comme je l'ai déjà dit, elle était verrouillée elle aussi. Néanmoins, il se donna la peine de l'ouvrir et de la refermer à plusieurs reprises, en prenant grand soin de ne faire aucun bruit. Soudain un détail sembla le captiver. Il examina le verrou un long moment, puis tira de sa trousse une paire de pinces très fines avec lesquelles il préleva quelques particules microscopiques qu'il glissa dans une enveloppe.

Sur la commode était placé un plateau. Et sur ce plateau un réchaud à alcool surmonté d'une casserole. Il restait un peu de liquide brunâtre au fond du récipient, à côté duquel on avait abandonné une tasse et une soucoupe sales.

Comment avais-je pu me montrer à ce point étourdi ? J'étais passé près d'un indice de première importance sans même le remarquer ! Poirot plongea délicatement l'index dans le résidu liquide, le goûta du bout de la langue et fit une grimace :

— Du cacao... parfumé... au rhum..., si je ne m'abuse.

Puis, à genoux, il examina le sol, là où la table de nuit avait été renversée. Une lampe de chevet, quelques livres, des allumettes, un trousseau de clefs et les débris d'une tasse à café jonchaient le parquet.

— Tiens ! c'est curieux, murmura-t-il.

— Je dois reconnaître que je ne vois là rien de particulièrement curieux.

— Vous ne voyez rien de curieux ? Regardez bien cette lampe. Le verre en est cassé à deux endroits, et les morceaux se trouvent là où ils sont tombés. Maintenant observez la tasse à café : elle a été littéralement réduite en poussière !

— Quelqu'un a dû l'écraser en marchant dessus, dis-je sans enthousiasme.

— Précisément, approuva Poirot sur un ton étrange. Quelqu'un a marché dessus...

Il se remit debout et se dirigea lentement vers la cheminée où il tripota les bibelots d'une main distraite avant de les aligner dans un ordre impeccable — une de ses manies quand il était troublé.

— Mon ami, dit-il en se tournant vers moi, quelqu'un a piétiné cette tasse dans le but de la réduire en miettes et je vois deux raisons à cela : soit elle contenait de la strychnine, soit — ce qui serait beaucoup plus intéressant — elle n'en contenait pas !

Mon ahurissement m'empêcha de répondre. Je savais par expérience qu'il ne servirait à rien de lui demander des éclaircissements.

Au bout d'un instant il parut sortir de ses cogitations et reprit son inspection. S'emparant du trousseau de clefs et les faisant passer successivement entre ses doigts, il en isola une, plus brillante que les autres, qu'il introduisit dans la serrure de la mallette violette. C'était la bonne et la mallette s'ouvrit, mais, après quelques secondes d'hésitation, il la referma à clef et empocha le trousseau d'un geste aussi naturel que s'il lui avait appartenu de longue date.

— Je n'ai pas l'autorisation de lire ces papiers. Pourtant, il faudrait le faire, et sans tarder !

Ayant fouillé méticuleusement les tiroirs de la table de toilette, il se dirigea vers la fenêtre de gauche. A peine discernable sur le tapis brun foncé, une tache circulaire attira son regard. Il s'agenouilla et l'examina longuement, allant jusqu'à se pencher pour la renifler.

Pour finir, il versa quelques gouttes de cacao dans une éprouvette qu'il reboucha avec soin.

Sur quoi il sortit de sa poche un petit carnet.

— Nous avons trouvé dans cette chambre six éléments d'importance, me dit-il tout en griffonnant. Désirez-vous les énumérer, ou préférez-vous que je le fasse moi-même ?

— Faites donc ! m'empressai-je de répondre.

— Fort bien. Premièrement, une tasse à café réduite en poussière, à dessein. Deuxièmement, une mallette avec une clef dans la serrure. Troisièmement, une tache sur le tapis.

— Elle pourrait être antérieure à la tragédie ? l'interrompis-je.

— Non. Parce qu'elle n'est pas encore sèche : il s'en dégage toujours une odeur de café. Quatrièmement, un ou deux brins — seulement — d'une étoffe d'un vert foncé très facilement reconnaissable.

— C'est donc cela que vous avez glissé sous enveloppe ? m'exclamai-je.

— Exact. Ils proviennent peut-être d'une des robes de feu Mrs Inglethorp, auquel cas cette trouvaille n'aura aucune répercussion sur notre enquête. Nous le saurons bientôt. Cinquièmement, *ceci* !

D'un geste théâtral il me montra une tache de bougie qui maculait le tapis près du secrétaire.

— Elle n'a pu être faite qu'hier, m'expliqua-t-il. Toute femme de chambre consciencieuse l'aurait fait disparaître à l'aide d'une feuille de papier buvard et d'un fer chaud. Un jour, un de mes plus beaux chapeaux... mais je m'égare.

— Elle peut très bien avoir été faite par nous cette nuit. Nous étions dans un tel état d'agitation... Ou peut-être est-ce Mrs Inglethorp elle-même qui a laissé tomber sa bougie.

— Vous n'aviez qu'une bougie avec vous quand vous êtes entrés ici ?

— Oui. C'était Lawrence Cavendish qui la tenait. Il était très secoué. Quelque chose, là... (Je me souvins d'un détail et désignai la cheminée :) Quelque chose, là, a paru le pétrifier d'épouvante.

— Voilà qui est intéressant, commenta Poirot. Voilà qui est très intéressant. (Son regard parcourait le mur sur toute sa longueur.) Mais ce n'est pas sa bougie qui a fait cette tache, car on voit tout de suite que cette cire est blanche. Tandis que la bougie de Mr Lawrence — comme vous pouvez le constater puisqu'elle est encore là, sur la table de toilette —, la bougie de Mr Lawrence, disais-je, était rose. D'autre part, Mrs Inglethorp n'avait pas de bougeoir dans cette pièce. Uniquement une lampe de chevet.

— Alors ? quelle conclusion ?

Ce à quoi mon ami rétorqua en me conseillant d'utiliser mes propres facultés de raisonnement, ce qui ne manqua pas de m'irriter quelque peu.

— Et votre sixième élément ? m'enquis-je. Sans doute s'agit-il de votre échantillon de cacao ?

— Non, répondit Poirot, l'air méditatif. J'aurais certes pu le mentionner en sixième position, mais je ne l'ai pas fait... Non, je préfère ne rien dévoiler de ce sixième élément pour l'instant.

Des yeux, il balaya rapidement la chambre.

— Je crois que nous avons appris de cette pièce tout ce qu'elle avait à nous livrer... (Son regard s'attarda sur les cendres dans l'âtre.) A moins que... oui, bien sûr ! Le feu brûle et détruit, mais parfois, par chance... voyons un peu !

Il se jeta à quatre pattes et commença à faire tomber méticuleusement les cendres de la grille dans le tiroir. Soudain il poussa un cri étouffé :

— Hastings ! Mes pinces !

Je les lui passai et, très adroitement, il extirpa des cendres un fragment de papier aux bords calcinés.

— Regardez, mon bon ami ! s'écria-t-il. Que pensez-vous de ça ?

J'examinai le papier. En voici une reproduction fidèle :

J'étais perplexe. Son épaisseur le différenciait complètement du papier ordinaire. Soudain je crus comprendre :

— Poirot ! Mais c'est un fragment de testament !

— Exact.

Je le dévisageai :

— Et cela ne vous étonne pas ?

— Pas du tout, répliqua-t-il d'un ton grave. C'est ce que j'escomptais.

Je lui rendis ce nouvel indice qu'il glissa dans sa trousse avec ce soin extrême qui le caractérisait. Mon cerveau était dans un état de confusion totale. Ce testament compliquait les choses. Qui l'avait brûlé ? La personne qui avait laissé la tache de cire sur le tapis ? De toute évidence. Mais comment avait-elle réussi à pénétrer dans cette pièce ? Toutes les portes étaient fermées de l'intérieur !

— Et maintenant, allons-y, mon bon ami, fit Poirot. J'aimerais poser quelques questions à la femme de chambre... Dorcas, c'est bien ça ?

Nous passâmes par la chambre d'Alfred Inglethorp où Poirot fureta brièvement, sans toutefois rien négliger. Puis nous ressortîmes en fermant la porte à double tour — comme nous l'avions fait pour celle de Mrs Inglethorp, en les laissant ainsi que nous les avions trouvées en arrivant.

Je le conduisis jusqu'au boudoir, qu'il voulait visiter, et l'y abandonnai là pour aller chercher Dorcas.

A mon retour, il avait disparu.

— Poirot ! m'écriai-je. Où êtes-vous ?

— Je suis ici, mon bon ami.

Il était sorti par la porte-fenêtre et, immobile, contemplait les parterres de fleurs.

— Admirable ! s'extasia-t-il à voix basse. Admirable ! Quelle symétrie ! Ces figures géométriques ! Quelle joie pour l'œil ! Cet arrangement floral est récent, n'est-ce pas ?

— Oui, je crois me souvenir qu'on y travaillait encore hier après-midi. Mais rentrez donc... Dorcas est là.

— Voyons, voyons, mon bon ami ! Voudriez-vous me priver de ce bonheur des yeux ?

— Non, mais l'affaire qui nous occupe est beaucoup plus importante.

— Et qu'est-ce qui vous permet d'affirmer que ces bégonias n'ont pas eux aussi leur importance ?

Je haussai les épaules. Argumenter avec Poirot était inutile.

— Vous n'êtes pas convaincu ? C'est pourtant exact... Fort bien, rentrons donc pour poser quelques questions à cette brave Dorcas.

Les mains croisées devant elle, la domestique attendait debout dans le boudoir. Les ondulations raides de ses cheveux gris dépassaient de sa coiffe blanche, complétant l'image parfaite de la femme de chambre à l'ancienne mode.

Dans son attitude envers Poirot, on devinait une certaine méfiance, mais le petit Belge eut tôt fait de l'amadouer.

— Veuillez vous asseoir, mademoiselle.

— Merci, monsieur.

— Vous avez été au service de votre maîtresse durant de longues années, n'est-il pas vrai ?

— Dix ans, monsieur.

— Une telle durée témoigne de votre fidélité. Vous lui étiez très attachée, bien sûr ?

— Elle a toujours été pour moi très bonne patronne, monsieur.

— Je pense donc que vous accepterez de répondre à mes questions. Je ne me permets de vous les poser qu'avec l'accord de Mr Cavendish.

— Bien sûr, monsieur.

— Je vous interrogerai donc tout d'abord sur ce qui s'est passé hier, dans l'après-midi. Votre maîtresse a eu une altercation... ?

— C'est exact, monsieur ; mais je ne sais pas si je dois...

La domestique hésita, et Poirot lui jeta un regard pénétrant.

— Ma bonne Dorcas, il m'est nécessaire de connaître tous les détails de cette querelle. Ne pensez pas que ce serait trahir les secrets de votre maîtresse. Elle est morte et, si nous voulons la venger, il nous faut avoir le plus de précisions possible. Rien ne la ramènera à la vie, mais nous espérons, si ce décès est d'origine criminelle, livrer le coupable à la justice.

— Pour ça, je suis d'accord ! dit farouchement Dorcas. Et sans vouloir dénoncer personne, il y a quelqu'un à Styles Court que nous n'avons jamais pu souffrir... Et le jour où il a souillé le seuil de cette maison est à marquer d'une pierre noire !

Poirot attendit patiemment que la domestique eût recouvré son calme avant de l'interroger de son ton le plus professionnel :

— Revenons à cette altercation, si vous le voulez bien. A quel moment en avez-vous eu connaissance ?

— Eh bien, monsieur, je passais par hasard dans le vestibule...

— Quelle heure était-il ?

— Je ne pourrais vous le dire avec certitude, mais ce n'était pas encore l'heure de servir le thé. Peut-être 16 heures, ou un peu plus. Donc je traversais le vestibule quand j'ai entendu des voix qui venaient d'ici... La porte était fermée, et je ne voulais pas écouter, mais la pauvre madame parlait si fort et d'un ton tellement aigu que je n'ai pas pu m'empêcher

54

d'entendre. Alors je me suis arrêtée. « Vous m'avez menti et vous m'avez trompée ! » criait Madame. Je n'ai pas pu saisir ce qu'a répondu Monsieur : il parlait bien plus bas. Alors Madame s'est emportée : « Comment osez-vous ? Je vous ai entretenu, vêtu, nourri ! Vous me devez tout ! Et c'est ainsi que vous me remerciez ? En couvrant notre nom de honte ! » Comme la première fois, je n'ai pas entendu ce qu'il répliquait, mais elle a poursuivi : « Rien de ce que vous pouvez dire ne me fera dévier d'un pouce ! J'y vois clair, à présent. Et ma décision est prise. N'espérez pas que la peur du qu'en-dira-t-on ni le scandale parce qu'il s'agit d'un sordide problème de couple me fassent fléchir ! » A ce moment j'ai eu l'impression qu'ils approchaient de la porte pour sortir, et je me suis éloignée.

— C'était bien la voix de Mr Inglethorp que vous avez entendue ? Vous êtes catégorique ?

— Oh oui ! monsieur. D'ailleurs, qui est-ce que ça aurait pu être ?

— Bien. Et ensuite, que s'est-il passé ?

— J'ai retraversé le vestibule un peu plus tard, mais tout était calme. A 17 heures, Mrs Inglethorp m'a sonnée. Elle voulait que je lui apporte une tasse de thé — sans rien à manger — dans le boudoir. Je lui ai trouvé une mine épouvantable — elle était toute pâle et crispée. « Dorcas, je suis bouleversée », m'a-t-elle dit. « J'en suis bien désolée pour Madame, mais Madame ira mieux quand elle aura avalé une bonne tasse de thé bien chaud », lui ai-je répondu. Elle tenait une feuille à la main, je ne sais pas si c'était une lettre ou un simple bout de papier, mais il y avait quelque chose d'écrit dessus, et elle n'arrêtait pas de le regarder comme si elle ne pouvait en croire ses yeux. Elle se parlait tout haut, comme si elle avait oublié que j'étais là : « Rien que quelques mots... et plus rien n'est pareil. » Puis elle m'a dit : « Ne faites jamais confiance à un homme, Dorcas ! Ils n'en valent pas la peine ! » Je me suis dépêchée d'aller lui chercher une bonne tasse de thé bien fort. Elle m'a remerciée et m'a assurée qu'elle irait mieux dès qu'elle l'aurait bue. Et elle a ajouté : « Je ne sais plus quoi faire, Dorcas. Le scandale qui frappe un couple est un drame affreux. Si je le pouvais, je préférerais enterrer cette affaire et oublier... tout oublier... » Mrs Cavendish est entrée à ce moment-là, et ma maîtresse n'en a pas dit davantage.

— Tenait-elle toujours à la main cette feuille de papier dont vous venez de parler ?

— Oui, monsieur.

— Savez-vous ce qu'elle a pu en faire ensuite ?

— Je ne sais pas, monsieur, mais je suppose qu'elle l'a rangée dans sa mallette violette.

— Elle avait l'habitude d'y garder ses papiers importants, n'est-ce pas ?

— Oui, monsieur. Elle la descendait de sa chambre chaque matin, et chaque soir elle la remontait en allant se coucher.

— Quand en a-t-elle perdu la clef ?

— Elle s'en est rendu compte hier, à l'heure du déjeuner, et elle m'a demandé de la chercher partout. Elle était très ennuyée de ne pas la retrouver.

— Mais elle en possédait bien un double ?

— Bien sûr, monsieur.

Dorcas fixait sur mon ami un regard intrigué, et je crois que je devais partager cette attitude. A quoi rimait toute cette histoire de clef égarée ?

— Ne vous mettez pas martel en tête, Dorcas, la rassura-t-il avec un sourire. Cela fait partie de mon travail d'être au courant de ce genre de détails. Est-ce cette clef-là qui avait disparu ?

Et il sortit de sa poche celle qu'il avait trouvée un peu plus tôt fichée dans la serrure de la mallette violette.

— C'est bien elle, monsieur, pas de doute ! fit Dorcas, les yeux exorbités. Où l'avez-vous trouvée ? J'avais pourtant fouillé partout !

— Ah ! mais, voyez-vous, elle n'était sans doute pas au même endroit hier et aujourd'hui... A présent, j'aimerais aborder un autre sujet : dans sa garde-robe, votre maîtresse possédait-elle une robe vert foncé ?

56

Dorcas parut quelque peu déconcertée par cette question inattendue :

— Non, monsieur.

— En êtes-vous certaine ?

— Tout à fait, monsieur.

— Et quelqu'un d'autre dans cette maison a-t-il un vêtement de cette couleur ?

Dorcas prit un temps pour réfléchir.

— Miss Cynthia possède une robe du soir verte, oui.

— Vert clair ou foncé ?

— Clair, monsieur. En mousseline de soie, ça s'appelle.

— Ce n'est pas ce que je cherche. Personne d'autre ne s'habille en vert ?

— Non, monsieur. Pas à ma connaissance.

A voir le visage impassible de Poirot, il était difficile de dire si ces réponses l'avaient ou non déçu.

— Fort bien ; passons à un autre sujet, se borna-t-il à déclarer. Avez-vous une raison quelconque de penser que votre maîtresse ait pris une poudre somnifère hier soir ?

— En tout cas pas hier soir, monsieur ! j'en suis sûre.

— Et d'où vous vient cette certitude ?

— Il n'y en avait plus dans la boîte. Elle l'avait finie il y a deux jours, et elle n'en avait pas fait refaire depuis.

— Vous en êtes certaine ?

— Sûre et certaine, monsieur.

— Voilà donc un point éclairci. Autre chose : votre maîtresse ne vous a pas demandé hier de signer un papier quelconque ?

— Absolument pas, monsieur.

— A leur retour hier soir, Mr Hastings et Mr Lawrence ont trouvé Mrs Inglethorp occupée à rédiger son courrier. Avez-vous une idée des destinataires de ces lettres ?

— Oh ! non, monsieur ! C'était ma soirée de congé. Interrogez plutôt Annie, elle pourra peut-être vous renseigner, bien qu'elle soit assez distraite. Elle

n'a même pas débarrassé les tasses à café hier soir !
Voilà le genre de choses qui arrive quand je ne suis
pas là pour surveiller !

— Si elles ont été oubliées, je préférerais que vous
n'y touchiez pas, Dorcas. Pour que je puisse les examiner.

— Comme vous voudrez, monsieur.

— A quelle heure êtes-vous sortie, hier soir ?

— Aux environs de 18 heures, monsieur.

— Merci, Dorcas, c'est tout ce que j'avais à vous
demander. (Il se leva et s'approcha de la porte-
fenêtre.) Encore un détail, pourtant : j'ai été très
impressionné par ces magnifiques parterres de
fleurs. Combien y a-t-il de jardiniers ?

— Ils ne sont plus que trois. Avant la guerre, ils
étaient cinq, quand la propriété était encore entrete-
nue comme il se doit. Vous auriez dû la voir, monsieur. Un véritable enchantement pour les yeux,
monsieur ! A présent, il ne reste que le vieux Manning, le petit William et une de ces femmes jardi-
nières qui s'habillent en homme ! Ah ! nous vivons
une drôle d'époque !

— Les beaux jours reviendront, Dorcas. Du moins,
je l'espère. Maintenant, si vous vouliez bien dire à
Annie de venir ici ?

— Tout de suite, monsieur. Merci, monsieur.

Dès que la domestique eut quitté le boudoir, je
posai à Poirot les questions qui depuis un moment
déjà me brûlaient les lèvres :

— Comment avez-vous deviné que Mrs Inglethorp prenait une poudre somnifère ? Et qu'est-ce
que c'est que cette histoire de double de clef et de clef
égarée ?

— Un problème à la fois, si vous le voulez bien,
mon bon ami. En ce qui concerne la poudre somnifère, voici ce qui m'a renseigné.

Il sortit de sa poche une petite boîte en carton semblable à celles qu'utilisent les pharmaciens pour
leurs préparations.

— Où l'avez-vous trouvée ?

— Dans le tiroir de la table de toilette. C'était le fameux sixième élément de ma liste.

— Mais puisque la dernière prise de poudre remonte à deux jours, je suppose que ce détail est sans grande incidence.

— Voire... Ne remarquez-vous rien de particulier sur cette boîte ?

— Non, je ne vois rien, fis-je en examinant l'objet.

— Regardez l'étiquette.

Je lus : « Pour Mrs Inglethorp. Une dose de poudre au coucher si nécessaire. » Je dus reconnaître que rien de cela ne m'apparaissait digne d'intérêt.

— Et le fait qu'aucun nom de pharmacien ne soit mentionné n'éveille pas votre curiosité ?

— Ça par exemple ! Oui, c'est vrai que c'est bizarre !

— Connaissez-vous un préparateur qui enverrait une commande sans mention de nom sur l'emballage ?

— Bien sûr que non !

Voilà qui devenait passionnant, mais Poirot tempéra mon enthousiasme en ajoutant :

— Et pourtant l'explication est des plus simples. Ne bâtissez pas de châteaux en Espagne, mon bon ami.

Je n'eus pas le loisir de répliquer car un pas se fit entendre et Annie entra. C'était une belle fille, bien bâtie, en proie à une grande agitation, due sans doute au plaisir quelque peu macabre d'être mêlée au drame.

Sans préambule, avec son habituelle efficacité, Poirot entra dans le vif du sujet :

— Je vous ai fait venir, Annie, car je pense que vous serez en mesure de nous fournir quelques détails au sujet des lettres que Mrs Inglethorp a écrites hier soir. Combien y en avait-il ? Et pouvez-vous m'indiquer quelques-uns des noms et des adresses figurant sur les enveloppes ?

Annie réfléchit un instant :

— Il y avait quatre lettres, monsieur. L'une pour miss Howard ; une autre pour Mr Wells, l'avoué...

Mais je n'arrive pas à me souvenir des deux autres...
Ah ! ça me revient, maintenant : la troisième était adressée à Mr Ross, un de nos fournisseurs à Tadminster. Mais la quatrième, je ne me rappelle pas...

— Faites un effort, insista Poirot.

Annie fouilla dans sa mémoire, en vain :

— Je suis désolée, monsieur, mais ça m'échappe. A moins que je ne l'aie même pas remarquée.

— Aucune importance, fit Poirot sans manifester la moindre déception. A présent, j'ai autre chose à vous demander. Il y avait une casserole dans la chambre de Mrs Inglethorp, avec un peu de cacao au fond. Prenait-elle cette boisson tous les soirs ?

— Oui, monsieur. On en montait dans sa chambre tous les soirs, et elle s'en faisait réchauffer une tasse, quand elle en avait envie.

— Qu'est-ce que c'était ? Du cacao pur ?

— Oui, monsieur, avec un peu de lait, une petite cuillerée de sucre et deux de rhum.

— Qui lui a porté son cacao, hier soir ?

— Moi, monsieur.

— Et les autres soirs ?

— C'était toujours moi, monsieur.

— A quelle heure ?

— D'habitude, quand j'allais dans sa chambre pour tirer les rideaux.

— Et vous le montiez directement de la cuisine ?

— Non, monsieur. Voyez-vous, on manque de place sur le fourneau à gaz. C'est pourquoi la cuisinière le préparait toujours plus tôt, avant de faire cuire les légumes pour le repas du soir. Ensuite, j'allais le déposer sur la table du premier, près de la porte de service. Et je ne l'apportais que plus tard à Mrs Inglethorp.

— Cette porte est située dans l'aile gauche ?

— Oui, monsieur.

— Et la table est de ce côté-ci de la porte ou de l'autre, vers les chambres des domestiques ?

— De ce côté-ci, monsieur.

— Hier soir, quelle heure était-il quand vous avez déposé le cacao sur la table ?

— Je pense qu'il devait être 19 h 15, monsieur.

— Et quand l'avez-vous porté dans la chambre de Mrs Inglethorp ?

— Quand je suis entrée pour tirer les rideaux. Il pouvait être 20 heures. Mrs Inglethorp est montée se coucher avant que je m'en aille.

— Donc, entre 19 h 15 et 20 heures, le cacao est resté sur la table dans le couloir ?

— Oui, monsieur.

Le visage d'Annie s'était empourpré et soudain elle ne put y tenir plus longtemps et s'exclama :

— Mais s'il y avait du sel dans son cacao, je n'y suis pour rien, monsieur ! Je n'ai jamais approché une salière de la tasse, je le jure !

— Pourquoi pensez-vous qu'il aurait pu y avoir du sel dans le cacao ?

— Parce que j'en ai vu sur le plateau, monsieur.

— Vous avez vu du sel sur le plateau ?

— Oui, monsieur. Et c'était même du gros sel de cuisine. Je ne l'avais pas remarqué quand j'ai monté le plateau. C'est en le portant dans la chambre de Madame que je m'en suis aperçue. Bien sûr, j'aurais dû le redescendre et demander à la cuisinière de préparer un autre cacao ; mais il fallait que je me dépêche : c'était le jour de sortie de Dorcas, et j'étais seule. Et puis j'ai pensé que le gros sel n'était tombé que sur le plateau, et pas dans le cacao. J'ai donc essuyé le plateau avec mon tablier et je l'ai porté dans la chambre de Madame.

J'éprouvai les plus grandes difficultés à dissimuler mon exaltation. A son insu, Annie venait de nous révéler un fait essentiel. Qu'aurait-elle dit si elle avait compris que son « gros sel » était en fait de la strychnine, l'un des poisons les plus foudroyants qui existent ? Le calme de Poirot m'impressionna. Il possédait une stupéfiante maîtrise de soi. J'attendais avec impatience sa question suivante, mais je fus déçu.

— Quand vous êtes entrée dans la chambre de Mrs Inglethorp, la porte de communication avec la chambre de miss Cynthia était-elle verrouillée ?

— Bien sûr, monsieur. Elle l'a toujours été. On ne l'ouvre jamais.

— Et celle donnant sur la chambre de Mr Inglethorp ? Avez-vous remarqué si elle était elle aussi fermée à double tour ?

Annie marqua un temps d'hésitation.

— Je ne pourrais l'affirmer, monsieur. Elle était fermée, ça oui. A double tour, je n'y ai pas fait attention.

— Quand vous êtes sortie, Mrs Inglethorp a-t-elle verrouillé sa porte derrière vous ?

— Je ne l'ai pas entendue le faire, mais elle a sûrement poussé le verrou plus tard, comme toutes les nuits. Je parle de la porte qui donne sur le couloir.

— Avez-vous remarqué une tache de bougie sur le parquet quand vous avez fait sa chambre, hier ?

— De la bougie ? Bien sûr que non, monsieur. D'ailleurs, Madame n'avait pas de bougie dans sa chambre, seulement une lampe de chevet.

— S'il y avait eu une grosse tache de bougie sur le sol, vous êtes sûre que vous l'auriez remarquée ?

— Oh ! oui, monsieur ! Et je l'aurais fait disparaître avec un fer chaud et une feuille de papier buvard.

Poirot lui posa alors la même question qu'à Dorcas :

— Mrs Inglethorp possédait une robe verte ?

— Non, monsieur.

— Un manteau ? Ou une cape ? Ou... comment dites-vous ? une veste ?

— Rien de vert, monsieur.

— Quelqu'un d'autre dans la maison ?

Annie réfléchit.

— Non, monsieur, dit-elle enfin.

— Vous en êtes sûre ?

— Certaine, monsieur.

— Bien ! Je crois que ce sera tout, Annie. Je vous remercie.

Avec un petit gloussement nerveux, la domestique sortit d'une démarche pesante. Je pus alors donner libre cours à ma jubilation :

— Toutes mes félicitations, Poirot ! Voilà une découverte d'envergure !

— Quelle découverte, mon bon ami ?

— Eh bien, que c'est le cacao et non le café qui était empoisonné. Tout concorde. Mrs Inglethorp n'a bu son cacao que tard dans la nuit, ce qui explique pourquoi la strychnine n'a pas agi avant l'aube.

— Ainsi donc vous en déduisez que le *cacao* — écoutez-moi bien, Hastings — que le cacao contenait de la strychnine ?

— C'est l'évidence même ! Sinon qu'était donc ce « gros sel » sur le plateau ?

— Du sel, tout simplement.

Devant l'air placide de Poirot, je haussai les épaules. A quoi bon discuter ? Pour la seconde fois dans la journée, je songeai avec regret que Poirot vieillissait. Et je me félicitai intérieurement d'être là avec mon esprit plus ouvert.

Le regard pétillant de malice, mon ami belge m'observait.

— Vous paraissez déçu de mes propos. Je me trompe ?

— Mon cher Poirot, dis-je d'un ton froid, je ne me permettrais pas de vous dicter la marche à suivre. Votre idée sur l'affaire est respectable, tout comme la mienne.

— Voilà une opinion qui vous honore, commenta-t-il en se levant brusquement. Je crois en avoir fini avec cette pièce. Au fait, savez-vous à qui est ce petit secrétaire à cylindre, dans le coin, là ?

— A Mr Inglethorp.

— Tiens !

Il tenta de l'ouvrir, sans succès.

— Fermé ! Mais le trousseau de Mrs Inglethorp comporte peut-être notre sésame ?

Il essaya plusieurs clefs avant de pousser un cri de satisfaction :

— Et voilà ! Ce n'est pas la bonne clef mais elle fait l'affaire quand même !

Il releva le cylindre et jeta un regard perçant sur

les papiers soigneusement classés. Pourtant, il ne les examina pas, ce qui m'étonna fort.

— Décidément, Mr Inglethorp est un homme d'ordre, se contenta-t-il d'observer avec une certaine admiration.

Pour mon ami belge, c'était le plus grand compliment qu'il pût faire. Une fois encore je me dis que les facultés de Poirot déclinaient quand il eut cette réflexion surprenante :

— Pas le moindre timbre dans ce secrétaire, mais il a pu y en avoir, n'est-ce pas, mon bon ami ? A-t-il pu y en avoir ? (Il laissa errer son regard dans le boudoir.) Bon ! Nous ne trouverons rien de plus dans cette pièce. Notre pêche est d'ailleurs assez maigre... nous n'avons que ceci !

De sa poche il sortit une enveloppe froissée qu'il me tendit. C'était un curieux document. D'un modèle des plus ordinaires, elle était sale et portait quelques mots griffonnés apparemment au hasard. En voici un fac-similé :

5

PAS QUESTION DE STRYCHNINE, BIEN SÛR

— Où l'avez-vous découverte ? demandai-je, dévoré de curiosité.

— Dans la corbeille à papier. L'écriture ne vous est pas inconnue, sans doute.

— Bien sûr que non. C'est celle de Mrs Inglethorp. Mais qu'est-ce que cela signifie ?

— Impossible de le dire pour le moment, fit Poirot avec un haussement d'épaules. Mais c'est une trouvaille intéressante.

Une explication, assez osée je l'avoue, me vint à l'esprit. Et si Mrs Inglethorp avait souffert de dérangement mental ? Elle aurait pu croire à ces sornettes de possession par le démon. Dans une telle hypothèse, le suicide ne devenait-il pas plausible ?

Je m'apprêtais à soumettre à Poirot cette théorie quand celui-ci me coupa dans mon élan :

— Venez, dit-il. Allons examiner ces tasses à café.

— Voyons, mon cher Poirot ! A quoi bon, maintenant que nous savons ce qu'il en est à propos du cacao ?

— Oh là là ! Encore cette histoire de cacao ! s'exclama Poirot avec quelque désinvolture.

Apparemment très amusé par ma remarque, il eut un petit rire et leva les bras au ciel dans une parodie de désespoir qui me sembla d'un extrême mauvais goût.

— De surcroît, ajoutai-je avec une froideur croissante, n'oubliez pas que Mrs Inglethorp a monté elle-même son café dans sa chambre. J'imagine donc mal ce que vous pensez découvrir ; à moins que vous n'espériez trouver un sachet de strychnine sur le plateau.

Poirot reprit aussitôt son sérieux.

— Allons, allons, mon bon ami ! dit-il en me prenant le bras. Ne prenez pas la mouche ! Permettez-moi de m'intéresser à mes histoires de tasses à café, et je respecterai votre fascination pour les tasses de cacao. N'est-ce pas là une mesure équitable ?

Il était si drôle que je ne pus m'empêcher de rire, et nous entrâmes de concert dans le salon. Les tasses étaient restées sur le plateau, telles que nous les avions laissées la veille.

Poirot me demanda un récit détaillé du moment où nous avions pris le café. Il m'écouta avec une grande concentration et vérifia la position de chaque tasse.

— Mrs Cavendish se tenait donc près du plateau et c'est elle qui a servi le café. Bien. Ensuite elle s'est approchée de la fenêtre, où vous étiez assis avec miss Cynthia. C'est bien cela ? Oui, voici vos trois tasses... Quant à celle que je vois sur la cheminée, à moitié vide, ce ne peut être que celle de Mr Lawrence. Et celle-ci, sur le plateau ?

— C'est la tasse de John. Je l'ai vu la poser là.

— Parfait. Cela nous fait donc cinq tasses. Mais où est donc celle de Mr Inglethorp ?

— Il ne boit pas de café.

— Alors, le compte est bon. Un instant, mon bon ami.

Avec un soin infini, il préleva quelques gouttes au fond de chaque tasse, qu'il mit dans de petits tubes aussitôt bouchés, sans oublier de goûter chaque prélèvement. Son visage changea brusquement d'expression et afficha un curieux mélange de surprise et de soulagement.

— Hé oui ! dit-il enfin. C'est l'évidence même. Ma première idée était totalement erronée, c'est clair...

et pourtant il y a quelque chose d'étrange. Enfin, peu importe !

Et, avec ce haussement d'épaules qui lui était coutumier, il chassa de son esprit ce qui le tracassait. Depuis le début, j'aurais pu lui dire que ses recherches obstinées à propos du café ne pouvaient le conduire qu'à une impasse mais je préférai m'abstenir. Même si ses facultés avaient baissé, Poirot méritait de conserver son prestige de jadis.

— Le petit déjeuner est servi, annonça John Cavendish, venant du hall. Vous joindrez-vous à nous, Mr Poirot ?

Mon ami accepta. J'observai John. Il était revenu à l'état normal. Si les événements qui avait marqué cette nuit tragique l'avaient un moment perturbé, son tempérament égal lui avait permis de se remettre très vite. Homme de peu d'imagination, il offrait en cela un contraste saisissant avec son frère, qui, lui, en avait peut-être trop !

Depuis les premières heures de la matinée, John avait été très occupé à envoyer des télégrammes (dont l'un des tout premiers était destiné à miss Howard) et à rédiger des notices nécrologiques pour les différents journaux. De plus, il avait pris en charge toutes les pénibles corvées qui résultent d'un décès.

— Puis-je vous demander où vous en êtes ? s'enquit-il. Votre enquête va-t-elle conclure à une mort naturelle de notre mère ou... ou devons-nous nous préparer au pire ?

— Mr Cavendish, fit Poirot d'un ton grave, vous devriez renoncer à vous bercer de faux espoirs. Quel est le sentiment des autres membres de la famille ?

— Mon frère, Lawrence, est persuadé que nous nous agitons à tort. Pour lui, tout indique qu'il s'agit d'un simple accident cardiaque.

— Vraiment ? Ça, c'est très intéressant... oui, très intéressant, murmura Poirot. Et que pense Mrs Cavendish ?

Le visage de John se rembrunit.

— Je n'ai pas la moindre idée de ce que peut penser ma femme.

Cette réponse provoqua une gêne passagère. Un lourd silence s'ensuivit, que John parvint enfin à rompre :

— Vous ai-je dit que Mr Inglethorp était revenu ?

Poirot hocha la tête.

— La situation est difficile pour nous tous. Bien sûr, nous devons continuer à le traiter comme par le passé, mais tout de même ! Cela soulève le cœur de partager sa table avec un meurtrier présumé !

— Je comprends ce que cette situation peut avoir de pénible. Cependant j'aimerais vous poser une question. Si je ne me trompe, la raison pour laquelle Mr Inglethorp n'est pas rentré hier soir, c'est qu'il avait oublié sa clef. C'est bien cela ?

— Oui.

— Naturellement, vous êtes sûr qu'il avait effectivement oublié cette clef ? Qu'il ne l'avait pas sur lui ?

— Je n'en ai pas la moindre idée. Je n'ai pas pensé à vérifier. Nous la laissons toujours dans un tiroir du vestibule. Je vais voir si elle y est encore.

Poirot eut un petit sourire.

— Trop tard, Mr Cavendish. Je suis certain qu'elle s'y trouve. S'il l'a prise hier, Mr Inglethorp a eu tout le temps de la remettre à sa place depuis.

— Vous croyez que...

— Je ne crois rien. Si quelqu'un avait vu la clef dans le tiroir ce matin, avant son retour, ç'aurait été un bon point en sa faveur, c'est tout.

John paraissait perplexe.

— Ne vous en faites donc pas, dit Poirot d'une voix douce. Ne laissez pas ce détail vous inquiéter... Et, puisque vous me l'avez proposé si gentiment, si nous allions prendre le petit déjeuner ?

Tout le monde était réuni dans la salle à manger. Après les événements tragiques de la nuit, l'ambiance n'était guère à la franche gaieté. La réaction à ce genre de choc est toujours pénible et je crois que nous en souffrions encore. Certes, décorum et bonne éducation nous imposaient un comportement aussi normal que possible, mais je ne pouvais m'empêcher de me demander si, pour la plupart d'entre nous, cela représentait un véritable effort : pas d'yeux rougis, aucun signe d'un chagrin contenu à grand-peine — ce qui me conforta dans l'idée que Dorcas était la seule personne vraiment affectée par la disparition de sa maîtresse.

Je ne m'étendrai pas sur le compte de Mr Inglethorp jouant son rôle de veuf éploré avec une hypocrisie révoltante. Savait-il que nous le soupçonnions ? Malgré nos efforts pour le cacher, il ne pouvait l'ignorer. Ressentait-il les affres d'une peur secrète ou croyait-il à son impunité ? L'atmosphère pesante devait l'avertir qu'il faisait figure d'accusé.

Mais tout le monde le soupçonnait-il ? Qu'en était-il de Mrs Cavendish ? Assise en bout de table, elle donnait l'image d'une grâce quelque peu affectée, énigmatique. Dans sa robe gris perle, dont les poignets à ruchés blancs retombaient élégamment sur ses mains fines, elle était extrêmement belle. Pourtant je savais que, si elle le désirait, son visage pouvait devenir aussi impénétrable que celui du sphinx. Elle ne desserra guère les lèvres, mais j'eus la curieuse impression que sa forte personnalité nous dominait tous.

Et la jeune Cynthia ? Soupçonnait-elle la même personne que nous ? Elle me parut bien pâle, souffrante même. Elle avait le geste lourd, l'élocution pâteuse. Quand je lui demandai si elle ne se sentait pas bien, elle me répondit avec franchise :

— Non. J'ai un mal de tête épouvantable.

— Prenez donc un autre café, proposa Poirot avec sollicitude. Cela vous revigorera. Et rien de tel pour combattre la migraine.

Il s'empressa de lui prendre sa tasse.

— Non, merci, lui dit Cynthia comme il saisissait la pince à sucre.

— Pas de sucre ? Restriction de guerre, c'est ça ?

— Non, je ne sucre jamais mon café.

— Tiens donc ! marmonna Poirot avant de poser devant elle la tasse qu'il venait de remplir.

Il avait parlé si bas que je fus le seul à l'entendre. Intrigué, je levai les yeux et vis sur son visage tous les signes d'une exultation secrète. Ses prunelles brillaient du plus beau vert comme celles d'un matou sur le sentier de l'amour. Pour être aussi enthousiaste, il avait certainement remarqué quelque chose. Mais quoi ? Je ne me considère pas comme totalement stupide, mais je dois avouer que rien de particulier n'avait attiré mon attention.

La porte s'ouvrit et Dorcas entra.

— Mr Wells désirerait vous voir, monsieur, dit-elle à John.

Je connaissais ce nom : c'était l'avoué à qui Mrs Inglethorp avait écrit la veille.

John se leva.

— Faites-le entrer dans mon bureau, Dorcas. (Puis, se tournant vers nous :) Mr Wells est l'avoué de ma belle-mère. Il est aussi coroner... si vous voyez ce que je veux dire. Peut-être aimeriez-vous venir avec moi ?

Nous acceptâmes de concert et quittâmes la salle à manger avec lui. John ouvrait la marche et j'en profitai pour murmurer à l'oreille de mon ami :

— Il y aura donc une enquête ?

Il hocha la tête d'un air absent. Il semblait à tel point plongé dans ses pensées que je ne pus refréner ma curiosité :

— Que se passe-t-il ? Vous m'écoutez à peine.

— C'est vrai, mon bon ami ; je suis très ennuyé.

— Pour quoi ça ?

— Parce que miss Cynthia ne prend jamais de sucre dans son café.

— Pardon ? Vous plaisantez ?

— Je suis très sérieux au contraire. Ah ! Il y a là un point qui m'échappe ! Mon intuition ne m'avait pas trompé.

— Quelle intuition ?

— Celle qui m'a poussé à examiner les tasses à café. Mais chut ! Plus un mot là-dessus.

Nous suivîmes John dans son bureau, et il referma la porte derrière nous.

Mr Wells était un homme entre deux âges, à la physionomie avenante. Ses yeux vous radiographiaient et ses lèvres possédaient l'ourlet propre à la catégorie des hommes de loi. John nous présenta et lui expliqua les raisons de notre présence à Styles Court.

— Vous comprendrez, Wells, que tout ceci doit rester strictement entre nous. Nous espérons encore qu'une enquête se révélera inutile.

— Bien entendu, répondit l'avoué, apaisant. Hélas ! j'aurais aimé vous éviter l'épreuve et le qu'en-dira-t-on qui accompagnent toujours une enquête judiciaire, mais, en l'absence d'un permis d'inhumer délivré par un médecin, elle devient indispensable.

— Oui, je comprends.

— Un homme remarquable, ce Bauerstein. Une autorité en matière de toxicologie, je crois ?

— En effet, reconnut John avec réticence avant d'ajouter, d'une voix hésitante : Devrons-nous comparaître comme témoins ? Je veux dire... tous ?

— Vous, très certainement. Ainsi que... euh... hum... Mr... euh... Inglethorp.

L'avoué laissa passer quelques secondes avant de poursuivre de sa voix lénifiante :

— Les autres dépositions n'auront pour but que de confirmer vos dires. Simple formalité.

— Je vois.

Une expression ressemblant à du soulagement passa sur le visage de John. Cette réaction m'étonna, car elle ne me semblait pas justifiée.

— Si vous n'y voyez pas d'inconvénient, reprit Mr Wells, j'ai pensé à vendredi pour recueillir les témoignages. Cela nous laissera le temps d'obtenir les conclusions du légiste. L'autopsie doit être pratiquée ce soir, je crois ?

— C'est exact.

— Bien. Nous sommes donc d'accord sur la date ?

— Tout à fait.

— Inutile de vous dire, mon cher Cavendish, combien je suis bouleversé par cette tragique affaire.

— Ne pourriez-vous nous aider à la résoudre,

monsieur ? intervint alors Poirot qui n'avait encore rien dit.

— Moi ?

— Nous savons que Mrs Inglethorp vous a adressé un courrier juste avant son décès. Vous l'avez sans doute reçu ce matin ?

— Effectivement, mais cette lettre ne contenait rien de particulier. Un simple mot me demandant de venir la voir, précisément ce matin, car elle souhaitait mes conseils sur une question importante.

— Elle ne vous a donné aucun indice sur la nature de cette question ?

— Hélas ! non.

— Quel dommage ! dit John.

— C'est en effet grandement dommage, renchérit gravement Poirot.

Un silence s'ensuivit. Poirot restait plongé dans ses pensées. Finalement, il se tourna vers l'avoué :

— Mr Wells, j'ai une question à vous poser, si toutefois elle n'est pas en contradiction avec votre obligation de réserve. A la disparition de Mrs Inglethorp, qui doit hériter de ses biens ?

L'homme de loi hésita un peu avant de répondre :

— La réponse sera bientôt connue de tous, et si Mr Cavendish n'y voit pas d'objection...

— Aucune, dit aussitôt John.

— Dans ce cas, rien ne s'oppose à ce que je réponde à votre question, Mr Poirot. Dans son dernier testament, enregistré au mois d'août de l'année dernière — et à part quelques legs de peu d'importance en faveur des domestiques, etc. — Mrs Inglethorp laissait toute sa fortune à son beau-fils, Mr John Cavendish.

— Veuillez excuser cette remarque, Mr Cavendish — ces dispositions n'étaient-elles pas quelque peu injustes envers Mr Lawrence Cavendish, son autre beau-fils ?

— Non, je ne pense pas. Voyez-vous, d'après les termes du testament de son père, John héritait de la propriété, tandis que Lawrence, à la mort de sa belle-mère, recevrait la fortune considérable dont elle était usufruitière. Mrs Inglethorp a souhaité léguer sa propre fortune à John, sachant qu'il en aurait besoin pour entretenir Styles Court. A mon avis, cette répartition était tout à fait équitable.

La mine pensive, Poirot acquiesça.

— Je comprends. Mais ai-je raison de prétendre que, d'après la loi anglaise, ce testament a été automatiquement annulé par le remariage de Mrs Inglethorp ?

Mr Wells acquiesça d'un signe de tête.

— J'allais le dire, Mr Poirot. Ce testament est en effet nul et non avenu.

— Tiens, tiens ! fit Poirot, toujours pensif. Mrs Inglethorp connaissait-elle cette particularité juridique ?

— Je n'en sais rien. C'est possible.

— Elle la connaissait, intervint John, à notre grande surprise. Nous discutions encore de ces testaments annulés pour cause de remariage pas plus tard qu'hier.

— Ah ! Une dernière question, Mr Wells. Vous avez dit : « dans son dernier testament ». Est-ce que cela signifie qu'elle en avait déjà rédigé d'autres ?

— Elle en faisait au moins un nouveau chaque année, répondit Mr Wells avec le plus grand sérieux. Elle avait tendance à changer fréquemment de dispositions testamentaires. Elle avantageait tantôt un membre de sa famille, tantôt un autre.

— Supposons alors, Mr Wells, qu'elle ait rédigé à votre insu un nouveau testament favorisant un étranger à la famille — disons : miss Howard, par exemple. Cela vous paraîtrait-il surprenant ?

— Pas du tout.

— Ah !

Poirot semblait en avoir fini avec ses questions. Pendant que l'avoué et John se demandaient s'il était opportun de prendre connaissance des papiers de Mrs Inglethorp, je m'approchai de mon ami.

— Vous pensez que Mrs Inglethorp aurait pu rédiger un testament faisant de miss Howard sa légataire universelle ? lui demandai-je à voix basse.

Poirot sourit.

— Non.

— Alors pourquoi cette question ?

— Chut !

John Cavendish s'était tourné vers lui.

— Si vous voulez nous accompagner, Mr Poirot ? Nous allons examiner les papiers de ma mère. Mr Inglethorp consent à nous laisser ce soin, à Mr Wells et à moi-même.

— Voilà qui simplifie les choses, dit l'avoué à mi-voix. Légalement, il aurait été en droit de...

Il laissa sa phrase en suspens.

— Nous commencerons par le secrétaire du boudoir, décida John. Ensuite nous monterons dans sa chambre. Elle conservait les documents les plus importants dans une mallette violette. Ceux-là, il nous faudra les éplucher avec le maximum de soin.

— En effet, dit l'avoué. On ne peut écarter l'hypothèse d'un testament plus récent que celui en ma possession.

— Ce n'est pas une hypothèse, dit Poirot, mais une réalité.

— Pardon ?

Eberlués, John et Mr Wells dévisageaient mon ami.

— Ou, pour être précis, fit Poirot sans sourciller, c'était une réalité.

— Expliquez-vous ! Où est ce testament ?

— Parti en fumée. Brûlé.

— Brûlé ?

— Oui. Voyez vous-même.

Il exhiba le bout de papier aux bords calcinés qu'il avait récupéré dans la cheminée de la chambre et le tendit à Mr Wells. Brièvement, il précisa l'endroit et la manière dont il l'avait découvert.

— C'est peut-être un testament plus ancien.

— Cela m'étonnerait fort. J'ai la quasi-certitude que celui-ci n'a pas été rédigé avant hier après-midi.

— Comment ? Mais c'est impossible ! s'exclamèrent les deux hommes d'une seule et même voix.

Poirot se tourna vers John :

— Permettez-moi de faire venir le jardinier, et je pense être à même de vous le démontrer.

— Euh... très bien... mais je ne vois pas...

— Accédez à ma requête, insista Poirot. Ensuite vous pourrez me poser toutes les questions que vous voudrez.

— Comme il vous plaira, fit John en tirant le cordon de la sonnette.

Quelques instants plus tard, Dorcas entrait dans la pièce.

— Veuillez faire venir Manning, Dorcas. J'ai à lui parler.

— Bien, monsieur, dit la domestique qui se retira aussitôt.

Nous gardâmes un silence tendu jusqu'à l'arrivée du jardinier. Seul Poirot semblait parfaitement à son aise. D'un geste machinal il essuya un coin d'étagère dans la bibliothèque.

Le gravier crissa sous les lourdes chaussures ferrées de Manning et ce dernier apparut à la porte-fenêtre. Comme John interrogeait Poirot du regard, mon ami l'encouragea d'un signe de tête.

— Entrez, Manning, dit John. J'ai à vous parler.

Le jardinier ne fit que passer le seuil de la porte-fenêtre. Visiblement mal à l'aise, il tournait et retournait sa casquette entre ses doigts. Malgré son dos voûté, il ne devait pas être aussi âgé qu'il le paraissait. Son regard vif brillait d'intelligence, démentant son parler à la lenteur circonspecte.

— Manning, annonça John, ce monsieur va vous poser quelques questions auxquelles je vous prie de répondre.

— Bien, m'sieur.

Poirot fit un pas en avant. Le jardinier lui jeta un regard nuancé de condescendance.

— Hier après-midi, vous étiez occupé à planter un parterre de bégonias près de la façade sud, n'est-ce pas ?

— C'est exact, m'sieur. Même que William me prêtait la main.

— Et Mrs Inglethorp vous a appelés par la porte-fenêtre du boudoir, n'est-ce pas ?

— Oui, m'sieur. C'est ben vrai, ça.

— Dites-moi, dans vos propres termes, ce qui s'en est suivi.

— Ben, pas grand-chose, m'sieur. Madame a ordonné comme ça à William de descendre à vélo jusqu'au village et de lui ramener une feuille de papier timbré, je crois. Elle lui a mis par écrit ce qu'elle voulait au juste.

— Et puis ?

— Ben, William, il a fait ce que Madame elle voulait, m'sieur.

— Bien. Et ensuite ?

— Ben, nous deux, William et moi, on s'en est retournés nous occuper des bégonias, m'sieur.

— Mrs Inglethorp ne vous a-t-elle pas appelé un peu plus tard ?

— Si, m'sieur. Moi et William, tous les deux.

— Continuez.

— Elle nous a fait entrer et elle nous a demandé de signer sur une grande feuille de papier timbré, sous sa signature à elle.

— Vous souvenez-vous de ce qui était écrit au-dessus de sa signature ?

— Non, m'sieur. Elle avait mis un morceau de papier buvard pour le cacher.

— Vous avez donc signé à l'endroit qu'elle vous a montré ?

— Oui, m'sieur. D'abord moi, et puis ensuite William.

— Et qu'a-t-elle fait de cette feuille ?

— Elle l'a mise dans une longue enveloppe qu'elle a rangée dans une espèce de boîte violette sur le secrétaire.

— A quelle heure vous a-t-elle appelés la première fois ?

— A peu près 16 heures, m'sieur.

— N'était-il pas plutôt 15 h 30 ?

— Non, m'sieur. Même qu'il était sûrement 16 heures passées. Pas moins.

— Eh bien, je vous remercie, Manning. Ce sera tout, dit Poirot sur un ton cordial.

Le jardinier jeta un coup d'œil à John qui lui fit un signe de tête. Alors Manning porta un doigt à son front, marmonna quelques mots incompréhensibles et sortit par où il était entré.

Nous nous entreregardâmes un instant.

— Seigneur ! balbutia John. Quelle coïncidence extraordinaire !

— Comment cela, une coïncidence ?

— Que ma mère ait fait un testament le jour même de sa mort !

Mr Wells s'éclaircit la voix, puis d'un ton sec :

— Vous croyez vraiment qu'il s'agit là d'une coïncidence, Cavendish ?

— Que voulez-vous dire ?

— Votre mère, vous me l'avez dit vous-même, avait eu une violente altercation avec... avec quelqu'un, hier après-midi.

— Que voulez-vous dire ? répéta John qui avait pâli et dont la voix tremblait.

— Juste après cette altercation, continua l'avoué, Mrs Inglethorp a rédigé à la hâte un nouveau testament dont nous ne connaîtrons sans doute jamais le contenu. Elle n'a parlé à personne des dispositions qu'elle y prenait. Il ne fait aucun doute qu'elle m'aurait demandé mon avis ce matin, mais on ne lui en a pas laissé le temps. Ce document disparaît en fumée, et votre mère emporte son secret dans la tombe. Cavendish, j'ai bien peur qu'on ne puisse voir là une simple coïncidence. Mr Poirot sera de mon avis si je dis que ces faits sont très révélateurs.

— Qu'ils le soient ou non, l'interrompit John, nous devons remercier Mr Poirot d'avoir élucidé cette énigme. Sans sa perspicacité, jamais nous n'aurions soupçonné l'existence de ce testament. Je suppose, monsieur, que ce n'est pas la peine de vous demander ce qui vous a amené à imaginer cela.

Poirot sourit :

— Une vieille enveloppe griffonnée. Et un parterre de bégonias fraîchement plantés.

John l'eût sans doute pressé de s'expliquer si nous n'avions été distraits par le vrombissement d'un moteur. Nous nous retournâmes vers la fenêtre au moment où l'automobile passait.

— Evie ! s'exclama John. Veuillez m'excuser, Wells, poursuivit-il — et, sans attendre, il sortit dans le vestibule.

Poirot me questionna du regard.

— Miss Howard, lui expliquai-je.

— Ah ! Je suis heureux qu'elle soit venue. Voilà une femme intelligente et dotée d'un grand cœur. Dommage que le Créateur ne lui ait pas donné la beauté en prime.

Je suivis John à temps pour accueillir miss Howard dans le vestibule. Elle s'appliquait à se dégager des amples voiles de deuil qui lui enveloppaient la tête. Quand ses yeux se posèrent sur moi, j'éprouvai un sentiment de remords. Cette femme m'avait mis en garde solennellement, et je n'avais guère prêté attention à ses avertissements. Non sans un certain dédain, je les avais aussitôt chassés de mon esprit. Maintenant que les événements tragiques de la nuit lui donnaient raison, j'avais honte. Elle ne connaissait que trop bien Mr Inglethorp. Le drame aurait-il eu lieu sans son départ de Styles Court ? Le meurtrier n'aurait-il pas redouté sa vigilance ?

Elle me prit la main qu'elle secoua avec cette énergie dont je me souvenais si bien, et j'en fus soulagé. Son regard rencontra le mien et, s'il était voilé par la tristesse, je n'y lus aucun reproche. A ses yeux rougis, je voyais bien qu'elle avait beaucoup pleuré, mais elle conservait dans son comportement sa rudesse habituelle.

— Je me suis mise en route sitôt reçu le télégramme. Je sortais de mon travail. J'ai loué une automobile. Pour arriver au plus vite.

— Evie, avez-vous eu le temps de manger quelque chose, ce matin ? s'enquit John.

— Non.

— C'est bien ce que je pensais. Venez. La table du petit déjeuner n'a pas encore été débarrassée, et on va vous faire préparer du thé. (Il se tourna vers moi.) Vous voulez bien vous occuper d'elle, Hastings ? Je dois retourner auprès de Wells. Oh ! Evie, je vous présente Mr Poirot. Il nous aide... beaucoup.

Miss Howard tendit la main à mon ami mais, pardessus son épaule, elle jeta un regard intrigué à John.

— Comment cela : il vous aide ?

— A poursuivre notre enquête.

— Quelle enquête ? Il n'y a rien à enquêter. Ils ne l'ont pas encore jeté en prison ?

— Jeté qui en prison ?

— Qui ? Alfred Inglethorp, évidemment !

— Allons, ma bonne Evie ! Un peu de prudence. Lawrence pense que notre mère a succombé à une crise cardiaque.

— Quel idiot, ce Lawrence ! rétorqua miss Howard. Alfred Inglethorp a tué cette pauvre Emily — je vous avais bien dit qu'il en arriverait là !

— Ne criez pas comme ça, ma chère Evie ! Quels que soient notre avis ou nos soupçons, il vaut mieux en dire le moins possible pour le moment. L'enquête officielle ne débutera que vendredi.

— Et puis quoi encore ? s'exclama-t-elle, superbe dans son indignation. Vous avez tous perdu la tête ! Ce type aura quitté le pays depuis longtemps ! Pas si bête ! Il ne va pas attendre ici qu'on l'arrête pour le pendre !

Et comme John Cavendish ne trouvait rien à dire :

— Oh, je comprends ! lança-t-elle. Vous avez écouté les sornettes des médecins ! La chose à ne jamais faire ! Qu'est-ce qu'ils y connaissent ? Rien de rien, ou juste assez pour être dangereux ! J'en sais quelque chose : mon père était médecin ! Ce petit Wilkins est le plus parfait imbécile que j'aie jamais vu ! Une crise cardiaque ! Ça ne m'étonne pas ! N'importe quel individu qui n'écouterait que son bon sens verrait tout de suite que c'est son mari qui l'a empoisonnée ! Je l'avais bien dit, qu'il l'assassinerait dans son lit, ma pauvre Emily ! Et c'est ce qu'il a fait ! Et vous vous contentez de bafouiller des âneries : « C'est une crise cardiaque » ! « L'enquête officielle ne débutera que vendredi » ! Vous devriez avoir honte, John Cavendish !

— Qu'est-ce que vous voulez que je fasse ? demanda John qui ne put réprimer un petit sourire. Je ne peux quand même pas le prendre par la peau du cou et l'emmener au commissariat !

— Vous pourriez au moins vous remuer. Trouver comment il s'y est pris. C'est un type rusé ! Il a dû faire une décoction de papier tue-mouches ! Demandez à la cuisinière s'il lui en manque.

Je compris sans l'ombre d'un doute que réussir à faire cohabiter miss Howard et Alfred Inglethorp représentait une tâche herculéenne, et je plaignis sincèrement John. A l'évidence, il était conscient de cette difficulté. Il chercha momentanément refuge dans la retraite et nous quitta avec une certaine précipitation.

Lorsque Dorcas apporta le thé, Poirot quitta l'embrasure de la fenêtre où il s'était retiré et s'attabla en face de miss Howard.

— J'ai un service à vous demander, dit-il d'un ton empreint de gravité.

— Demandez toujours, répondit la digne personne sans enthousiasme excessif.

— J'aimerais pouvoir compter sur votre aide.

— Si c'est pour faire pendre Alfred Inglethorp, avec plaisir ! lâcha-t-elle d'un ton farouche. Encore que ce soit une fin trop douce pour lui ! Il mériterait l'écartèlement, comme dans le bon vieux temps !

— Nous sommes d'accord là-dessus, approuva Poirot. Je désire moi aussi envoyer le coupable à la potence.

— Alfred Inglethorp ?

— Lui, ou un autre.

— Pas question d'un autre ! Avant qu'il ne pointe le bout de son nez, cette pauvre Emily n'avait jamais été assassinée, que je sache ! Je ne dis pas qu'elle était entourée d'anges ! Mais ces requins-là ne convoitaient que son porte-monnaie ! Au moins, sa vie n'était pas menacée. Survient Mr Alfred Inglethorp et — en deux mois — le tour est joué !

— Croyez-moi, miss Howard, affirma Poirot, si Mr Inglethorp est notre homme, il ne m'échappera pas. Sur mon honneur, je le ferai pendre haut et court !

— J'aime mieux ça ! approuva miss Howard déjà plus favorablement disposée.

— Mais je dois vous demander de me faire confiance. Votre concours peut m'être très précieux. Je vais vous dire pourquoi : dans cette maison frappée par le deuil, vous êtes la seule à avoir pleuré.

Miss Howard cligna plusieurs fois des paupières, et sa voix prit une intonation plus douce.

— Si vous voulez dire par là que j'avais de l'affection pour elle, eh bien, c'est vrai. Vous savez, Emily était une vieille femme égoïste, à sa manière. Elle était très généreuse, mais il lui fallait quelque chose en retour. Elle rappelait toujours aux gens ce qu'elle avait fait pour eux. C'est pourquoi elle n'était pas aimée. Elle ne s'en rendait d'ailleurs pas compte, et ça ne lui manquait pas. Du moins, j'espère. Pour moi, c'était différent. Dès le premier jour, je lui avais dit : « Je vaux tant de livres par an, un point c'est tout. Pas de gratifications par-ci par-là ! Pas de paire de gants en cadeau, ni de places de théâtre gratuites ! » Au début, elle n'avait pas compris. Je crois même qu'elle en était vexée. Elle me traitait de sotte et d'orgueilleuse ! Ce n'était pas vrai, mais je ne pouvais pas le lui dire. Mais c'est comme ça que j'ai gardé ma fierté ! Et j'étais la seule qui pouvait se permettre de l'aimer ! Je prenais soin d'elle. Je la protégeais des autres. Mais voilà qu'arrive une fripouille aux discours sucrés et pfft !... toutes ces années de dévouement ne comptent plus !

Poirot acquiesça avec un sourire compatissant :

— Je devine ce que vous ressentez, mademoiselle. C'est bien naturel. Vous nous jugez trop timorés — vous pensez que nous manquons d'ardeur à la tâche — mais croyez-moi, ce n'est pas le cas.

La porte s'ouvrit soudain et John passa la tête pour nous inviter tous deux à l'accompagner dans la chambre de Mrs Inglethorp : Mr Wells et lui avaient fini d'examiner le secrétaire du boudoir.

Alors que nous montions à l'étage, John lança un regard vers la porte de la salle à manger et me glissa à l'oreille :

— A votre avis, que se passera-t-il quand ces deux-là se rencontreront ?

Je secouai la tête en signe d'impuissance.

— J'ai recommandé à Mary de les tenir éloignés autant que faire se pourra.

— Elle y parviendra ?

— Dieu seul le sait ! Mais il y a fort à parier qu'Inglethorp ne cherchera pas à provoquer une rencontre.

— C'est vous qui avez toujours la clef, n'est-ce pas, Poirot ? demandais-je comme nous atteignions la porte de la chambre.

John la lui prit des mains et ouvrit. Nous entrâmes dans la chambre de la défunte et Mr Wells se dirigea directement vers le secrétaire, suivi de John.

— Ma mère gardait les papiers importants dans cette mallette, je crois, expliqua-t-il.

Poirot sortit le trousseau de clefs de sa poche.

— Permettez. Par mesure de précaution je l'ai fermée à clef ce matin.

— Mais elle n'est pas fermée !

— Impossible !

— Voyez vous-même.

— Mille tonnerres ! jura Poirot, abasourdi. J'ai pourtant les deux clefs dans ma poche !

Il saisit la mallette et blêmit.

— Ça, par exemple ! Eh bien elle n'est pas mauvaise, celle-là ! Messieurs, on a forcé cette serrure !

— Quoi ?

Poirot reposa la mallette.

— Qui a bien pu la forcer ?... Et pourquoi ?... Quand ?... Mais la porte était verrouillée !

Nous parlions tous en même temps. Poirot reprit chacune de ces exclamations de façon systématique :

— Qui ? C'est la question principale. Pourquoi ? J'aimerais bien le savoir. Quand ? Depuis que je suis sorti d'ici, c'est-à-dire il y a moins d'une heure. Quant à la porte, sa serrure est des plus ordinaires, et n'importe quelle autre clef du même modèle peut l'ouvrir.

Nous échangeâmes des regards consternés. Cependant Poirot s'était approché de la cheminée. S'il donnait l'impression de conserver son calme, je notai que ses mains tremblaient tandis qu'il corrigeait machinalement, sur le manteau de marbre, l'alignement des vases emplis d'allume-feu.

— Voyons, dit-il après un temps, nous pouvons aisément retracer l'enchaînement des faits. Cette mallette contenait une preuve, peut-être anodine en elle-même, mais qui pouvait conduire à l'identification du meurtrier. Il était donc vital pour celui-ci de la faire disparaître avant qu'on en découvre la signification réelle. C'est pourquoi il a pris le risque, le très grand risque, de s'introduire ici. Trouvant la mallette fermée à clef, il s'est vu obligé d'en forcer la serrure, trahissant ainsi sa manœuvre. Mais pour qu'il ait encouru le danger d'être démasqué, il fallait que cette preuve fût accablante...

— Qu'était-ce, à votre avis ?

— Ah ! s'exclama Poirot avec un geste trahissant sa colère. C'est ce que j'aimerais savoir ! Un document quelconque, selon toute probabilité. Il pourrait s'agir de cette feuille de papier que Dorcas a vue entre les mains de Mrs Inglethorp hier après-midi. Et moi... (son énervement décupla soudain) misérable imbécile que je suis ! Je ne l'ai pas deviné ! Je me suis comporté comme le dernier des idiots ! Jamais je n'aurais dû laisser la mallette dans cette chambre. J'aurais dû la garder auprès de moi. Ah ! triple buse que vous êtes, Hercule Poirot ! Par votre négligence, cette preuve a disparu. Sans doute a-t-elle été détruite. A moins que... S'il reste la plus infime chance, nous ne devons pas la négliger...

Il sortit de la pièce avec une précipitation telle que je mis un temps avant de réagir et de le suivre. Mais il avait déjà disparu quand j'arrivai en haut des marches.

Sur le palier, Mary Cavendish, immobile, l'avait suivi du regard.

— Quelle mouche a donc piqué votre extraordinaire ami, Mr Hastings ? Il vient de dévaler l'escalier tête baissée.

— Il s'est énervé sur un détail, répondis-je vaguement, car je n'étais pas du tout certain que Poirot apprécierait une indiscrétion de ma part.

Un vague sourire détendit les lèvres de Mrs Cavendish et je tentai de changer de sujet.

— Ils ne se sont pas encore croisés ?

— De qui parlez-vous ?

— De miss Howard et d'Alfred Inglethorp !

Le regard qu'elle posa sur moi avait quelque chose de déroutant.

— Vous pensez vraiment que leur rencontre serait dramatique ?

— Ce n'est pas votre avis ? répliquai-je avec quelque étonnement.

Elle eut ce sourire serein qui lui allait si bien.

— Non. Ça ne me déplairait pas d'assister à une belle altercation. Voilà qui dégagerait peut-être l'atmosphère. Tout le monde réfléchit beaucoup trop, en ce moment, et personne ne dit ce qu'il a sur le cœur !

— John ne partage pas cet avis. Il fait tout pour les tenir éloignés l'un de l'autre.

— Oh ! John...

Quelque chose en elle commençait à m'agacer et je ne pus m'empêcher de m'exclamer :

— John est un très chic type !

Elle m'observa avec un certain étonnement, puis, à ma stupeur, elle constata :

— Vous faites preuve d'une grande loyauté envers votre ami. C'est une chose qui me plaît en vous.

— N'êtes-vous pas mon amie, vous aussi ?

— Je suis une très mauvaise amie.

— Pourquoi dites-vous ça ?

— Parce que c'est la vérité. Je suis tout à mes amis un jour, et le lendemain je les ignore complètement.

Je ne sais pourquoi, mais décidément l'agacement

me gagnait. Avec un manque de tact regrettable, je lançai :

— Pourtant vous semblez toujours disponible pour le Dr Bauerstein !

A peine eus-je lâché ces mots que je me maudis. Les traits de Mrs Cavendish se durcirent, comme si un masque rigide se posait sur son visage. Les lèvres serrées, elle tourna les talons et monta l'escalier d'une démarche raide. Ecrasé par ma propre stupidité, je restai immobile, bouche bée, à la regarder s'éloigner.

Les échos d'une violente diatribe me ramenèrent à la réalité. Je reconnus la voix de Poirot et son exécrable salmigondis de français mêlé à notre belle langue. Il confessait son erreur à la cantonade, comme désireux de l'expliquer à tous. J'en fus quelque peu vexé : les trésors de diplomatie que j'avais su déployer étaient réduits à néant — navré aussi : ce procédé me paraissait pour le moins discutable — peiné par-dessus tout : la propension de Poirot, l'âge venant, à perdre tout contrôle dans les moments de tension me frappa à nouveau douloureusement. Je descendis rapidement dans le vestibule. Dès qu'il me vit, le petit Belge parut recouvrer son calme. Je le pris à l'écart.

— Allons, mon ami, lui dis-je, avez-vous perdu tout sens commun ? Vous voulez donc que tout Styles Court apprenne la disparition de cet indice ? Votre comportement fait le jeu du coupable !

— C'est ce que vous pensez, Hastings ?

— J'en ai la certitude.

— Fort bien, mon bon ami. Je m'en remets à vous.

— Voilà qui est mieux. Mais je ne vous cache pas qu'il est un peu tard...

— Certes.

Il paraissait tellement penaud que j'en éprouvai quelque remords, et cependant mes remontrances ne m'en semblaient pas moins justifiées.

— Eh bien, dit-il après un long moment de silence, si nous partions, mon bon ami ?

— Vous n'avez plus rien à faire ici ?

— Non ; du moins pour l'instant. M'accompagne-rez-vous jusqu'au village ?

— Avec plaisir.

Il prit sa trousse et nous sortîmes par la porte-fenêtre du salon. Nous croisâmes Cynthia Murdoch qui venait du jardin, et Poirot s'écarta pour lui laisser le passage.

— Excusez-moi, mademoiselle. Rien qu'une minute.

Elle lui lança un regard interrogateur.

— Oui, qu'y a-t-il ?

— Vous est-il arrivé de préparer les remèdes de Mrs Inglethorp ?

Une légère rougeur envahit ses pommettes et elle eut soudain l'air embarrassé :

— Non.

— Simplement ses poudres, peut-être ?

— Ça, oui ! répondit-elle en continuant de rougir. Une fois, je lui ai préparé quelques doses de poudre somnifère.

— Comme... ceci ? demanda Poirot en exhibant la petite boîte trouvée dans la chambre de la défunte.

Elle acquiesça.

— Pourriez-vous me préciser leur composition ? Ces doses étaient-elles à base de sulphonal ? De véronal ?

— Non. De bromure.

— Ah ! Je vous remercie, mademoiselle, et vous souhaite une bonne journée.

D'un pas rapide, nous nous éloignâmes de Styles Court. Je lançai à mon ami des regards furtifs. J'avais déjà noté que le vert de ses yeux — tout comme chez le chat — s'accentuait sous le coup d'une vive excitation. En cet instant ils brillaient comme des émeraudes.

— Mon bon ami, déclara-t-il enfin, j'ai une petite théorie. Assez étrange et peut-être erronée... et pourtant, elle cadre à merveille avec la trame de notre affaire.

J'eus un haussement d'épaules. Poirot me paraissait un peu trop sujet aux idées saugrenues. Dans le cas qui nous occupait, la solution de l'énigme crevait pourtant les yeux.

— Vous avez donc trouvé l'explication du nom manquant sur l'étiquette de la boîte, dis-je. Très simple, en effet. Je me demande d'ailleurs pourquoi je n'y avais pas songé.

Poirot ne semblait guère me prêter attention.

— Ils ont découvert autre chose, là-bas, fit-il en désignant du pouce Styles Court. Mr Wells m'en a fait part alors que nous montions inspecter la chambre.

— De quoi s'agit-il ?

— Ils ont trouvé, dans le secrétaire fermé à clef du boudoir, un autre testament rédigé par Mrs Inglethorp. Celui-ci porte une date antérieure à son mariage avec Alfred Inglethorp et qui correspond sans doute à l'époque de leurs fiançailles. Wells et Cavendish en ignoraient l'existence. Mrs Inglethorp y lègue tous ses biens à son futur mari. C'est écrit en toutes lettres sur un formulaire imprimé, contresigné par deux des domestiques : mais pas Dorcas.

— Et Alfred Inglethorp était au courant de l'existence d'un tel document ?

— Il m'a affirmé le contraire.

— Déclaration qu'on peut ne pas prendre pour argent comptant ! fis-je remarquer. Tous ces testaments rendent les choses bien confuses. Au fait, dites-moi : comment les quelques mots griffonnés sur cette enveloppe vous ont-ils permis de déduire qu'un testament avait été rédigé hier après-midi ?

— Mon bon ami, répondit Poirot en souriant, vous est-il déjà arrivé d'hésiter sur l'orthographe d'un mot, au moment de l'employer dans une lettre ?

— Oui, en plus d'une occasion. Et tout le monde a ce genre d'hésitation.

— Justement. Et n'avez-vous pas alors écrit le mot une ou deux fois, sur votre buvard ou sur un papier quelconque pouvant servir de brouillon, pour mieux voir si son orthographe vous paraissait correcte ? Eh bien, c'est précisément ce qu'a fait Mrs Inglethorp. Le participe « possédé » est écrit une première fois

87

avec un seul *s*, puis correctement, avec deux. Pour mieux juger, elle l'a ensuite employé dans une phrase : « Je suis possédée ». Où cela nous mène-t-il ? Mrs Inglethorp a donc écrit ce mot : « possédée » hier après-midi ; en faisant le rapprochement avec le morceau de papier retrouvé dans les cendres de la cheminée, l'éventualité d'un nouveau testament a pris corps, car c'est un verbe fort usité dans un tel document. Un autre indice est venu conforter cette théorie. Dans l'affolement général qui a marqué la matinée, on a oublié de faire le ménage dans le boudoir. Près du secrétaire j'ai relevé de nombreuses traces de terreau et de terre de jardin. Or, le temps est sec depuis plusieurs jours, et aucune chaussure « civilisée » n'aurait laissé de traces aussi importantes.

» J'ai regardé par la porte-fenêtre du boudoir et j'ai découvert le parterre de bégonias fraîchement plantés. Le terreau est identique à celui qui macule le tapis. Et vous m'avez appris qu'on avait planté ces bégonias hier après-midi. J'en ai donc conclu qu'un des jardiniers, et plus probablement les deux, puisqu'il y avait deux séries d'empreintes différentes sur le parterre, étaient entrés dans le boudoir. Si Mrs Inglethorp avait simplement voulu leur dire un mot, elle serait allée jusqu'à la porte-fenêtre ; ils n'auraient donc pas pénétré dans la pièce. La déduction s'est imposée d'elle-même : elle venait de rédiger un testament et les avait fait venir pour le contresigner. La suite a prouvé que j'avais vu juste.

Je ne pouvais que m'incliner devant la qualité de ces déductions.

— Très ingénieux. Et je dois avouer que je m'étais fourvoyé, ajoutai-je. Les conclusions que j'avais tirées de ces quelques mots griffonnés sur l'enveloppe étaient totalement fausses.

Poirot eut un sourire plein d'indulgence.

— Vous avez lâché la bride à votre imagination. L'imagination est une qualité lorsqu'elle sert, mais un défaut si elle commande. Plus l'explication est simple, plus elle est probable.

— Autre chose : comment avez-vous su que la clef de la mallette violette avait été égarée ?

— Mais je ne le savais pas ! C'était une simple supposition, qui s'est heureusement révélée juste. Vous vous souvenez du morceau de fil de fer entortillé autour de l'anneau ? J'en ai immédiatement déduit que la clef avait sans doute été arrachée d'un porte-clefs peu solide. D'autre part, si Mrs Inglethorp l'avait perdue, puis retrouvée, elle l'aurait remise avec son trousseau. Or, sur celui-ci se trouvait un double flambant neuf, au brillant caractéristique. D'où mon hypothèse : quelqu'un d'autre avait mis l'original dans la serrure de la mallette.

— Et ce quelqu'un ne peut être qu'Alfred Inglethorp, enchaînai-je.

Poirot me considéra avec étonnement :

— Vous êtes certain de sa culpabilité ?

— Bien sûr ! Chaque nouvel indice l'accuse plus clairement.

— C'est tout le contraire, affirma Poirot, paisible. Plusieurs faits plaident en sa faveur.

— Vous plaisantez ?

— Non.

— Des faits qui plaident en sa faveur, comme vous dites, je n'en vois qu'un.

— Et c'est ?

— Son absence de Styles Court hier soir.

— Vous n'avez vraiment pas tapé dans le mille, mon bon ami ! C'est d'après moi le seul point qui parle en sa défaveur.

— Et pourquoi donc ?

— Parce que c'est exactement ce qu'il aurait fait s'il avait su que sa femme allait être empoisonnée cette nuit. Le prétexte qu'il a invoqué est de toute évidence un faux prétexte et ne s'explique que de deux manières : ou bien il savait ce qui allait se produire, ou bien son absence était motivée par une autre raison.

— Laquelle, d'après vous ? demandai-je, sceptique.

— Comment la connaîtrais-je ? répliqua-t-il en

haussant les épaules. Mais elle est sans doute inavouable. Ce Mr Inglethorp me semble appartenir à la catégorie des franches canailles... ce qui n'en fait toutefois pas d'emblée un meurtrier.

J'étais peu convaincu et ne cherchai pas à le cacher.

— Vous ne partagez pas mon avis, je vois ? fit Poirot. Eh bien, laissons cela pour le moment. L'avenir se chargera de nous départager. Intéressons-nous plutôt à d'autres aspects de cette affaire. Par exemple les portes de la chambre de Mrs Inglethorp, qui étaient toutes verrouillées de l'intérieur. Qu'en déduisez-vous ?

Cette question me prit quelque peu au dépourvu.

— Eh bien... ce fait doit pouvoir s'expliquer d'un point de vue logique...

— Exact.

— Alors voici ce que je pense : les portes étaient bien verrouillées, comme nous avons pu le constater de nos propres yeux. Mais l'existence de la tache de bougie sur le tapis et la destruction du testament prouvent que quelqu'un s'est introduit dans la chambre pendant la nuit. Vous êtes d'accord jusqu'à maintenant ?

— Tout à fait. Votre exposé est d'une remarquable limpidité. Mais poursuivez, je vous prie.

— Merci, dis-je, encouragé. L'intrus n'a pu entrer ni par la fenêtre ni par l'opération du Saint-Esprit. C'est donc Mrs Inglethorp elle-même qui a dû lui ouvrir. Cela me conforte dans ma conviction qu'il s'agit du mari, car c'est la personne qu'elle aurait sans doute laissée entrer le plus facilement.

Mais Poirot secoua la tête.

— Vous croyez ça ? Rappelez-vous qu'elle avait verrouillé la porte de communication entre leurs deux chambres. C'est un fait dont elle n'était pas coutumière, mais une violente altercation les avait opposés l'après-midi même. Non, son mari était bien la dernière personne qu'elle aurait laissée entrer cette nuit-là.

— Pourtant la porte n'a pu être ouverte que par

Mrs Inglethorp elle-même, vous êtes d'accord sur ce point ?

— Il existe une autre explication. Et si, avant de se coucher, elle avait oublié de verrouiller la porte donnant sur le couloir ? N'aurait-elle pu se relever plus tard, disons vers l'aube, pour la fermer ?

— Poirot, sérieusement et tout à fait entre nous, c'est là votre thèse ?

— Je n'ai pas dit cela ; mais c'est une possibilité. Abordons maintenant cette affaire sous un autre angle. Comment expliquez-vous ces bribes de conversation, que vous avez entendues par hasard, entre Mrs Cavendish et sa belle-mère ?

— Cela m'était sorti de l'esprit, dis-je pensivement. Et je dois avouer que je ne comprends toujours pas. J'imagine mal pourquoi une femme comme Mrs Cavendish, qui est aussi fière que réservée, se serait immiscée avec une telle passion dans une affaire qui ne devait pas la regarder.

— Précisément. Voilà un comportement bien surprenant chez une femme de son éducation.

— Assez surprenant, en effet, mais sans grande importance, à mon avis. Je pense que nous pouvons laisser de côté ce détail.

Poirot laissa échapper un son plaintif.

— Oublieriez-vous ce que je vous ai maintes fois répété ? Aucun détail ne doit être négligé. S'il ne cadre pas avec la théorie, alors c'est elle qui est fautive !

— Eh bien, nous verrons, rétorquai-je, un peu agacé.

— Exactement. Nous verrons.

Nous étions arrivés devant Leastways Cottage. Poirot m'invita dans sa chambre et m'offrit une de ces petites cigarettes russes qu'il fumait à l'occasion. Non sans amusement, je vis qu'il conservait avec un soin maniaque les allumettes utilisées dans un petit pot en porcelaine. J'en oubliai mon irritation.

Poirot avait disposé deux fauteuils devant la fenêtre ouverte qui donnait sur la rue principale du village. Un léger courant d'air, agréablement tiède, annonçait que la journée serait chaude.

Soudain mon regard fut attiré par un jeune homme qui descendait la rue d'un pas pressé. Il était extraordinairement maigre, mais c'est surtout son visage qui retint mon attention : on y lisait un curieux mélange de terreur et d'agitation.

— Vous avez vu, Poirot ?

Mon ami se pencha pour regarder.

— Tiens ! Mr Mace, le préparateur de la pharmacie. Et il vient par ici...

Arrivé devant la villa, le jeune homme hésita un instant, puis frappa énergiquement à la porte.

— Une minute ! lui cria Poirot par la fenêtre. Je descends.

Il me fit signe de l'accompagner. Dès qu'il eut ouvert, Mr Mace se mit à parler :

— Oh ! Mr Poirot, croyez bien que je suis désolé de venir ainsi vous importuner chez vous, mais j'ai appris que vous reveniez à l'instant de Styles Court.

— C'est exact.

Notre visiteur humecta ses lèvres sèches, tandis que son visage trahissait un trouble profond.

— Le village entier ne parle que de la disparition brutale de Mrs Inglethorp. Et certains vont même jusqu'à prétendre que... (sa voix devint un murmure prudent) que sa mort serait due à un empoisonnement.

Poirot gardait une impassibilité totale.

— Seuls les médecins sont qualifiés pour le confirmer ou l'infirmer, Mr Mace.

— Euh... oui, bien sûr.

Le jeune homme hésita encore un peu, puis, n'y tenant plus, il agrippa le bras de Poirot et, baissant encore la voix :

— Rassurez-moi, Mr Poirot... Il n'est pas question de strychnine, au moins ?

Je ne saisis pas ce que répondit mon ami, mais sans doute resta-t-il assez vague. Le jeune homme tourna les talons et repartit. Poirot referma la porte et son regard croisa le mien.

— Hé oui, fit-il avec un lent hochement de tête. Il lui faudra venir témoigner à l'enquête.

Nous regagnâmes sa chambre sans hâte. J'allais dire quelque chose mais Poirot, d'un geste, m'intima le silence.

— Pas maintenant, mon bon ami. Il me faut réfléchir. Une certaine confusion règne dans mon esprit, et il serait fâcheux qu'elle s'installât...

Pendant les dix minutes qui suivirent, il ne desserra pas les lèvres et garda une immobilité parfaite, si l'on excepte les mouvements légers mais expressifs de ses sourcils. Le vert de ses yeux s'accentua notablement. Un profond soupir annonça la fin de ses cogitations.

— Bien. Le mauvais moment est passé. A présent les choses se présentent dans un ordre cohérent. On ne doit jamais laisser la confusion s'installer dans son esprit. Pourtant notre affaire n'est pas encore résolue. Certes non ! Car elle est extrêmement complexe. Si complexe que j'en suis encore dérouté, *moi*, Hercule Poirot ! Deux points sont d'une portée capitale.

— Lesquels ?

— D'abord, le temps qu'il faisait hier. C'est d'une grande importance.

— Mais il faisait très beau ! m'écriai-je. Allons, Poirot ! Vous me faites marcher, avouez-le !

— Pas le moins du monde. Le thermomètre a atteint 26° C à l'ombre. Gardez cela en tête, car c'est la clef du mystère.

— Et le second point ?

— Les goûts vestimentaires singuliers de Mr Inglethorp, sa longue barbe noire et ses lunettes.

— Poirot, vous n'êtes pas sérieux ?

— Je n'ai jamais été aussi sérieux, je vous l'assure.

— Mais c'est puéril !

— Non, c'est capital.

— Alors supposons que le jury du coroner conclue à la culpabilité de Mr Inglethorp et l'accuse de meurtre avec préméditation, que deviennent vos belles théories ?

— L'erreur de douze hommes stupides ne pourrait les ébranler. Mais cela n'arrivera pas. En premier lieu parce qu'un jury de campagne n'a aucune envie d'endosser semblable responsabilité, et que Mr Inglethorp occupe ici, de fait, la position d'un hobereau. Et surtout, ajouta-t-il avec le plus grand sérieux, parce que je ne permettrais pas une chose pareille.

— Vous ne le permettriez pas ?

— Non.

Partagé entre l'amusement et l'exaspération, je regardai cet extraordinaire petit bout d'homme. Il paraissait si sûr de son fait ! Il eut un léger hochement de tête, comme s'il pouvait lire mes pensées.

— Oh ! non, mon bon ami. Ce ne sont pas des paroles en l'air.

Il se leva et vint poser une main sur mon épaule. Son visage changea du tout au tout, et je vis des larmes briller dans ses yeux.

— Dans toute cette affaire, voyez-vous, je songe à cette malheureuse Mrs Inglethorp qui n'est plus. Elle n'a certes pas inspiré beaucoup d'amour. Mais elle a fait preuve d'une très grande bonté envers nous autres, Belges, et je me sens une dette à son égard.

Sans se laisser interrompre, il poursuivit :

— Que je vous dise encore ceci, Hastings : si je laissais arrêter Alfred Inglethorp maintenant — quand un seul mot de moi pourrait le sauver — elle ne me le pardonnerait jamais !

6

L'ENQUÊTE JUDICIAIRE

Jusqu'à l'ouverture de l'enquête judiciaire, Poirot redoubla d'activité. Par deux fois il discuta en privé avec Mr Wells. Il s'adonna également à de longues promenades en solitaire dans la campagne environnante. Si ses recherches progressaient, il ne me mit pas dans la confidence, attitude qui me blessa, d'autant plus que je ne voyais pas dans quelle direction il s'orientait.

Je le soupçonnai d'être allé rôder près de la ferme des Raikes. Il n'était pas chez lui quand j'y passai le mercredi en début de soirée ; je décidai alors d'aller rôder aux alentours de la ferme, en coupant à travers champs, dans l'espoir de le rencontrer. Mais je ne vis aucun signe de sa présence, et répugnais à m'approcher de la ferme. Alors que je m'en retournais, je croisai un vieux paysan qui m'inspecta de la tête aux pieds de son regard rusé.

— Pour sûr, vous v'nez du château, pas vrai ? lança-t-il.

— Oui. Et je suis à la recherche d'un ami qui est peut-être passé par ici.

— Ah ! un p'tit bonhomme, qui parle autant avec les mains qu'avec la bouche ? Fait partie de ces Belges qui se sont installés au village, pas vrai ?

— C'est bien lui. Il était dans les parages ?

— Si l'était dans les parages ! Plutôt deux fois qu'une, même. Une connaissance à vous, pas vrai ?

Ah ! vous autres du château, vous faites une sacrée brochette, pour sûr !

Et il m'observa de ses yeux malicieux. De mon ton le plus détaché, j'en profitai pour m'enquérir :

— Pourquoi donc ? Beaucoup de gens du « château » viennent par ici ?

Il me gratifia d'un clin d'œil plein de sous-entendus.

— Un monsieur en particulier, m'sieur. Pas la peine de l'nommer, pas vrai ? Mais il hésite pas à mettre la main au portefeuille, ça non !... Ah ! merci à vous aussi, m'sieur, pour sûr !

Je rentrai d'un pas vif. Evelyn Howard ne s'était donc pas trompée, et un dégoût profond m'envahit à la pensée qu'Alfred Inglethorp avait dépensé sans retenue l'argent de sa femme. Etait-ce pour le visage piquant de Mrs Raikes et son charme de gitane que le crime avait été commis, ou pour un motif plus indigne encore : l'argent ? Un subtil mélange des deux, sans doute.

Un point paraissait obséder curieusement Poirot. A une ou deux reprises, il m'avait confié que Dorcas avait dû mal juger de l'heure de l'altercation. Et plus d'une fois il lui avait demandé s'il n'était pas 16 h 30 plutôt que 16 heures quand elle avait surpris les éclats de voix dans le boudoir.

Mais la domestique ne voulait pas en démordre. Une heure, peut-être même un peu plus, s'était écoulée entre le moment où elle avait perçu la querelle et 17 heures, quand elle avait apporté son thé à Mrs Inglethorp.

L'audition des témoins eut lieu le vendredi suivant, aux *Stylites Arms*, l'auberge du village. Avec Poirot, nous vînmes en spectateurs, car aucun de nous n'avait été cité à comparaître.

Une fois les préliminaires d'usage accomplis, le jury fut invité à examiner le cadavre, et John Cavendish à l'identifier formellement.

Ensuite il fut le premier à être interrogé. Il décrivit son réveil à l'aube et les circonstances dans lesquelles était morte sa belle-mère.

Puis ce fut le tour des médecins, qui exposèrent leurs conclusions dans un silence attentif. Tous les regards convergeaient sur ce fameux spécialiste de Londres, la plus haute autorité en matière de toxicologie.

En quelques phrases concises, il résuma les conclusions tirées de l'autopsie. Si l'on passait sur les termes obscurs de la technique médicale, il résultait que le décès de Mrs Inglethorp était imputable à un empoisonnement à la strychnine. Le Dr Bauerstein évaluait la quantité ingérée à trois quarts de grammes, sans doute davantage.

— La victime a-t-elle pu avaler le poison par inadvertance ? demanda le coroner.

— Selon moi, c'est peu probable. A la différence d'autres substances toxiques, la strychnine n'est pas employée dans les produits domestiques. De plus, elle n'est vendue que sur ordonnance.

— Vos constatations vous permettent-elles de déterminer la façon dont a été administré le poison ?

— Non.

— Vous êtes arrivé à Styles avant le Dr Wilkins, je crois ?

— C'est exact. Je passais devant les grilles du parc quand l'automobile est sortie. On m'a prévenu et j'ai couru aussi vite que j'ai pu jusqu'à la maison.

— Pouvez-vous nous donner un compte rendu précis des événements qui ont suivi ?

— Je suis allé à la chambre de Mrs Inglethorp. J'ai constaté tout de suite qu'elle était dans une phase de convulsions tétaniques caractérisées. Elle s'est tournée vers moi et s'est écriée : « Alfred ! Alfred ! »

— D'après vous, la strychnine pouvait-elle se trouver dans le café que lui a apporté son mari après le repas ?

— C'est possible. Néanmoins la strychnine est un poison à effet rapide. Les premiers symptômes apparaissent une ou deux heures après l'ingestion. Ils peuvent être retardés dans certaines circonstances, toutes absentes dans le cas qui nous intéresse. Je suppose que Mrs Inglethorp a bu son café vers

20 heures. Or, les réactions physiques à l'empoisonnement ne sont apparues qu'aux premières heures,
le lendemain matin, ce qui semble indiquer que
l'absorption s'est située nettement plus tard, au
cours de la nuit.

— Mrs Inglethorp avait l'habitude de boire une
tasse de cacao pendant la nuit. La strychnine a-t-elle
pu être mélangée à ce breuvage ?

— Non. J'ai fait analyser un échantillon de cacao
prélevé dans la casserole. Aucune trace de strychnine
n'est discernable.

A côté de moi, je perçus le petit rire étouffé de
Poirot.

— Vous vous en doutiez donc ? lui murmurai-je.

— Ecoutez plutôt.

— Je me dois d'ajouter, continuait le Dr Bauerstein, que tout autre résultat m'eût considérablement
surpris.

— Pourquoi ?

— Tout simplement parce que la strychnine est
particulièrement amère. On la décèle dans une solution au soixante-dix millième, et seul un aliment très
parfumé pourrait la neutraliser. Le cacao ne parvien-
drait en aucun cas à ce résultat.

Un des jurés demanda s'il en allait de même pour
le café.

— C'est différent. Son amertume propre pourrait
couvrir celle de la strychnine.

— Vous pensez donc qu'il est plus probable que le
poison a été mélangé au café mais que ses effets en
ont été retardés pour une raison inconnue ?

— Oui. Hélas ! il nous est impossible d'analyser le
contenu de la tasse qu'on a retrouvée réduite en
miettes.

La déposition du Dr Wilkins vint confirmer en tous
points celle de son confrère. Quant à l'hypothèse du
suicide, il la réfuta avec la dernière énergie. Si la dis-
parue n'avait plus le cœur très solide, sa santé générale restait très satisfaisante et elle jouissait d'une
nature dynamique et équilibrée. D'après le Dr Wilkins, elle eût été la dernière à envisager le suicide.

Lawrence Cavendish fut le suivant à comparaître. Ses déclarations, qui reprenaient celles de son frère, n'apportèrent aucune révélation. Néanmoins, alors qu'il allait se retirer, il se ravisa et, d'un regard humble, interrogea le coroner :

— Puis-je me permettre une suggestion ?

— Je vous en prie, Mr Cavendish, répondit aussitôt Mr Wells. Notre présence ici a pour seul but de faire toute la lumière sur le décès de Mrs Inglethorp. Nous sommes prêts à entendre tout ce qui pourrait nous aider en ce sens.

— C'est une idée qui m'est venue, commença Lawrence non sans hésitation, et je me trompe peut-être, mais... Mais il me semble qu'une cause naturelle pourrait expliquer le décès de ma mère.

— Qu'est-ce qui vous fait penser cela, Mr Cavendish ?

— Depuis quelque temps, ma mère prenait régulièrement un fortifiant contenant de la strychnine.

— Ah ! lâcha le coroner.

Le jury était tout oreilles.

— Si je ne me trompe, poursuivit Lawrence, on a connu des cas semblables où l'accumulation d'une certaine drogue contenue dans un médicament pris quotidiennement a fini par causer le décès du patient. Par ailleurs, ma mère ne se serait-elle pas administré, par inadvertance, une dose massive — et mortelle — de fortifiant ?

— Nous vous sommes très reconnaissants de cette précision, Mr Cavendish. Nous ne savions pas que votre mère prenait un médicament contenant de la strychnine.

Mais le Dr Wilkins, rappelé à la barre pour donner son avis, réfuta une telle hypothèse.

— Cette suggestion n'est absolument pas valable. Tout médecin vous en dira autant. Si la strychnine fait partie des substances toxiques susceptibles de s'accumuler dans l'organisme, elle ne peut en aucun cas provoquer une mort aussi soudaine. D'ailleurs, dans ces circonstances, le décès aurait été précédé de troubles chroniques que j'aurais aussitôt remarqués. Cette hypothèse est absurde.

— Et la seconde suggestion de Mr Cavendish ? Mrs Inglethorp peut-elle avoir succombé à une prise accidentelle et trop importante de son fortifiant ?

— La mort n'aurait pu résulter de l'ingestion simultanée de trois ou même quatre doses. Certes, Mrs Inglethorp avait toujours à portée de main une réserve importante de ce fortifiant, car elle s'approvisionnait directement chez Coots, le pharmacien en gros de Tadminster. Mais il lui aurait fallu vider le flacon entier pour expliquer le taux de strychnine découvert à l'autopsie.

— Vous jugez donc que le fortifiant ne peut avoir causé la mort de Mrs Inglethorp ?

— Absolument. Cette supposition est dénuée de tout sens commun.

Le juré qui était déjà intervenu lança l'idée d'une erreur de dosage du préparateur.

— Une erreur humaine est certes toujours possible, admit le médecin.

Avec Dorcas, qui déposa après le Dr Wilkins, cette hypothèse se révéla nulle et non avenue. Mrs Inglethorp avait pris la dernière dose du flacon de fortifiant le jour même de sa mort ; le remède ne venait donc pas d'être préparé.

On abandonna la piste du fortifiant, et le coroner poursuivit ses auditions. Dorcas raconta son réveil brutal à la suite du violent coup de sonnette de sa maîtresse, et la façon dont elle s'était prise pour tirer toute la maisonnée du sommeil. Mr Wells s'intéressa ensuite à l'altercation de l'après-midi précédente. Le témoignage de Dorcas à ce sujet ne fut qu'une répétition de ce que Poirot et moi avions déjà entendu. Je m'abstiendrai donc de le transcrire ici.

Puis Mary Cavendish prit la suite de la domestique. Elle se tenait très droite et fit sa déposition avec une grande clarté et un calme souverain.

Comme le coroner lui demandait à quelle heure elle s'était réveillée, elle déclara s'être levée à 4 h 30, comme tous les jours. Le bruit sourd d'une chute l'avait fait sursauter tandis qu'elle s'habillait.

— C'était sans doute la table de chevet qu'on a retrouvée renversée ? commenta le coroner.

— J'ai ouvert ma porte pour écouter, poursuivit Mary Cavendish. Il y a eu un violent coup de sonnette et Dorcas est arrivée en hâte pour réveiller mon mari. Ensuite, nous sommes tous allés jusqu'à la chambre de ma belle-mère, mais la porte était fermée...

— Je pense qu'il est inutile de vous ennuyer avec la relation de ce qui a suivi, intervint le coroner. Nous avons déjà toutes les précisions nécessaires. En revanche, si vous vouliez bien nous parler de cette altercation que vous avez entendue la veille ?

— Moi ?

Je discernai une pointe d'insolence dans sa voix. D'une main, et tout en détournant légèrement la tête, elle ajusta le volant de dentelle qui ornait le col de sa robe. J'eus soudain le sentiment qu'elle tentait de gagner du temps.

— Oui, reprit Mr Wells sans se démonter. J'ai cru comprendre que vous lisiez sur le banc situé sous la fenêtre du boudoir. Est-ce exact ?

Je n'étais pas au courant de ce fait et, coulant un regard oblique vers Poirot, je gageai qu'il en allait de même pour lui.

Elle marqua une hésitation à peine perceptible avant d'acquiescer :

— C'est exact, en effet.

— Et cette fenêtre était ouverte, si je ne me trompe ?

Son visage pâlit tandis qu'elle répondait par l'affirmative :

— Oui.

— Donc, la dispute qui se déroulait dans le boudoir n'a pu vous échapper, d'autant qu'elle était assez... vive. En fait, vous entendiez certainement mieux les voix d'où vous vous trouviez que si vous aviez été dans le vestibule...

— Peut-être bien.

— Voudriez-vous nous répéter les propos que vous avez surpris ?

— Je n'en garde aucun souvenir.

— Vous prétendez ne pas avoir perçu la moindre bribe de cette altercation ?

— Oh, si ! J'ai bien entendu des voix, mais je n'ai pas fait attention à ce que ces voix pouvaient bien dire. (Ses joues rosirent un peu, et elle ajouta :) Je n'ai pas l'habitude d'écouter les conversations privées.

— Et vous ne vous souvenez même pas du mot ou de la phrase indiquant qu'il s'agissait bien là de ce que vous appelez une « conversation privée » ? insista le coroner.

Un instant, elle sembla s'absorber dans ses réflexions. Puis elle déclara, toujours aussi calmement :

— Si. Je me souviens que Mrs Inglethorp a dit quelque chose — mais je ne me rappelle pas exactement quoi — à propos d'un scandale possible entre époux.

L'air satisfait, le coroner se renversa dans son fauteuil :

— Eh bien, voilà qui corrobore la déposition de Dorcas sur ce point. Veuillez pardonner mon insistance, Mrs Cavendish, mais comment se fait-il que vous ne vous soyez pas éloignée, puisque vous veniez de comprendre qu'il s'agissait d'un entretien de caractère privé ? Vous êtes donc restée assise sur votre banc ?

Les yeux fauves de la jeune femme brillèrent d'un bref éclat et j'eus la certitude qu'elle aurait volontiers mis en pièces ce petit homme de loi aux questions lourdes d'insinuations.

Pourtant c'est encore d'une voix posée qu'elle répondit :

— Oui. Je m'y trouvais très bien et j'étais absorbée par ma lecture.

— C'est là tout ce que vous pouvez nous apprendre ?

— C'est tout.

J'avais la très nette impression que Mr Wells n'était

pas convaincu et qu'il la soupçonnait de taire bien des choses.

Amy Hill, caissière de son état, lui succéda à la barre. Le 17 juillet dans l'après-midi, confirma-t-elle, elle avait vendu une feuille de papier timbré à William Earl, aide-jardinier à Styles Court. Ce dernier ainsi que Manning vinrent ensuite déclarer à la barre avoir contresigné un document le même jour, à la demande de Mrs Inglethorp. Manning affirma qu'il devait être 16 h 30, tandis que William Earl situait ce moment un peu plus tôt.

Puis ce fut le tour de Cynthia Murdoch de témoigner. En fait, elle avait peu de choses à dire, étant restée endormie jusqu'au moment où Mrs Cavendish l'avait tirée de son sommeil.

— Vous n'avez pas entendu tomber la table de chevet ?

— Non, je dormais à poings fermés.

— Vous dormiez du sommeil du juste, approuva Mr Wells avec un sourire. Merci, miss Murdoch, ce sera tout... Miss Howard, s'il vous plaît.

Evie montra au coroner la lettre que lui avait adressée Mrs Inglethorp le soir du 17. Bien sûr Poirot et moi l'avions déjà lue. Elle n'éclairait d'ailleurs en rien notre affaire. En voici la reproduction :

Le 17 juillet   Styles Court
                                 Essex

Ma chère Evelyn,

Ne pourrions-nous pas enterrer
la hache de guerre ? J'ai
du mal à oublier les horreurs
que vous m'avez dites sur mon
époux que j'idolâtre. Mais,
je ne suis qu'une vieille
femme qui vous aime beaucoup.

                    Affectueusement

                    Emily Inglethorp.

Mr Wells la fit passer aux membres du jury, qui l'examinèrent avec le plus grand soin.

— Elle ne nous sera pas d'un très grand secours, soupira l'homme de loi. Il n'y est fait mention d'aucun détail ayant trait à cet après-midi-là.

— Pour moi, c'est pourtant clair comme de l'eau de roche ! riposta miss Howard. Elle prouve bien que ma pauvre vieille amie avait compris qu'on s'était fichu d'elle !

— Rien de tel n'est suggéré dans ces quelques lignes, fit remarquer le coroner.

— Parce qu'Emily n'a jamais su admettre ses erreurs. Mais moi, je la connaissais bien ; elle voulait que je revienne. Seulement pas question pour elle d'avouer que j'avais raison ! Oh non ! Elle a donc esquivé le problème. La plupart des gens font pareil. Mais moi, ce n'est pas mon genre !

Mr Wells eut du mal à dissimuler un sourire, et il en allait de même, remarquai-je, de plusieurs des membres du jury. Miss Howard et ses foucades étaient bien connues de tous.

— Ce qui est sûr, reprit-elle en toisant le jury d'un regard méprisant, c'est que tous ces papotages nous font perdre du temps ! Papotez... papotez... papotez tout ce que vous voudrez ! Mais tout le monde sait très bien que...

— Merci, miss Howard, coupa le coroner qui ne voulait pas en entendre davantage. Ce sera tout.

Je crois bien qu'il eut un soupir de soulagement lorsqu'elle quitta la barre.

Le témoignage suivant fit sensation. C'était celui d'Albert Mace, le préparateur en pharmacie, ce garçon mince et nerveux, au visage livide, qui nous avait rendu visite à Leastways Cottage. En réponse aux questions de Mr Wells, il déclina sa qualification et indiqua qu'il ne travaillait au village que depuis peu. Il remplaçait le préparateur en titre appelé sous les drapeaux.

Ces précisions établies, le coroner en vint au fait :

— Mr Mace, avez-vous récemment vendu de la strychnine sans ordonnance ?

— Oui, monsieur.

— Quand cela s'est-il passé ?

— Lundi en fin d'après-midi, monsieur.

— Lundi ? Pas plutôt mardi ?

— Non, monsieur. Lundi dernier, le 16 juillet.

— Pourriez-vous nous révéler l'identité de votre acheteur ?

On aurait entendu une mouche voler.

— Certainement, monsieur : il s'agissait de Mr Inglethorp.

Tous les regards convergèrent sur ce dernier, vivante image du flegme et de l'impassibilité. Au moment où ces mots accusateurs tombèrent des lèvres du préparateur, il eut un tressaillement — à peine perceptible. J'aurais juré qu'il allait bondir, mais il n'en fit rien et se contenta d'afficher un étonnement remarquablement feint.

— Mr Mace, êtes-vous bien sûr de ce que vous avancez ? insista le coroner avec une certaine gravité.

— Sûr et certain, monsieur.

— Et vous avez l'habitude de vendre ainsi de la strychnine à tout un chacun ?

Le pauvre garçon parut se recroqueviller sous le regard sévère du coroner.

— Oh ! non, monsieur... Bien sûr que non ! Mais en reconnaissant Mr Inglethorp, de Styles Court, je ne me suis pas inquiété. Il m'a dit qu'il en avait besoin pour empoisonner un chien.

En moi-même, je compatissais. Quoi de plus humain, en effet, que de se montrer arrangeant avec le « château » ? D'autant que ce simple geste aurait pu inciter le hobereau à transférer sa clientèle de chez Coots à la pharmacie locale.

— D'habitude, tout acheteur d'une substance toxique ne doit-il pas signer un registre que vous lui présentez ?

— Si, monsieur. Et c'est ce qu'a fait Mr Inglethorp.

— Pourriez-vous produire ce registre ?

— Oui, monsieur.

Et le préparateur le tendit à Mr Wells. Celui-ci mit fin au supplice du pauvre garçon après quelques mots de remontrance.

Puis, tout le monde retint sa respiration et Alfred Inglethorp fut appelé à son tour. Comprenait-il à quel point la corde se resserrait autour de son cou ?

Le coroner n'y alla pas par quatre chemins :

— Avez-vous acheté, lundi soir dernier, de la strychnine dans le but d'empoisonner un chien ?

— Non, répondit Alfred Inglethorp d'un ton parfaitement calme. A Styles Court, il n'y a d'ailleurs qu'un chien de berger, qui est en parfaite santé.

— Vous niez donc avoir acheté lundi dernier à Mr Mace une certaine quantité de strychnine sous ce prétexte ?

— Je le nie.

— Niez-vous également ceci ? dit Mr Wells en lui tendant le registre ouvert à la page où était apposée sa signature.

— Absolument. L'écriture est très différente de la mienne, et je peux vous le prouver sur-le-champ.

Tirant de sa poche une enveloppe usagée, il y apposa sa signature et la donna au jury. Les deux écritures étaient effectivement très dissemblables.

— Alors comment expliquez-vous la déclaration de Mr Mace ?

— Mr Mace a dû se tromper, répondit froidement Mr Inglethorp.

Un moment, le coroner hésita ; puis il demanda :

— Simple formalité, Mr Inglethorp. Cela ne vous ennuie-t-il pas de nous dire où vous vous trouviez en fin d'après-midi ce lundi 16 juillet ?

— J'ai beau chercher... je ne m'en souviens pas.

— C'est absurde, Mr Inglethorp ! s'emporta le coroner. Réfléchissez encore.

Inglethorp secoua la tête :

— Rien à faire. Je crois que j'étais sorti me promener.

— Dans quelle direction ?

— Aucune idée.

Le visage du coroner se ferma :

— Vous promeniez-vous avec quelqu'un ?

— Non.

— Avez-vous rencontré quelqu'un en chemin ?

— Non.

— Dommage, commenta Mr Wells d'un ton sec. Je dois en conclure que vous refusez de nous dire où vous vous trouviez au moment où Mr Mace affirme que vous entriez dans sa pharmacie pour acheter de la strychnine.

— Concluez comme il vous plaira.

— Faites attention, Mr Inglethorp.

Poirot se trémoussait nerveusement.

— Sacré nom ! murmura-t-il. Est-ce que cet imbécile tient à être inculpé ?

A l'évidence, Mr Inglethorp faisait mauvaise impression. Ses vaines dénégations n'auraient pas convaincu un enfant. Quoi qu'il en soit, le coroner sauta à la question suivante, et Poirot poussa un profond soupir de soulagement.

— Vous avez eu une dispute avec votre épouse mardi 17 au cours de l'après-midi, si mes renseignements sont bons.

— Toutes mes excuses, répliqua Mr Inglethorp, mais vos renseignements sont mauvais. Je ne me suis pas querellé avec mon épouse, que j'aimais tendrement. Cette histoire est fausse de bout en bout. J'étais absent de Styles Court tout l'après-midi.

— Quelqu'un peut-il témoigner en ce sens ?

— Vous avez ma parole ! rétorqua Mr Inglethorp avec hauteur.

Le coroner ne prit pas la peine de commenter cette réponse.

— Deux témoins sont prêts à jurer qu'ils vous ont entendu vous quereller avec votre femme, Mr Inglethorp...

— Ces témoins se sont trompés.

J'étais désarçonné. Le calme et l'assurance de cet homme me sidéraient. Je jetai un coup d'œil à Poirot. Une expression de jubilation avait envahi ses traits et je ne parvenais pas à en déceler la cause.

Etait-il enfin convaincu de la culpabilité d'Ingle-thorp ?

— Vous avez entendu les témoins précédents, reprit le coroner. Avez-vous une théorie concernant les derniers mots de votre épouse ?

— Oui.

— Nous vous écoutons.

— Cela me semble assez simple : la pièce était mal éclairée. La taille et la corpulence du Dr Bauerstein sont très proches des miennes et il porte la barbe comme moi. Dans la lumière diffuse de la chambre, ma pauvre femme, qui souffrait alors le martyre, nous a confondus.

— Eh ! murmura Poirot pour lui-même. Mais c'est une idée, ça !

— Vous croyez que c'est vrai ? soufflai-je.

— Je n'ai pas dit ça. Mais il faut reconnaître que cette explication est ingénieuse.

— Vous avez pris les derniers mots prononcés par ma femme pour une accusation, continuait Alfred Inglethorp, alors qu'ils n'étaient au contraire qu'un appel au secours.

Le coroner médita un instant, puis demanda :

— Sauf erreur de ma part, Mr Inglethorp, c'est bien vous qui avez rempli la tasse à café de votre femme et qui la lui avez portée, ce soir-là ?

— Je l'ai remplie, oui. Mais je ne la lui ai pas portée. J'en avais l'intention, quand j'ai été prévenu de la visite d'un ami qui m'attendait à la porte d'entrée. J'ai donc laissé la tasse sur la table du vestibule. Quand je suis revenu quelques minutes plus tard, elle n'y était plus.

Vraie ou fausse, cette affirmation ne me parut guère disculper Inglethorp. Dans un cas comme dans l'autre, il avait eu tout le temps de verser le poison dans la tasse.

D'un petit coup de coude, Poirot me fit remarquer deux hommes assis non loin de la porte. Le premier était de petite taille, brun, avec un visage de fouine et une expression rusée ; le second était grand et blond.

Perplexe, j'interrogeai Poirot des yeux, et il approcha ses lèvres de mon oreille :

— Vous ne reconnaissez pas le plus petit des deux ?

Je secouai la tête.

— C'est l'inspecteur James Japp, de Scotland Yard — Jimmy Japp. L'autre appartient aussi à Scotland Yard. La situation évolue à toute vitesse, mon bon ami.

J'observai les deux hommes avec attention. Aucun des deux ne ressemblait à un limier du Yard, et jamais je n'aurais soupçonné leur identité.

J'en étais là de mes réflexions quand le verdict me fit sursauter :

— Assassinat avec préméditation par un ou plusieurs inconnus.

7

POIROT PAIE SES DETTES

En sortant des *Stylites Arms*, Poirot me prit le bras pour m'attirer à l'écart. Je ne tardai pas à découvrir le but de la manœuvre : il guettait les deux hommes de Scotland Yard.

Lorsqu'ils sortirent à leur tour, Poirot accosta le plus petit des deux :

— J'ai bien peur que vous ne me reconnaissiez pas, inspecteur Japp...

— Ça, par exemple ! Mais c'est *môssieu* Poirot ! s'exclama l'inspecteur avant d'expliquer à son collègue : vous m'avez entendu parler de *môssieu* Poirot, non ? Lui et moi, on a fait équipe en 1904, sur l'affaire des faux d'Abercrombie — ce salopard est tombé à Bruxelles, vous vous souvenez. Ah ! c'était une grande époque ; oui, *môssieu* ! Et le « Baron » Altara, vous vous rappelez ? Encore un drôle de truand ! Il avait réussi à échapper à toutes les polices d'Europe. Mais nous l'avons épinglé à Anvers, et ce, grâce à *môssieu* Poirot...

Je m'étais approché tandis que s'échangeaient ces souvenirs communs et Poirot me présenta à l'inspecteur Japp, qui lui-même nous présenta le superintendant Summerhaye.

— Je pense, messieurs, qu'il est inutile de vous demander pourquoi vous êtes ici aujourd'hui, fit Poirot.

Japp eut un clin d'œil de connivence :

— C'est assez évident, en effet. Tout comme ce cas, qui me semble limpide.

Le visage de Poirot se fit grave :

— Voilà un point de vue que je ne partage pas.

— Allons donc ! intervint Summerhaye pour la première fois. L'affaire est pourtant claire. Cet homme a été pris la main dans le sac. Seule sa stupidité m'étonne !

Cependant Japp scrutait le visage de Poirot.

— Prudence, Summerhaye ! fit-il sur le ton de la plaisanterie. *Môssieu* et moi sommes de vieilles connaissances, et son jugement prime pour moi sur n'importe quel autre. A moins d'une grossière erreur, j'ai l'impression qu'il garde un atout dans sa manche. Je me trompe, Mr Poirot ?

Poirot sourit :

— Je suis parvenu à certaines conclusions... c'est exact.

Si Summerhaye conservait une expression sceptique, Japp continuait d'observer Poirot.

— Jusqu'ici, dit-il, nous n'avons vu cette affaire que de l'extérieur. Dans ce genre de cas, où le meurtre n'est admis qu'en première conclusion de l'enquête, Scotland Yard est très désavantagé. Il faut être sur les lieux aussitôt, et c'est pourquoi Mr Poirot a une longueur d'avance sur nous. Sans ce médecin, qui s'est montré assez intelligent pour nous prévenir par l'intermédiaire du coroner, nous ne serions pas encore sur le pied de guerre ! Mais vous, Mr Poirot, qui êtes sur les lieux depuis le début du drame, vous avez peut-être glané quelques indices intéressants. D'après les témoignages que nous venons d'entendre, il est évident que Mr Inglethorp a empoisonné son épouse, et si un autre que vous paraissait en douter, je lui éclaterais de rire au nez ! Je suis même surpris, je vous l'avoue, que le jury n'ait pas déjà demandé son inculpation pour meurtre avec préméditation. Sans le coroner, qui m'a semblé les freiner, je suis sûr que les jurés auraient conclu à sa culpabilité.

— Mais qui sait si vous n'avez pas dans votre poche un mandat d'arrêt à son nom ? insinua Poirot.

Le masque impénétrable du parfait policier tomba immédiatement sur le visage d'habitude expressif de Japp.

— Qui sait ? répondit-il froidement.

Poirot lui jeta un regard pensif :

— Messieurs, je tiens beaucoup à ce que cet homme ne soit pas arrêté.

— Et puis quoi, encore ? objecta Summerhaye, sarcastique.

Japp considérait Poirot avec une perplexité assez comique.

— Soyez chic, Mr Poirot. Donnez-nous un début de piste, vous qui suivez l'affaire depuis le début... Le Yard n'aime guère commettre des erreurs, vous le savez.

— Je le crois volontiers, approuva mon ami avec un hochement de tête. Aussi, je peux vous dire une bonne chose : utilisez votre mandat et arrêtez Mr Inglethorp si vous le désirez, mais vous n'en récolterez aucun laurier : les charges contre lui tomberont immédiatement ! Comme ça !

Et il claqua des doigts pour illustrer son propos.

Le visage de Japp devint grave tandis que Summerhaye poussait un grognement incrédule.

Pour ma part, j'étais ébahi. Une seule conclusion me vint à l'esprit : Poirot avait perdu la tête !

Japp sortit son mouchoir et se tamponna le front.

— Je ne peux prendre ce risque, Mr Poirot. En ce qui me concerne, votre parole me suffit. Mais une partie de ma hiérarchie me demandera quelle mouche m'a piqué. Ne pourriez-vous éclairer un peu ma lanterne ?

— S'il le faut, concéda Poirot après quelques secondes de réflexion. Mais c'est contre ma volonté. On me force la main. J'aurais préféré travailler dans le secret pour le moment, mais votre remarque est justifiée. L'avis d'un inspecteur belge — à la retraite, qui plus est — ne peut suffire ! Et Alfred Inglethorp ne doit pas être arrêté ! J'en ai fait le serment, mon ami Hastings en est témoin. Fort bien ! Alors, mon bon Japp, vous vous rendez à Styles sans plus attendre ?

— D'ici une demi-heure, seulement. Nous devons d'abord voir le coroner et le médecin.

— Bien. J'habite la dernière maison du village : passez donc me prendre, et nous ferons le chemin ensemble. A Styles, vous obtiendrez de Mr Inglethorp, ou plus probablement de moi-même, les preuves qui vous convaincront de l'inanité d'une telle accusation. Ce marché vous convient-il ?

— Marché conclu ! répondit Japp, ravi. Et, au nom de Scotland Yard, je vous remercie — bien que je ne voie pas pour l'instant ce qui pourrait disculper ce Mr Inglethorp, je vous l'avoue ! Mais vous avez toujours eu tant de flair ! Eh bien, à tout de suite, *môssieu* !

Les deux policiers s'éloignèrent d'un pas vif, mais Summerhaye avait conservé son air incrédule.

— Alors, mon bon ami ! me lança Poirot avant que j'aie eu le temps d'ouvrir la bouche. Qu'en pensez-vous ? Mon Dieu ! j'ai eu quelques inquiétudes, tout à l'heure ! Je n'aurais pas cru cet individu entêté au point de garder le silence. Il s'est comporté comme un imbécile !

— Hum ! J'y vois d'autres explications que la sottise, répliquai-je. S'il n'est pas soupçonné à tort, quelle autre tactique aurait-il pu adopter pour sa défense ?

— Mais il existe toutes sortes de façons plus ingénieuses les unes que les autres ! s'écria Poirot. Tenez : imaginons que je sois le criminel. Je peux inventer sept histoires tout à fait crédibles ! Beaucoup plus convaincantes, en tout cas, que les froides dénégations qu'il leur a opposées !

Je ne pus m'empêcher de rire :

— Mon cher Poirot, je suis persuadé que vous seriez capable d'inventer soixante-dix histoires pour vous disculper. Mais revenons aux choses sérieuses. En dépit de ce que vous avez dit aux inspecteurs du

Yard, vous ne pouvez tout de même plus envisager l'innocence de Mr Inglethorp ?

— Et pourquoi moins maintenant qu'auparavant ? Il n'y a aucun élément nouveau.

— Allons ! Les témoignages sont accablants !

— Un peu trop, même...

Nous passâmes la grille de Leastways Cottage et gravîmes les marches déjà familières.

— Oui, trop accablants ! continua Poirot plus pour lui-même qu'à mon adresse. En règle générale, les indices sont vagues et peu parlants. On doit les examiner avec le plus grand soin, et les passer au crible. Mais ici, tout concorde si parfaitement... Non, mon bon ami, le faisceau des preuves a été assemblé avec un art consommé, et sa perfection même dessert son but !

— Comment en arrivez-vous à cette conclusion ?

— C'est bien simple : tant que les indices contre Inglethorp restaient de simples soupçons imprécis, ils étaient difficiles à réfuter. Mais, dans sa panique, le véritable criminel a tissé un filet de présomptions si serré autour d'Alfred Inglethorp que le moindre accroc le déchirera...

Devant mon silence dubitatif, Poirot continua :

— Abordons le problème sous l'angle suivant : à priori, nous nous trouvons face à un homme qui a décidé d'empoisonner son épouse. D'après les bruits qui courent, il a vécu jusqu'alors d'expédients, ce qui suppose une certaine ingéniosité ; contentons-nous de le créditer d'un minimum de bon sens. Or, comment prépare-t-il son forfait ? Effrontément, il se rend à la pharmacie du village et achète lui-même de la strychnine, sous un prétexte si ridicule qu'il ne tient pas deux secondes au moindre examen. De plus, il n'utilise pas le poison le soir même, mais attend d'avoir eu avec son épouse une altercation assez violente pour que toute la maisonnée en soit informée, ce qui, bien entendu, attire tous les soupçons sur lui. Enfin, il ne peut ignorer que le préparateur de la pharmacie sera interrogé ; pourtant, il ne se cherche aucun alibi... Allons donc ! Vous ne me ferez jamais croire qu'on puisse être assez stupide pour agir de la sorte ! Seul un fou, un malade qui voudrait se suicider en se servant du verdict de la justice, pourrait imaginer un tel stratagème !

— Pourtant, je ne vois toujours pas...

— Moi non plus, mon bon ami ! Je dois bien le reconnaître, cette affaire me laisse perplexe, moi, Hercule Poirot !

— Mais si vous le tenez pour innocent, comment expliquez-vous qu'il ait acheté de la strychnine ?

— Le plus simplement du monde : ce n'était pas lui.

— Mace l'a pourtant identifié !

— Pardon, le préparateur a servi un individu arborant une barbe noire semblable à celle d'Alfred Inglethorp, portant les vêtements d'Alfred Inglethorp, qui sont assez reconnaissables, ainsi que des lunettes semblables à celles d'Alfred Inglethorp. Rappelez-vous que Mr Mace n'est à Styles Saint-Mary que depuis une quinzaine de jours, et qu'il n'a sans doute vu Alfred Inglethorp que de loin, d'autant que Mrs Inglethorp avait pour habitude de se fournir chez Coots, à Tadminster.

— Et vous en déduisez...

— Vous rappelez-vous, mon bon ami, les deux points que je vous avais cités comme étant capitaux ? Laissons de côté le premier pour l'instant. Vous souvenez-vous du second ?

— Le fait qu'Alfred Inglethorp affectionne les vêtements singuliers, qu'il porte une barbe noire et des lunettes ; c'est bien cela ?

— Tout à fait. A présent, imaginez quelqu'un qui voudrait usurper la personnalité de John ou de Lawrence Cavendish. Le pourrait-il aisément ?

— Certes non, répondis-je. Encore que, un bon comédien...

Mais Poirot m'empêcha de poursuivre :

— Et pourquoi donc la tâche serait-elle malaisée ? Je vais vous le dire : parce que les deux frères Cavendish sont imberbes. Or, pour parvenir à une ressemblance acceptable avec l'un ou l'autre en plein jour, il faudrait un acteur de génie présentant déjà quelque similitude morphologique avec son modèle. Reprenons le cas d'Alfred Inglethorp. Il est beaucoup plus simple : au premier abord, son apparence est largement déterminée par sa barbe, ses vêtements et les lunettes qui lui cachent les yeux. Et ce que cherche avant tout un criminel intelligent, c'est à éloigner les soupçons de sa personne, n'est-ce pas ? La meilleure façon de parvenir à ce résultat n'est-elle pas de les faire peser sur quelqu'un d'autre ? Eh bien ! Dans l'affaire qui nous occupe, la victime de cette machination était toute trouvée ! Il était évident que tout le monde accepterait à priori la culpabilité de Mr Inglethorp, mais le criminel a jugé nécessaire la présence d'une preuve tangible : d'où l'achat du poison. L'apparence d'Alfred Inglethorp facilitait grandement la réussite de ce plan. De plus, vous vous en souvenez certainement, le jeune Mace n'avait jamais parlé à Mr Inglethorp. Comment aurait-il pu douter de l'identité d'un homme qui portait les mêmes lunettes, la même barbe et les mêmes vêtements ?

L'éloquence de Poirot m'emplissait d'une sorte de fascination.

— Certes, dis-je, mais, même en admettant cette hypothèse, pourquoi refuse-t-il de dire où il se trouvait lundi soir, à 18 heures ?

— Oui, pourquoi, en effet, approuva Poirot d'un ton plus calme. S'il était arrêté, il parlerait, je n'en doute pas — mais cette solution est à éviter. Il est de mon devoir de lui démontrer la gravité de sa position actuelle. Il se tait pour cacher quelque fait indigne. S'il n'a pas assassiné sa « chère épouse », comme il dit, il n'en reste pas moins une canaille — une canaille qui a quelque chose à cacher, même si c'est sans rapport avec le meurtre de Mrs Inglethorp.

Sur le moment, j'adhérai à la théorie de Poirot et me pris à chercher la nature de ce secret. Néanmoins je conservais une nette préférence pour la thèse la plus évidente.

— De quoi peut-il s'agir ? murmurai-je.

— Vous ne devinez pas ? dit Poirot avec un petit sourire.

— Non. Et vous ?

— Si, bien sûr. Depuis quelque temps déjà, j'avais ma petite idée sur ce point ; et je l'ai déjà vérifiée.

— Vous ne m'en avez pas parlé, remarquai-je, assez vexé.

Poirot écarta les bras dans un geste de repentir :

— Pardonnez-moi, mon bon ami, mais vous me paraissiez assez peu réceptif. (Puis, sur un ton plus grave :) J'espère que vous comprenez maintenant pourquoi son arrestation serait une erreur ?

— C'est possible, répondis-je sans grande conviction.

En vérité, le sort de cet individu me laissait froid. Et je pensais même qu'une bonne dose de frousse ne lui ferait pas de mal.

Poirot m'observa un moment avec attention, puis il poussa un soupir et changea de sujet :

— Allons, mon bon ami, abandonnons le cas d'Alfred Inglethorp. Qu'avez-vous appris des autres dépositions ?

— Guère plus que ce que j'en attendais.

— Rien qui ait éveillé votre curiosité ?

Je pensai à Mary Cavendish et préférai éluder la question :

— De quelle façon ?

— Eh bien, la déposition de Mr Lawrence Cavendish, par exemple...

— Oh, Lawrence ! dis-je, soulagé. Non, pas particulièrement. Ça a toujours été un garçon nerveux et imprévisible.

— Et quand il a suggéré que sa mère était peut-être morte par accident, à cause de son fortifiant. L'étrangeté du propos ne vous a pas frappé ?

— Non, pas vraiment. Cela n'a rien d'étonnant de la part d'un profane. D'ailleurs, les médecins ne se sont pas gênés pour le tourner en ridicule.

— Justement. Mr Lawrence n'est pas un profane.

C'est vous-même qui m'avez informé des études de médecine qu'il a poursuivies jusqu'au diplôme...

— C'est pourtant vrai ! admis-je, tout d'un coup très frappé. Je n'y avais pas pensé... En effet, c'est très étrange !

— Son comportement est étrange depuis le début, approuva Poirot. De tous les habitants de Styles Court, il est le seul capable d'interpréter les symptômes de sa belle-mère comme ceux d'un empoisonnement à la strychnine. Or, il est également le seul à défendre la thèse d'une mort naturelle. Je pourrais comprendre que Mr John tienne un tel discours, car il est ignorant en la matière et par nature dépourvu de toute imagination. Mais Mr Lawrence... Décidément, non ! Et aujourd'hui même, devant le jury, il suggère une explication dont il ne peut ignorer l'absurdité. Voilà qui donne matière à réflexion, mon bon ami...

— C'est très déroutant, en effet.

— Et n'oublions pas Mrs Cavendish, continua Poirot. Elle non plus ne dit pas tout ce qu'elle sait. Comment interprétez-vous son comportement ?

— Je ne sais trop qu'en déduire. J'ai beaucoup de mal à concevoir qu'elle puisse protéger Alfred Inglethorp. Et pourtant, c'est l'impression qu'elle donne.

L'air songeur, Poirot acquiesça :

— Oui. C'est très curieux. Ce qui ne fait aucun doute, c'est qu'elle a entendu beaucoup plus de cette « conversation privée » que ce qu'elle a daigné en rapporter au coroner.

— Elle est pourtant la dernière personne que l'on pourrait soupçonner d'écouter aux portes !

— C'est exact. Mais au moins sa déposition m'a-t-elle éclairé sur un point : je m'étais trompé — l'altercation s'est bien déroulée un peu plus tôt dans l'après-midi que je ne le croyais, vers 16 heures, comme l'a toujours affirmé Dorcas.

Je n'avais jamais très bien saisi l'importance que mon ami accordait à ce détail, et je le regardai d'un air étonné.

— Oui, reprit-il, bien des questions sont soulevées

par les dépositions que nous avons entendues aujourd'hui. Prenez le Dr Bauerstein. Que faisait-il, debout et tout habillé, à une heure aussi matinale ? Je suis stupéfait que personne n'ait relevé ce fait.

— Il est sujet aux insomnies, d'après ce qu'on m'a dit, arguai-je sans grande conviction.

— Explication qui ne peut être que très bonne ou très mauvaise, jugea Poirot. Elle couvre tout sans répondre à rien, voyez-vous. Il me faudra surveiller de près notre très brillant Dr Bauerstein.

— Avez-vous noté d'autres failles dans les dépositions ? demandai-je avec une pointe de sarcasme dans la voix.

— Mon bon ami, répondit très sérieusement Poirot, la méfiance est de rigueur dès que vous découvrez que les gens ne vous disent pas la stricte vérité. Et, à moins d'une grossière erreur de ma part, il n'y a guère qu'une personne, deux tout au plus, qui aient parlé sans rien dissimuler ni sans rien omettre

— Allons, Poirot ! La cause est entendue pour Lawrence et Mrs Cavendish, mais John et miss Howard ! N'ont-ils pas dit la vérité ?

— Tous les deux, mon bon ami ? L'un d'eux, je vous l'accorde — mais les deux...

Cette réponse teintée d'ironie me fit un effet des plus déplaisants. Le témoignage de miss Howard, s'il n'avait qu'une importance relative, était empreint d'une telle spontanéité et d'une telle franchise que je n'avais pas envisagé une seconde de le mettre en doute. Néanmoins j'éprouvais un grand respect pour la sagacité de Poirot, à l'exception de ses « crises d'entêtement stupide », comme je nommais mentalement ces moments-là.

— Vous le pensez vraiment ? m'étonnai-je. Miss Howard m'a toujours paru faire preuve d'une honnêteté totale, pour ne pas dire encombrante.

Poirot me lança un regard singulier que je ne pus déchiffrer. Il parut sur le point de s'expliquer, puis se ravisa.

— Quant à miss Murdoch, continuai-je, rien en elle ne permet de suspecter le mensonge.

— Certes. Mais n'est-il pas curieux qu'elle n'ait perçu aucun bruit alors qu'elle dormait dans la chambre voisine ? Notez, en revanche, que Mrs Cavendish, dont la chambre est située beaucoup plus loin, dans l'autre aile de la maison, a fort bien entendu la chute de la table de chevet.

— Miss Murdoch est jeune, et elle jouit d'un profond sommeil, voilà tout, avançai-je.

— Ah, ça ! Son sommeil devait être fort profond, j'en conviens !

A ce point de notre conversation, son ironie me dérangeait. C'est alors qu'on tambourina à la porte d'entrée. Nous nous penchâmes par la fenêtre pour découvrir les deux hommes de Scotland Yard qui nous attendaient dans la rue.

Poirot prit son chapeau. D'un mouvement décidé, il tordit les pointes de sa moustache, puis épousseta sa manche qui n'en avait besoin que dans son imagination. Enfin il donna le signal du départ. Nous rejoignîmes les deux policiers dans la rue et notre petit groupe prit la direction de Styles Court.

Je crois que l'arrivée des hommes du Yard provoqua un certain choc, en particulier chez John. Pour avoir entendu les conclusions du jury, il savait pourtant que leur venue ne pouvait tarder. En tout cas, il parut prendre conscience de la situation avec une acuité toute nouvelle.

Tandis que nous cheminions vers Styles Court, Poirot et Japp avaient discuté à voix basse. L'inspecteur demanda aux occupants de la maison, à l'exclusion des domestiques, de nous rejoindre dans le salon. La raison de cette réunion m'apparut aussitôt : le moment était venu pour Poirot de démontrer que ses dires n'étaient pas de simples rodomontades.

Pour ma part, j'étais assez pessimiste. Poirot avait peut-être d'excellentes raisons de croire Alfred Inglethorp innocent, il devrait néanmoins fournir des preuves solides à quelqu'un de la trempe de Summerhaye et je doutais fort que mon ami y parvînt.

Il ne fallut pas longtemps pour que nous nous trouvions tous assemblés dans le salon. Japp ferma la porte. Toujours courtois, Poirot disposa des chaises pour tout le monde. Les hommes de Scotland Yard étaient l'objet de l'attention générale. Je crois qu'à cet instant chacun prit pleinement conscience qu'il ne s'agissait pas d'un mauvais rêve mais de la réalité. Nous avions tous déjà entendu parler de ce genre d'histoires, mais cette fois nous étions les acteurs du drame. Demain, tous les quotidiens d'Angleterre annonceraient, à grand renfort de manchettes accrocheuses :

MYSTÉRIEUSE TRAGÉDIE DANS LE COMTÉ D'ESSEX
UNE RICHE LADY EMPOISONNÉE

Les articles seraient illustrés de photographies de Styles Court et d'instantanés de « la famille à la sortie de la séance des dépositions », car le photographe local n'avait pas chômé ! Toutes ces histoires que chacun a lues une centaine de fois dans son journal et qui n'arrivent qu'aux autres, jamais à vous. Et pourtant, dans cette demeure où nous nous trouvions, un assassinat avait bel et bien été commis, et nous avions en face de nous les « inspecteurs chargés de l'enquête ». Toutes ces pensées défilèrent dans mon esprit dans les quelques secondes qui précédèrent l'intervention de Poirot.

Le fait que ce fût lui qui prît la parole et non les inspecteurs du Yard parut surprendre tout le monde.

— Mesdames et messieurs, dit-il avec une petite courbette digne d'un conférencier en vogue, j'ai souhaité cette réunion dans un but bien précis, qui intéresse plus particulièrement Mr Alfred Inglethorp.

Inconsciemment, je suppose que les autres avaient éloigné leur chaise de l'homme, car il était assis un peu à l'écart. A l'énoncé de son nom, il tressaillit légèrement.

— Mr Inglethorp, dit mon ami en se tournant vers lui, une ombre très noire plane sur cette demeure : celle du meurtre.

Inglethorp acquiesça, l'air accablé.

— Ma pauvre femme, balbutia-t-il. Pauvre Emily ! C'est terrible...

— Je n'ai pas l'impression, monsieur, que vous

compreniez vraiment à quel point la situation pourrait se révéler terrible... pour vous.

Et pour se faire mieux comprendre, Poirot ajouta :

— Vous courez un très grave danger, Mr Inglethorp.

Les deux hommes du Yard s'agitèrent sur leurs sièges, et j'imaginais la formule rituelle : « Tout ce que vous direz pourra être retenu contre vous », articulée mentalement par Summerhaye.

— Suis-je assez clair, monsieur ?

— Non ! Que voulez-vous dire ?

— Je veux dire, martela Poirot, que vous êtes soupçonné d'empoisonnement à l'encontre de votre épouse.

Un cri de surprise courut dans l'assistance. Inglethorp se leva d'un bond.

— Dieu Tout-Puissant ! s'écria-t-il. Moi, empoisonner mon Emily adorée ! Mais quelle idée monstrueuse !

Poirot l'observait avec insistance :

— Je crois que vous n'avez pas été sensible à l'impression désastreuse qu'a provoquée votre attitude lors des dépositions. Mr Inglethorp, après ce que je viens de vous apprendre, refuserez-vous toujours de nous dire où vous vous trouviez lundi à 18 heures ?

Avec un gémissement, l'homme se laissa retomber sur sa chaise et se cacha le visage dans ses mains. Poirot s'approcha de lui jusqu'à le dominer de sa petite taille.

— Parlez ! s'écria-t-il d'une voix menaçante.

Dans un effort de volonté, Inglethorp releva la tête et la secoua lentement sans marquer le moindre fléchissement.

— Vous refusez ?

— Non... Je me refuse à croire que quiconque puisse être assez monstrueux pour m'accuser d'une telle horreur.

Avec l'air sombre de quelqu'un qui vient de prendre une grave décision, Poirot conclut :

— Soit. Il est donc de mon devoir de parler à votre place.

Alfred Inglethorp leva vers lui un regard incrédule.

— Vous ? Comment le pourriez-vous ? Vous ne pouvez savoir que...

Il se tut brusquement.

Poirot se retourna vers nous :

— Mesdames et messieurs, veuillez écouter ce que je vais dire ! Moi, Hercule Poirot, j'affirme que l'individu qui est entré lundi à 18 heures dans la pharmacie pour y acheter de la strychnine n'était pas Mr Inglethorp, car à ce moment-là ledit Alfred Inglethorp raccompagnait chez elle Mrs Raikes, et tous deux revenaient d'une ferme voisine. Je peux produire ici au moins cinq témoins qui jurent les avoir vus ensemble à 18 heures ou peu après. Or, comme vous ne l'ignorez certainement pas, la ferme de l'Abbaye, domicile de Mrs Raikes, se trouve à plus de trois kilomètres du village. Par conséquent, l'alibi est indiscutable !

8

NOUVEAUX SOUPÇONS

Un silence stupéfait tomba sur l'assistance. Japp,
qui semblait le moins surpris de nous tous, fut le premier à prendre la parole :

— Ma parole ! Vous êtes ahurissant ! s'exclama-
t-il. Mais entendons-nous bien, Mr Poirot. Vous êtes
sûr de vos témoins, j'imagine ?

— Tenez, voici leurs noms et adresses. Je vous
laisse les interroger ; vous pourrez constater par
vous-même qu'ils sont dignes de foi.

— Je n'en doute pas un instant, l'assura Japp.
(Puis, baissant le ton :) Je vous suis très reconnaissant. Avec cette arrestation, nous aurions fait une
drôle de boulette ! (Il se tourna vers Inglethorp :)
Pardonnez-moi ma curiosité, mais j'aimerais bien
savoir ce qui vous empêchait de nous avouer ça au
cours des dépositions ?

— Je peux vous en donner la raison, intervint Poirot. Une rumeur insistante courait...

— Aussi fausse que méchante ! s'écria Mr Inglethorp d'une voix aiguë.

— Et Mr Inglethorp souhaitait avant tout qu'aucun
scandale n'éclate pour le moment. C'est bien cela ?

— C'est exact. Avec ma pauvre Emily qui n'est
même pas encore enterrée, vous pouvez bien comprendre que je voulais couper court à toute nouvelle
rumeur mensongère !

— Pour être tout à fait franc avec vous, monsieur,

dit Japp, je préférerais les pires rumeurs sur mon compte à une inculpation pour meurtre. Et je crois pouvoir affirmer que votre défunte épouse aurait été de mon avis. Sans la présence providentielle de Mr Poirot, vous auriez été arrêté, c'est sûr et certain !

— J'ai agi stupidement, c'est un fait, reconnut Inglethorp. Mais vous n'imaginez pas à quel point on m'a rendu la vie impossible, inspecteur, ni combien j'ai été calomnié !

Ce disant, il regarda Evelyn Howard d'un œil mauvais. Japp se tourna vers John Cavendish.

— A présent, monsieur, je voudrais visiter la chambre de la défunte, si vous n'y voyez pas d'inconvénient. Ensuite j'aurai un petit entretien avec les domestiques. Mais ne vous dérangez pas : Mr Poirot me servira de guide.

Tandis qu'ils sortaient tous du salon, Poirot, d'un signe discret, m'invita à le suivre à l'étage. Là, il me prit par le coude et m'attira à l'écart.

— Vite, allez dans l'autre aile de la maison. Restez derrière la porte matelassée et n'en bougez pas jusqu'à ce que je vous y retrouve.

Sur ces mots il me planta là et rejoignit les hommes du Yard.

Je suivis ses instructions à la lettre et allai me poster derrière la porte de service, bien que l'utilité de ma présence à cet endroit me restât totalement incompréhensible. Pourquoi monter la garde à cet endroit précis ? Tout en réfléchissant, je surveillais le couloir devant moi. Une explication me vint à l'esprit : à l'exception de celle de Cynthia, toutes les chambres donnaient sur cette aile gauche. Peut-être devais-je noter tout mouvement dans le couloir ? Les minutes s'écoulèrent. J'étais resté au poste une bonne vingtaine de minutes sans voir personne quand Poirot me rejoignit enfin.

— Vous n'avez pas bougé ?

— Non. Je suis resté ici tout le temps, aussi immobile qu'une statue. Et il ne s'est rien passé.

— Ah ! s'exclama-t-il.

Je n'aurais pu dire s'il manifestait là sa joie ou sa déception.

— Et vous n'avez rien vu ?

— Absolument rien.

— Mais sans doute avez-vous entendu quelque chose ? Un bruit sourd ? Alors, mon bon ami ?

— Rien.

— Comment est-ce possible ? Ah ! Mais voilà qui me contrarie grandement ! Je suis d'habitude plutôt adroit... Voyez-vous, je n'ai fait qu'un petit mouvement — je connais fort bien la précision de mes mouvements — de la main gauche, et la table de chevet s'est renversée !

Il semblait en proie à une déception si puérile que je m'empressai de le réconforter :

— Allons, mon cher, cela n'a pas d'importance ! Votre succès éclatant, tout à l'heure dans le salon, vous est sans doute monté à la tête. Laissez-moi vous dire que vous avez étonné tout le monde ! Les relations de Mr Inglethorp avec Mrs Raikes doivent être plus sérieuses que nous ne le pensions pour qu'il refuse ainsi de parler. Et maintenant, quelle va être votre ligne d'action ? Où sont nos amis du Yard ?

— Ils sont descendus interroger les domestiques. Je leur ai montré tous nos indices. A la vérité, Japp m'a quelque peu déçu : il manque de méthode...

A ce moment je cessai de l'écouter et regardai par la fenêtre.

— Bonjour ! criai-je en reconnaissant l'arrivant. (Puis, à l'adresse de Poirot :) C'est le Dr Bauerstein. Je crois que je partage votre opinion à son sujet, Poirot : je n'aime pas cet homme-là.

— Il est intelligent, marmonna Poirot, pensif.

— Diablement intelligent, ça oui ! Je ne vous cache pas que l'état dans lequel il est arrivé mardi soir m'a réjoui le cœur ! Vous n'en avez aucune idée !

Et je lui relatai la mésaventure du médecin.

— Il ressemblait à un épouvantail à moineaux ! conclus-je. Couvert de boue de la tête aux pieds !

— Vous l'avez vu ? de vos yeux vu ?

— Oui. C'était juste après le repas. Evidemment,

il ne tenait pas à entrer comme ça dans le salon, mais Mr Inglethorp a insisté.

Poirot me saisit brusquement par les épaules. Il paraissait en proie à une véritable frénésie.

— Quoi ? s'écria-t-il. Le Dr Bauerstein était à Styles Court mardi soir ? Et vous ne m'en avez rien dit ! Pourquoi ? Mais pourquoi ne m'en avez-vous pas parlé ?

— Allons, mon cher Poirot ! Je n'avais pas pensé que ce détail vous intéresserait à ce point. Je ne savais pas que sa présence ici revêtait une telle importance.

— Mais c'est de la plus haute importance, au contraire ! Ainsi, le Dr Bauerstein était ici mardi soir, le soir du meurtre ! Hastings, ne comprenez-vous pas ? Cela change tout ! Absolument tout !

Jamais encore je ne l'avais vu aussi bouleversé. Il me relâcha et, d'un geste machinal, redressa deux bougies sur le chandelier.

— Cela change tout, oui, marmonna-t-il encore.

Il parut soudain prendre une décision :

— Allons ! dit-il. Il nous faut agir sur-le-champ. Où se trouve Mr Cavendish ?

Nous trouvâmes John dans le fumoir. Poirot l'aborda sans préambule :

— Mr Cavendish, j'ai à faire à Tadminster : un nouvel indice à vérifier. Puis-je me permettre d'emprunter votre automobile ?

— Mais bien sûr ! Vous voulez partir tout de suite ?

— Si possible.

John sonna et ordonna qu'on avançât la voiture. Dix minutes plus tard, nous sortions du parc et prenions à vive allure la route de Tadminster.

— Maintenant, mon cher Poirot, allez-vous finir par me dire de quoi il retourne ? demandai-je, résigné.

— Mon bon ami, vous pouvez le deviner en partie vous-même. Il vous est sans doute apparu que la disculpation de Mr Inglethorp changerait bien des données. Nous devons à présent résoudre une énigme entièrement nouvelle. Nous avons la certitude qu'une personne au moins — Mr Inglethorp — n'a pas acheté la strychnine, et nous avons balayé les faux indices. Voyons maintenant les vrais. A l'exception de Mrs Cavendish, qui jouait au tennis avec vous, n'importe qui a pu se faire passer pour Alfred Inglethorp lundi soir. J'ai vérifié. D'autre part, si nous en croyons sa déposition, il a posé la tasse de café sur la table du vestibule. Depuis le début de l'enquête, personne n'a été très attentif à ce détail, mais il prend à présent un relief tout particulier. Nous devons découvrir qui a finalement apporté ce café à Mrs Inglethorp, ou qui a traversé le vestibule alors que la tasse était encore sur la table. D'après votre récit, nous pouvons affirmer que seules deux personnes n'ont pu se trouver à proximité de la tasse de café : Mrs Cavendish et miss Cynthia.

— Tout à fait exact.

Je ressentis un soulagement indicible : ainsi Mary Cavendish ne pouvait être soupçonnée.

— Pour disculper Alfred Inglethorp, poursuivit Poirot, j'ai dû dévoiler mes batteries plus tôt que je ne l'aurais voulu. Tant qu'il pouvait me croire acharné à démontrer la culpabilité d'Inglethorp, le véritable meurtrier ne se méfiait pas trop de moi. A présent il sera doublement sur ses gardes... Dites-moi, Hastings, vous ne soupçonnez personne en particulier ?

J'eus un moment d'hésitation. Pour dire la vérité, le matin même une idée assez extravagante m'avait traversé l'esprit à une ou deux reprises. Bien qu'elle m'eût semblé stupide, je ne pouvais la chasser.

— C'est à peine un soupçon, dis-je à voix basse. Et c'est tellement absurde !

— Allons ! m'encouragea Poirot. Ne soyez pas si timoré ! Dites. Il faut toujours écouter la petite voix de son intuition !

— Très bien : c'est insensé, et je le sais, mais je ne peux m'empêcher de penser que miss Howard n'a pas dit tout ce qu'elle savait.

— Miss Howard ?

— Oui... Vous allez vous moquer...

— Certainement pas. Pourquoi ?

— C'est plus fort que moi. J'ai l'impression que nous l'avons écartée de la liste des suspects un peu trop facilement, sur le simple fait qu'elle se trouvait loin de Styles Court. Mais une vingtaine de kilomètres, ce n'est pas grand-chose. En automobile, il ne faut guère plus d'une demi-heure pour les parcourir. Alors pouvons-nous être tout à fait sûrs qu'elle était absente la nuit du meurtre ?

— Nous le pouvons, mon ami, répondit Poirot à ma grande surprise. Un de mes premiers soucis a été de téléphoner à l'hôpital où elle travaille.

— Et alors ?

— Eh bien, elle était de garde mardi après-midi. Un convoi de blessés que l'on n'attendait pas est arrivé dans la journée. Devant ce surcroît de travail, miss Howard a très gentiment offert de faire une garde de nuit, ce dont on lui a été fort reconnaissant. Voilà qui règle la question.

— Ah ! fis-je, quelque peu dépité. En fait, c'est sa violence à l'égard de Mr Inglethorp qui m'avait alerté. Je persiste à croire qu'elle ferait n'importe quoi pour lui nuire. Et j'ai pensé qu'elle savait peut-être quelque chose à propos de ce testament qui a disparu. Elle le déteste au point qu'elle aurait très bien pu brûler le dernier testament en date par méprise, croyant détruire celui qui avantageait Mr Inglethorp.

— Pour vous, sa haine est exagérée ?

— Eh bien... oui. Elle est tellement violente ! C'est à se demander si cette femme n'est pas un peu détraquée.

Mais Poirot secoua la tête avec la plus grande énergie :

— Non, non. Là vous faites fausse route. Aucune faiblesse d'esprit, aucune dégénérescence chez miss Howard, je vous l'assure. Elle est l'exemple même du bon sens britannique. C'est une femme à l'esprit aussi robuste que le corps.

— Pourtant sa haine envers Mr Inglethorp prend

des allures d'obsession. Ma première idée, bien ridicule j'en conviens, était qu'elle avait voulu l'empoisonner, lui, et que par le plus grand des hasards c'est Mrs Inglethorp qui avait absorbé le poison. Mais à présent, la chose me paraît impossible. Ma théorie était absurde...

— Pourtant, sur un point vous êtes dans le vrai. C'est faire preuve de sagesse que de soupçonner tout le monde tant que l'innocence de chacun n'est pas établie de façon rationnelle et satisfaisante pour l'esprit. Quels arguments peut-on donc opposer à la thèse selon laquelle miss Howard aurait délibérément empoisonné Mrs Inglethorp ?

— Quelle idée ! m'exclamai-je. Elle lui était totalement dévouée !

— Pffttt ! siffla Poirot agacé. Vous raisonnez comme un enfant ! Si miss Howard était capable d'empoisonner Mrs Inglethorp, elle serait non moins capable de faire croire à son dévouement. Non, nous devons chercher dans une autre direction. Vous trouvez sa rancœur envers Alfred Inglethorp exagérée, et je suis d'accord avec vous sur ce point. Mais je ne partage pas les déductions que vous en tirez. J'ai défini moi-même un certain schéma, qui me semble juste, mais je préfère n'en pas parler pour l'instant. D'après moi, il existe une raison majeure qui empêche miss Howard de faire une coupable plausible.

— Et laquelle ?

— Le mobile, qui est à la base de chaque meurtre. Or, la mort de Mrs Inglethorp ne pouvait nullement profiter à miss Howard.

— Mrs Inglethorp n'aurait-elle pu rédiger un testament en sa faveur ? hasardai-je après un temps de réflexion.

Poirot répondit d'un simple signe de tête négatif.

— C'est pourtant une hypothèse que vous avez soumise à Mr Wells, lui rappelai-je — ce qui le fit sourire.

— Fausse piste. Je ne désirais pas dévoiler le véritable nom que j'avais à l'esprit. Miss Howard ayant une fonction très similaire, je l'ai citée à la place.

— Il n'en reste pas moins que Mrs Inglethorp aurait pu agir ainsi. Pourquoi ce testament rédigé l'après-midi précédant sa mort n'aurait-il pu...

Mais Poirot secoua la tête avec une telle conviction qu'il m'arrêta net.

— Non, mon bon ami. D'ailleurs j'ai déjà une petite théorie quant au contenu de ce testament. Et je peux vous garantir une chose : il n'était pas en faveur de miss Howard.

Bien que les raisons d'une telle certitude me fussent encore incompréhensibles, je ne la mis pas en doute.

— Fort bien, fis-je avec un soupir résigné. Nous mettrons donc miss Howard hors de cause. Mais je tiens à vous signaler que je ne la soupçonnais qu'en fonction de ce que vous aviez dit de sa déposition...

— Pouvez-vous me rappeler mes propos à ce sujet ? demanda Poirot, quelque peu étonné.

— Vous ne vous en souvenez pas ? Je l'avais citée, tout comme John Cavendish, comme ne faisant pas partie des suspects possibles, et...

— Ah, oui ! Cela me revient...

Il semblait un peu perdu mais se reprit rapidement.

— Au fait, Hastings, j'aimerais vous demander un service.

— Bien sûr. De quoi s'agit-il ?

— La prochaine fois que vous vous trouverez seul avec Lawrence Cavendish, je voudrais que vous lui disiez ceci : « J'ai un message pour vous de la part de Poirot : *Retrouvez la tasse à café manquante et vous retrouverez la paix !* » Ni plus. Ni moins.

— « Retrouvez la tasse à café manquante et vous retrouverez la paix ! » répétai-je, perplexe. C'est bien ça ?

— C'est parfait.

— Mais qu'est-ce que ça signifie ?

— Ah ! ça je vous le laisse deviner ! Vous avez tous

les faits en main, mon ami ! Répétez-lui la phrase, et notez bien ce qu'il vous répondra.

— D'accord. Mais tout ceci est bien mystérieux !

Cependant nous roulions déjà dans Tadminster et Poirot prit la direction du laboratoire d'analyses.

Aussitôt le moteur arrêté, il sauta du véhicule et entra dans le local. Quelques minutes plus tard, il en ressortait.

— Voilà qui est fait !

— Et qu'aviez-vous à faire ici ? demandai-je, impatient d'en savoir plus.

— J'ai confié un échantillon aux fins d'analyse.

— Un échantillon de quoi ?

— Du cacao prélevé dans la casserole.

Les bras m'en tombaient.

— Mais il a déjà été analysé ! finis-je par m'exclamer. A la demande du Dr Bauerstein lui-même. Et je crois même me souvenir que vous avez ri à l'idée que le cacao pouvait contenir de la strychnine !

— Je sais fort bien que le Dr Bauerstein l'a fait analyser, répondit calmement Poirot.

— Mais alors ?

— J'avais simplement envie d'une seconde analyse, voilà tout.

Et je ne pus rien en tirer d'autre. Je n'en étais pas moins fort intrigué. Je ne voyais à cette démarche ni rime ni raison. Néanmoins, ma confiance en lui ne s'en trouva pas ébranlée. Si j'avais eu quelque motif de douter de ses méthodes, la manière éclatante dont il avait démontré l'innocence de Mr Inglethorp avait balayé tous mes doutes à son égard.

L'enterrement de Mrs Inglethorp eut lieu le lendemain. Et, le lundi, comme je descendais assez tard pour prendre mon petit déjeuner, John m'attira à l'écart. Il voulait m'informer du départ imminent de Mr Inglethorp, qui avait décidé de s'installer aux *Stylites Arms* le temps de prendre ses dispositions.

— C'est un véritable soulagement pour nous, ajouta mon ami avec la plus grande honnêteté. Sa présence nous était déjà pénible, lorsque nous le soupçonnions ; mais je vous jure que c'est pire maintenant, car nous nous sentons tous coupables. Il faut bien le reconnaître : notre attitude était odieuse. Certes, tout paraissait l'accuser... Je ne vois pas comment on pourrait nous reprocher d'avoir conclu à sa culpabilité. Mais les faits sont là : nous nous trompions, et nous nous sentons tous un peu mal à l'aise : nous devrions lui présenter nos excuses, mais c'est bien difficile car aucun de nous n'a pour autant envers lui davantage de sympathie qu'avant ! La situation est bien délicate, et je lui sais gré d'avoir le tact de quitter les lieux. Dieu merci, ma mère ne lui a pas légué Styles Court ! Qu'il garde l'argent, je n'y vois pas d'inconvénient ! Mais je n'aurais pu supporter qu'il devienne le maître ici !

— Mais aurez-vous les moyens d'entretenir la propriété ?

— Oh, oui ! Bien sûr, nous devrons acquitter les droits de succession, mais la moitié de l'argent laissé par mon père est destinée à Styles Court. De plus, Lawrence va rester avec nous pour le moment, donc sa part s'ajoute à l'ensemble. Dans les premiers temps, notre budget sera serré, car, comme je vous l'ai dit, mes finances ne sont guère brillantes. Néanmoins les créanciers accepteront un délai.

Le départ imminent d'Alfred Inglethorp avait singulièrement allégé l'atmosphère, et nous prîmes le petit déjeuner le plus détendu depuis le drame. Cynthia, que son entrain naturel avait remise d'aplomb, était redevenue la jolie jeune fille dynamique que nous connaissions. A l'exception de Lawrence, toujours aussi sombre et nerveux, nous étions tous assez enjoués et confiants en un avenir plein de promesses.

Bien entendu, la presse, à grand renfort de titres tapageurs, avait largement commenté la tragédie. La biographie de chacun des habitants de Styles Court avait voisiné avec les insinuations les plus subtiles. On assurait bien sûr que la police était sur une piste. Bref, rien ne nous fut épargné. Hasard de l'actualité, les opérations militaires marquaient le pas, et les pigistes en mal de copie se jetèrent sur ce crime mondain. « La mystérieuse affaire de Styles » devint le sujet de conversation à la mode.

Cette période — est-il besoin de le préciser — fut très pénible pour les Cavendish. Des journalistes assiégeaient la maison sans relâche. Comme on leur refusait l'entrée, ils rôdaient dans le village et sillonnaient le parc, ne manquant aucune occasion de photographier tout membre de la famille qui risquait son nez dehors. Nous subîmes tous le tourbillon d'une publicité dont nous nous serions bien passés. Les hommes du Yard passaient les lieux au peigne fin, examinaient le moindre détail, posaient une foule de questions, œil de lynx et bouche cousue tout à la fois. Quelle piste privilégiaient-ils ? Leur enquête progressait-elle ou finirait-elle dans les archives à la section des affaires classées ? Nous n'en avions aucune idée.

Je terminais mon petit déjeuner lorsque Dorcas vint me trouver, l'air mystérieux. Elle avait quelque chose à me confier.

— Bien sûr, Dorcas. Parlez, je vous écoute.

— Eh bien, voilà, monsieur : vous verrez sûrement le monsieur belge dans la journée... (Et comme j'acquiesçais :) Vous vous souvenez, monsieur, comme il a insisté pour savoir si ma maîtresse — ou quelqu'un d'autre — possédait un vêtement vert ?

— Bien sûr ! Vous en avez trouvé un dans la maison ? fis-je, soudain très intéressé.

— Non, monsieur. Mais je me suis souvenue de ce que les jeunes messieurs (Lawrence et John étaient toujours les « jeunes messieurs » pour la domestique) appelaient leur « malle aux déguisements ». C'est un grand coffre rempli de vêtements usagés, de costumes de fantaisie et de bricoles dans ce genre-là, monsieur. Il se trouve dans le grenier. D'un seul coup, j'ai pensé qu'il contenait peut-être quelque chose de vert. Alors, si vous vouliez bien en parler au monsieur belge, monsieur...

— Je le ferai, promis-je.

— Merci bien, monsieur. Lui, c'est un vrai gentleman. Pas comme ces deux policiers de Londres qui fouinent partout et interrogent tout le monde. En général, je n'ai pas beaucoup de goût pour les étrangers. Mais si j'en crois les journaux, ces Belges sont de braves gens. Pas des étrangers comme les autres, quoi ! Et votre ami est un véritable gentleman.

Brave Dorcas ! Elle se tenait là devant moi, son visage franc levé vers le mien, et je ne pouvais m'empêcher de penser qu'elle était une digne représentante de cette race de domestiques à l'ancienne qui se fait, hélas ! de plus en plus rare.

Je résolus de descendre au village sans tarder, afin d'avertir Poirot. Je n'eus que la moitié du chemin à parcourir, car il venait en sens inverse. Aussitôt, je lui rapportai les propos de la domestique.

— Ah ! cette brave Dorcas ! Eh bien, nous allons jeter un coup d'œil à ce coffre, bien que... Enfin, peu importe !

Nous pénétrâmes dans la maison par une porte-fenêtre. Le vestibule était désert, et nous montâmes directement au grenier.

Le coffre en question était bien là, d'un modèle ancien, joliment décoré de clous en cuivre, et il débordait de vêtements en tous genres.

Sans précautions particulières Poirot entreprit de renverser le tout sur le sol. Nous tombâmes sur deux pièces d'étoffes vertes, de teintes différentes, que Poirot écarta sans hésiter. Il paraissait assez peu convaincu par cette recherche, comme s'il n'en espérait pas grand-chose. Soudain il poussa un cri de surprise.

— Qu'y a-t-il ?

— Regardez !

Il avait presque vidé le coffre. Tout au fond, venait d'apparaître une magnifique barbe d'un noir de jais. Poirot s'en saisit, la tourna et la retourna, plongé dans un examen attentif.

— Oh ! oh ! fit-il. Oh ! oh ! voilà un postiche flambant neuf...

Il hésita une seconde, replaça la barbe là où il l'avait trouvée et les diverses étoffes par-dessus. Puis il sortit du grenier d'un pas rapide et descendit jusqu'à l'office où je le suivis. Nous trouvâmes Dorcas occupée à frotter l'argenterie.

— Nous venons de fouiller le coffre que vous avez signalé à mon ami, lui annonça Poirot après l'avoir saluée avec infiniment de courtoisie. Et je vous suis très reconnaissant de cette indication. Nous y avons découvert une belle collection de vêtements. Si je puis me permettre une telle question, servent-ils fréquemment ?

— A vrai dire, monsieur, moins souvent qu'à une certaine époque. Mais les jeunes messieurs donnent encore de temps à autre ce qu'ils appellent « une soirée costumée ». Parfois, on s'amuse vraiment beaucoup ! Mr Lawrence est d'un comique, à ces moments-là ! Je me souviendrai toujours du soir où il s'était habillé en *Char* de Perse. C'est une sorte de roi d'Orient. Il tenait le grand coupe-papier à la main, et il m'a dit : « Prenez garde, Dorcas ! Manquez-moi de respect, et je vous coupe la tête avec ce cimeterre que j'ai aiguisé spécialement pour la soirée ! » Miss Cynthia s'était habillée en « apache », une sorte de coupe-jarrets français, si j'ai bien compris. Il fallait la voir ! Jamais vous ne croiriez qu'une gentille jeune fille comme elle puisse jouer aussi bien les graines de potence ! Personne ne l'avait reconnue !

— Ces soirées devaient être très amusantes, je n'en doute pas, approuva Poirot avec bienveillance. Quand il s'est déguisé en Shah de Perse, je suppose que Mr Lawrence portait la belle barbe noire qui se trouve dans le coffre ?

Dorcas eut un large sourire.

— Il avait bien une barbe, monsieur. Je m'en souviens comme si c'était hier parce qu'il m'avait emprunté deux écheveaux de laine pour la confectionner. De loin, elle avait vraiment l'air naturelle. Mais je ne savais pas qu'il y avait une fausse barbe dans la « malle aux costumes ». C'est qu'on l'a achetée il y a peu. Je me souviens d'une perruque rousse, mais c'est tout. Pour imiter la barbe, ils utilisent en

général du bouchon brûlé, et c'est diablement difficile à faire partir ! Miss Cynthia s'en était servie une
fois pour se déguiser en négresse, et ensuite elle a eu
toutes les peines du monde à se débarbouiller !

Lorsque nous nous retrouvâmes dans le vestibule,
Poirot était pensif.

— Dorcas ne sait rien de cette barbe noire, fit-il.

— Vous croyez que c'est celle-là ? murmurai-je
aussitôt.

— A mon avis, oui. Avez-vous remarqué la façon
dont elle est taillée ?

— Non.

— Exactement comme celle de Mr Inglethorp. Et
j'ai trouvé plusieurs mèches de cheveux coupés. Mon
ami, tout cela est bien mystérieux.

— Qui l'a cachée dans le coffre, voilà la question !

— Quelqu'un de très astucieux, rétorqua Poirot
d'un ton sec, et qui a choisi l'endroit de la maison où
cette barbe aurait sa place normale. Oui, il est intelligent. Mais nous le serons plus encore en lui faisant
croire que nous ne le sommes pas du tout !

J'étais tout à fait de cet avis.

— Et pour ce faire, mon bon ami, vous allez
m'être fort utile.

Ce compliment me flatta, d'autant qu'à certains
moments j'avais eu la très nette impression que Poirot ne m'appréciait pas à ma juste valeur. L'air songeur, il me considéra quelques secondes :

— Oui, votre aide me sera extrêmement précieuse.

J'en éprouvais un vif plaisir, mais je dus aussitôt
déchanter :

— Maintenant, ce qu'il faut, c'est que je me trouve
un allié dans la place.

— Mais je suis là ! m'insurgeai-je.

— Certes. Mais ce n'est pas suffisant.

J'étais offusqué. Poirot le remarqua et il s'empressa
d'ajouter :

— Ne vous méprenez pas, mon bon ami. Tout le
monde sait que nous travaillons ensemble. Or, il
nous faut un allié qu'on ne soupçonne pas.

— Ah, je comprends ! Que diriez-vous de John ?

— Non, je ne crois pas...

— Pas assez brillant, peut-être, ce cher garçon ? reconnus-je après réflexion.

— Tiens, voici miss Howard ! fit brusquement Poirot. C'est elle qu'il nous faut. Elle ne me porte pas dans son cœur depuis que j'ai disculpé Mr Inglethorp. Mais essayons toujours.

Il lui demanda quelques minutes d'attention, et elle y consentit d'un hochement de tête revêche. Nous nous rendîmes dans le petit salon dont Poirot referma la porte.

— Bon ! fit aussitôt miss Howard d'un ton assez peu amène, de quoi s'agit-il ? Soyez bref, je vous prie. Je suis très occupée.

— Vous vous souvenez sans doute que je vous ai demandé de m'aider, il y a quelque temps ?

— Exact, acquiesça la chère femme. Et je me rappelle aussi ma réponse : d'accord si c'est pour envoyer Alfred Inglethorp à la potence !

— Ah !

Le visage grave, Poirot observa un moment son interlocutrice :

— Miss Howard, je vais vous poser une question. Je vous prie instamment d'y répondre en toute franchise.

— Je ne mens jamais !

— Fort bien. Etes-vous toujours persuadée que Mrs Inglethorp a été empoisonnée par son mari ?

— Comment cela ? fit-elle avec acrimonie. N'allez pas croire que je me laisse impressionner par vos belles théories ! Il n'a pas acheté la strychnine, ça, je veux bien. Et alors ? Je vous ai dit dès le début qu'il avait fait une décoction de papier tue-mouches.

— Il s'agirait alors d'arsenic et non de strychnine, fit aimablement remarquer Poirot.

— Quelle importance ? L'arsenic aurait aussi bien fait l'affaire ! Il voulait se débarrasser d'Emily, un point c'est tout ! Si je suis convaincue qu'il l'a tuée, peu m'importe par quel moyen !

— Justement, fit Poirot de son ton le plus calme. Vous dites : « *Si* je suis convaincue qu'il l'a tuée », aussi formulerai-je ma question différemment : avez-vous bien l'intime conviction que Mrs Inglethorp a été empoisonnée par son mari ?

— Bon Dieu ! s'emporta miss Howard. Ne vous ai-je pas dit et répété que c'était un salopard ? Et qu'il l'assassinerait dans son propre lit ? J'ai toujours détesté cet individu !

— Justement, répéta Poirot avec la même douceur. Voilà qui confirme ma théorie.

— Quelle « théorie » ?

— Miss Howard, vous souvenez-vous d'une conversation qui a eu lieu le jour où mon ami Hastings est arrivé ici ? Il me l'a répétée. Une phrase de vous m'a beaucoup marqué. Vous avez affirmé que, si un de vos proches était assassiné, votre instinct vous désignerait le meurtrier, même si vous ne possédiez aucune preuve tangible contre lui. Vous en souvenez-vous ?

— Oui, j'ai dit cela. Et je le pense toujours. Evidemment, vous trouvez cela stupide ?

— Pas le moins du monde.

— Mais vous ne m'écoutez pas quand je vous dis qu'Alfred Inglethorp est coupable ?

— C'est exact, répliqua Poirot. Parce que votre instinct ne vous dit pas que c'est Mr Inglethorp.

— Quoi ?

— Non. Vous désirez croire de toutes vos forces qu'il a commis le meurtre. Vous l'en estimez capable. Mais votre instinct vous affirme qu'il est innocent. Et il vous dit autre chose... Dois-je continuer ?

Elle le regardait, fascinée. Puis elle fit un geste de la main en signe d'acquiescement.

— Faudra-t-il que j'explique la raison de votre agressivité envers Mr Inglethorp ? C'est fort simple : vous voulez croire ce qui vous arrange. Parce que vous essayez de faire taire votre instinct qui vous dicte un autre nom...

— Non ! non ! non ! s'exclama miss Howard en agitant les mains. Ne le prononcez pas ! Je vous en supplie, ne le prononcez pas ! Ce n'est pas vrai ! C'est impossible ! Je ne sais pas ce qui m'a mis une idée aussi folle... aussi horrible dans la tête !

— Ainsi j'ai vu juste ? demanda Poirot.

— Oui, oui... Vous devez être un sorcier pour l'avoir deviné ! Mais ce n'est pas possible... ce serait trop monstrueux, trop atroce ! Il faut que ce soit Alfred Inglethorp !

Poirot hocha gravement la tête.

— Ne me posez pas de questions ! poursuivit miss Howard. Je ne répondrai pas ! Je ne peux l'admettre, même en pensée ! Je dois être folle d'y avoir songé !

Poirot acquiesça. Il paraissait satisfait.

— Je ne vous demanderai rien. Votre réaction me suffit. Mon instinct me parle également, miss Howard. C'est pourquoi je crois que nous pourrons travailler ensemble à un but commun.

— Ne me demandez pas de vous aider ! Je ne lèverai pas le petit doigt pour... pour...

La gorge nouée, elle laissa sa phrase en suspens.

— Vous m'aiderez malgré vous. Je ne vous demanderai rien... et pourtant vous serez mon alliée. Vous ne pourrez vous en empêcher. Et vous ferez l'unique chose que j'attends de vous.

— Et c'est ?

— De garder l'œil ouvert !

Evelyn Howard baissa la tête :

— Ça, je ne peux pas m'en empêcher. Je n'arrête pas de garder l'œil ouvert ! Et j'espère toujours que les faits me donneront tort.

— Si nous sommes dans l'erreur, parfait, approuva Poirot. Je serai le premier à m'en réjouir. Mais si nous ne nous trompons pas ? Dans quel camp vous placerez-vous ?

— Je... je ne sais pas...

— Allons, miss Howard !

— L'affaire pourrait être... étouffée.

— C'est hors de question !

— Pourtant, Emily elle-même n'aurait pas...

— Miss Howard ! Une telle pensée est indigne de vous !

Brusquement elle enfouit son visage dans ses mains.

— C'est vrai, admit-elle après un moment, d'une voix redevenue calme. Ce n'était pas réellement moi qui parlais. (Fièrement, elle releva la tête.) Mais la véritable Evelyn Howard est là, et bien là ! Et elle sera toujours du côté de la Justice, quel que soit le prix à payer !

Sur ces mots, elle quitta la pièce d'un pas digne, sous le regard impénétrable de Poirot.

— Nous avons là une alliée précieuse, fit-il dès qu'elle eut disparu. Mon ami, cette femme a autant d'intelligence que de cœur.

Je m'abstins de tout commentaire.

— L'instinct est un don merveilleux, reprit Poirot. Inexplicable, certes, mais qu'il faut prendre en compte.

— Miss Howard et vous-même semblez vous comprendre à merveille, lui dis-je alors avec quelque froideur. Mais peut-être n'avez-vous pas remarqué que je n'étais pas dans la confidence ?

— Pas possible ? C'est vrai, mon bon ami ?

— Oui. Eclairez-moi, s'il vous plaît...

Pendant quelques secondes, Poirot se contenta de m'observer avec attention. Enfin, à mon grand étonnement, il secoua la tête :

— Non, mon bon ami.

— Oh, voyons ! Pourquoi non ?

— On ne peut pas être plus de deux à partager un secret.

— Permettez-moi de vous dire que je trouve très désobligeant de votre part de me cacher quelque chose !

— Mais je ne vous cache rien : tous les indices en ma possession vous sont également connus. Il ne vous reste qu'à en tirer les déductions qui s'imposent. Cette fois-ci, c'est une question de raisonnement.

— Néanmoins, ça m'intéresserait de savoir.

Poirot me regarda bien en face et secoua de nouveau la tête d'un air triste :

— Voyez-vous, mon cher Hastings, je crains que l'instinct ne vous fasse cruellement défaut.

— Mais vous parliez de raisonnement à l'instant.

— L'un ne va pas sans l'autre, murmura Poirot d'un ton mystérieux.

J'estimai la remarque de trop mauvais goût pour être relevée. Et je me promis, quand je ferais des découvertes d'importance — ce qui ne saurait manquer d'arriver —, de ne pas les divulguer afin d'ébahir Poirot en lui amenant la solution de l'énigme.

Un peu plus tôt, un peu plus tard, le moment arrive toujours où le plus impérieux de vos devoirs est de savoir vous imposer.

9

LE DR BAUERSTEIN

Je n'avais pas encore trouvé le moment propice pour transmettre à Lawrence le message de Poirot. Enfin, tandis que je déambulais dans le parc en maudissant les directives autoritaires de mon ami, j'aperçus Lawrence Cavendish sur la pelouse de croquet, où il envoyait promener dans tous les sens des boules visiblement fatiguées en les frappant avec un maillet qui, lui aussi, avait connu des jours meilleurs.

L'instant me parut opportun pour accomplir ma mission. Je risquais autrement d'être doublé par Poirot. Il est vrai que je ne saisissais pas clairement le sens de cette démarche, mais je me flattais que la réponse de Lawrence — sitôt soumis à un interrogatoire adroit — m'aiguillerait sur la bonne piste. Je l'abordai donc.

— Cela fait un bon moment que je vous cherche ! mentis-je allégrement.

— Que vous me... ?

— Oui. A vrai dire, j'ai un message pour vous... de la part de Poirot.

— Ah bon ?

— Il m'a recommandé d'attendre que nous soyons seuls...

J'avais baissé le ton pour donner à cette révélation une certaine emphase, et je le surveillais ostensiblement du coin de l'œil. J'ai toujours eu un certain don

143

pour créer ce que l'on pourrait appeler une « atmosphère ».

— Eh bien ?

Le visage de Lawrence Cavendish, empreint d'une sombre mélancolie, n'a pas changé d'expression. Se doutait-il de ce que j'allais lui dire ?

— Voici le message, fis-je dans un murmure de conspirateur : « Retrouvez la tasse à café manquante et vous retrouverez la paix. »

Lawrence ne chercha pas à cacher son étonnement.

— Que diable veut-il dire par là ?

— Vous ne le savez pas ?

— Pas le moins du monde. Et vous ?

Je ne pus que répondre par la négative.

— De quelle tasse à café manquante parle-t-il ?

— Je n'en ai aucune idée.

— Si les tasses à café l'intéressent, il ferait mieux de s'adresser à Dorcas ou à une autre des domestiques ! C'est leur domaine, pas le mien. Je ne sais rien sur ce sujet, si ce n'est que nous en possédons de divines dont nous ne nous servons jamais. En vieux Worcester. Vous êtes connaisseur en la matière, Hastings ?

— Non.

— Vous ne savez pas ce que vous perdez ! Tenir entre ses doigts ou simplement contempler une pièce parfaite en porcelaine ancienne, je vous assure que ça procure un plaisir rare !

— Je n'en doute pas. Mais que dois-je répondre à Poirot ?

— Dites-lui que je ne comprends rien à ce qu'il raconte ; que pour moi, c'est du chinois !

— Très bien.

Je rebroussais chemin vers la maison quand il me rappela soudain :

— Hastings ! Comment se terminait le message ? Pourriez-vous me le répéter, s'il vous plaît ?

— « Retrouvez la tasse à café manquante et vous retrouverez la paix. » Vous ne voyez toujours pas ce que cela peut signifier ?

— Non, répondit-il, l'air rêveur. Mais je... je donnerais cher pour le savoir.

Le gong résonna dans la maison, et nous fîmes notre entrée ensemble. John avait invité Poirot à déjeuner, et il était déjà à table.

Sans même nous consulter, nous évitâmes pendant tout le repas de faire la moindre allusion au drame. La conversation roula sur la guerre et sur quelques sujets éloignés de nos préoccupations du moment. Pourtant, après le fromage et les biscuits, lorsque Dorcas eut quitté la pièce, Poirot se pencha soudain vers Mrs Cavendish :

— Pardonnez-moi, madame, de revenir sur un sujet aussi douloureux, mais j'ai une petite théorie (les « petites théories » de Poirot devenaient proverbiales !) et je voudrais vous poser quelques questions.

— A moi ? Mais volontiers.

— Vous êtes trop aimable, chère madame. Voici : la porte entre les chambres de Mrs Inglethorp et de miss Cynthia était bien verrouillée ?

— Mais oui, elle était verrouillée, répondit Mary Cavendish, surprise. Je l'ai d'ailleurs dit lors de ma déposition.

— Verrouillée ?

— Oui, répondit-elle encore, l'air intrigué.

— Entendez-moi bien, précisa Poirot : vous êtes certaine qu'elle était verrouillée et non simplement fermée à clef ?

— Ah ! je comprends, à présent. Non, je ne sais pas. J'ai dit « verrouillée » parce qu'il était impossible de l'ouvrir... mais je crois qu'on a trouvé toutes les portes verrouillées de l'intérieur.

— Cependant, pour vous, la porte aurait aussi bien pu être tout bonnement fermée à clef ?

— Euh... oui.

— Quand vous êtes entrée dans la chambre de Mrs Inglethorp, vous n'avez pas remarqué si cette porte était verrouillée ou non ?

— Je... je crois qu'elle l'était.

— Mais vous ne l'avez pas constaté ?

— Non. Je n'ai pas vraiment regardé.

— Moi, si ! intervint brusquement Lawrence. Et je puis vous affirmer qu'elle était bien verrouillée.

— Voici donc un point éclairci, conclut Poirot.

Il semblait assez déçu et, malgré moi, j'éprouvai un certain plaisir à voir réduite à néant une de ses « petites théories ».

Après le repas, Poirot me demanda de l'accompagner chez lui. J'acceptai sans enthousiasme excessif. Alors que nous traversions le parc, il me fit remarquer d'une voix inquiète :

— Vous me paraissez contrarié, mon bon ami.

— Absolument pas.

— Eh bien, j'en suis heureux ! Vous me soulagez d'un grand poids.

Je ne m'attendais pas à cela. J'avais espéré qu'il remarquerait ma froideur. Mais la sincérité de cette déclaration fit fondre mon agacement bien compréhensible et je me déridai aussitôt :

— A propos, j'ai transmis votre message à Lawrence.

— Ah ! Et qu'a-t-il dit ? Etait-il plongé dans la perplexité ?

— Oui. J'ai eu la très nette impression qu'il ne comprenait pas un mot de ce que vous vouliez dire.

Je m'attendais à ce que Poirot soit déçu. Mais, à mon intense surprise, il me répondit qu'il espérait cette réaction et qu'il s'en réjouissait. Mon amour-propre m'interdit de l'interroger plus avant.

Poirot passa d'ailleurs aussitôt à un autre sujet.

— Je n'ai pas vu miss Cynthia au déjeuner. Savez-vous pourquoi ?

— Elle est retournée à l'hôpital. Elle reprenait le travail aujourd'hui.

— Voilà une jeune femme qui me semble aussi active que jolie, dit-il. Elle me fait penser à ces tableaux que j'ai tant admirés en Italie. J'aimerais beaucoup visiter son laboratoire. Pensez-vous qu'elle accepterait de me le montrer ?

— Elle en serait ravie, j'en suis sûr. C'est d'ailleurs un endroit très intéressant.

— Elle y travaille tous les jours ?

— Oui, à l'exception du mercredi, qui est son jour de repos. Le samedi, elle revient déjeuner ici. Ce sont ses deux seuls moments libres.

— Je m'en souviendrai, fit-il. Les femmes accomplissent de grandes tâches, de nos jours, et miss Cynthia est futée — oui, elle a quelque chose dans le crâne, ça ne fait aucun doute !

— Oui ; je crois d'ailleurs qu'elle vient de passer un examen assez difficile.

— Cela ne m'étonne pas. Après tout, elle occupe un poste de responsabilités. Ils doivent avoir des poisons très violents dans ce laboratoire ?

— Oui, elle nous les a d'ailleurs montrés. Ils sont enfermés dans une petite armoire, et je crois savoir qu'on exige des infirmières beaucoup de précautions. Elles ne laissent jamais la clef sur la porte quand elles s'absentent.

— Tiens donc... L'armoire en question est à proximité de la fenêtre ?

— Non. De l'autre côté de la pièce... Pourquoi ?

— Simple curiosité, éluda Poirot avec un petit haussement d'épaules.

Nous étions arrivés devant Leastways Cottage.

— Voulez-vous monter un instant ? me proposa-t-il.

— Merci, mais je pense rentrer par les bois.

Les alentours de Styles Court étaient d'une grande beauté. Après avoir traversé le parc à découvert, l'ombre des frondaisons dispensait une agréable fraîcheur. Les feuillages frissonnaient à peine sous une très légère brise, et même le pépiement des oiseaux semblait feutré. Pendant un moment, je flânai le long d'une sente. Puis je m'assis au pied d'un hêtre vénérable. Gagné par l'atmosphère bucolique des lieux, je me mis à songer au genre humain avec bienveillance. J'en vins à pardonner à Poirot son mauvais anglais, sa faconde toute continentale... et sa stupide manie des secrets. Je me sentais en paix avec le monde entier, et je bâillai bientôt à me décrocher la mâchoire.

Je repensai à la tragédie qui me paraissait soudain très lointaine, presque irréelle.

Je bâillai de nouveau...

Et si le drame n'avait jamais eu lieu ? Si ce n'était en fait qu'un mauvais rêve ? En réalité, n'était-ce pas plutôt Lawrence Cavendish qui avait assassiné Alfred Inglethorp avec un maillet de croquet ? La réaction de John n'en restait pas moins tout à fait inconvenante. Pourquoi courait-il partout en criant : « Ecoutez-moi bien, je ne le supporterai pas ! »?

Je sortis tout d'un coup de mon assoupissement, pour m'apercevoir que je me trouvais dans une situation fort déplaisante.

A trois ou quatre mètres de moi, une altercation opposait John et Mary Cavendish. Visiblement, ils ne m'avaient pas vu. En effet, avant que j'aie pu m'éloigner ou signaler ma présence, John répéta la phrase qui m'avait sorti de ma torpeur :

— Je ne le supporterai pas !

— Ça vous va bien, à *vous*, de critiquer mes actes ! répliqua Mary, glaciale.

— Mais tout le village va en faire des gorges chaudes ! Ma mère a été enterrée samedi, et vous paradez déjà en compagnie de cet individu !

— Si vous ne vous souciez que des ragots qui peuvent courir dans le village !

— Il ne s'agit pas que de cela ! J'en ai assez de le voir tourner autour de vous ! D'ailleurs, c'est un juif polonais !

— Un peu de sang juif n'a jamais fait de mal à personne, rétorqua Mary qui le regarda droit dans les yeux avant de poursuivre. La lourdeur et la stupidité de l'Anglais moyen ne pourraient qu'y gagner.

Ses yeux lançaient des éclairs mais sa voix restait glaciale. Je ne fus pas étonné de voir s'empourprer le visage de John.

— Mary !

— Eh bien ?

— Dois-je en déduire que vous continuerez à voir Bauerstein contre ma volonté expresse ?

— Oui, si j'en ai envie.

— Vous me défiez ?

— Non. Mais je ne vous reconnais pas le droit de critiquer mes actes. N'avez-vous pas d'amies qui me déplaisent ?

John fit un pas en arrière, et le sang reflua peu à peu de son visage.

— Qu'insinuez-vous ? balbutia-t-il.

— Ah ! Je vois que vous saisissez ! Vous saisissez enfin que vous êtes bien mal placé pour juger du choix de mes relations ! Votre propre conduite vous l'interdit. Vous n'en avez plus aucun droit.

Le regard de John était devenu suppliant :

— Aucun droit ? N'ai-je donc aucun droit, Mary ? (Dans un geste pathétique, il tendit les mains vers elle.) Mary...

Pendant une seconde, je crus qu'elle allait fléchir, et une ombre de douceur passa sur ses traits. Mais elle se détourna, avec une sorte de brutalité :

— Aucun !

Et elle s'éloigna. John bondit à sa suite et lui saisit le bras.

— Mary ! dit-il, soudain très calme. Vous êtes amoureuse de ce Bauerstein ?

Cette fois elle sembla hésiter. Son visage trahit une expression singulière, faite de résignation et de sagesse juvénile. Ainsi aurait sans doute souri quelque sphinx de l'Egypte antique.

Doucement, elle se dégagea et lança par-dessus son épaule :

— Qui sait ?

Puis elle s'éloigna à grands pas, laissant John dans la clairière, figé comme une statue.

Je m'approchai de lui d'un pas lourd, en m'arrangeant pour faire craquer quelques branches mortes. Il se retourna. Par chance, il crut que je venais d'arriver.

— Salut, Hastings. Avez-vous ramené chez lui sain et sauf votre étrange compagnon ? Quel curieux personnage ! Il est vraiment à la hauteur de sa réputation ?

— En son temps, il était considéré comme un fin limier.

— Eh bien, essayons de nous persuader qu'il y a une part de vrai dans cette gloire passée... Mais, dans quel monde affreux vivons-nous !

— Vous le pensez vraiment ?

— Mon Dieu, oui ! Depuis cette tragédie, la maison est devenue une annexe de Scotland Yard. On ne sait jamais où on va trouver ses sbires ! Et nos malheurs font la une de tous les journaux ! Ces journalistes, je les... ! Savez-vous qu'il y avait foule derrière les grilles du parc, et qu'ils sont restés là toute la matinée, à espionner ? On se croirait au musée des Horreurs de Mme Tussaud, le jour où l'entrée est gratuite !

— Allons, John ! Du cran. Ça ne durera pas toujours.

— Vraiment ? Assez longtemps quand même pour qu'aucun de nous n'ose plus jamais marcher la tête haute !

— Mais non ! Cette histoire vous monte à la tête...

— Vous trouvez qu'il n'y a pas de quoi ? On se sent continuellement épié par ces fichus journalistes et dévisagé par une bande d'imbéciles au regard bovin ! Mais tout ça, ce n'est encore rien !

— Qu'y a-t-il d'autre ?

John baissa le ton :

— Avez-vous songé, Hastings — c'est devenu un cauchemar pour moi — à l'identité du coupable ? A certains moments, il m'arrive de croire que c'est un accident. Parce que... qui aurait pu commettre une telle horreur ? Maintenant qu'Inglethorp est innocenté, il ne reste personne... personne sauf l'un d'entre nous !

Je comprenais fort bien ce que cette pensée avait de cauchemardesque. L'un d'entre nous... Oui, il ne pouvait en être autrement. A moins que...

Une nouvelle hypothèse me vint à l'esprit. A l'examen, elle me semblait se confirmer. La conduite énigmatique de Poirot, ses sous-entendus, tout concordait ! Quel idiot j'avais été de ne pas y penser plus tôt ! Et quel soulagement pour nous tous !

— Non, John. Il ne s'agit pas de l'un d'entre nous. Ça n'est pas possible, voyons.

— Je le sais ! Mais alors... qui ?

— Vous ne devinez pas ?

— Non.

Je jetai un coup d'œil prudent alentour avant de murmurer :

— Le Dr Bauerstein.

— Impossible !

— Pas du tout.

— Quel profit pouvait-il tirer du décès de ma mère ?

— Ce point est encore à éclaircir, concédai-je. Mais je peux vous affirmer ceci : Poirot est sur la même piste que moi.

— Poirot ? C'est vrai ? Comment le savez-vous ?

Je lui parlai de l'agitation qui avait saisi mon ami lorsqu'il avait appris la présence du médecin à Styles Court le soir du drame.

— Par deux fois, il a dit : « Cela change tout », ajoutai-je. Cette réaction m'a donné à réfléchir. Rappelez-vous : Inglethorp a déclaré qu'il avait posé la tasse de café sur la table du vestibule pour accueillir Bauerstein. N'est-il pas possible que votre fameux docteur y ait laissé tomber la strychnine en passant ?

— Hum ! Ç'aurait été très risqué.

— Oui, mais c'était faisable !

— Admettons. Mais comment aurait-il su que c'était son café à elle ? Non, mon vieux, votre théorie ne tient pas debout.

C'est alors qu'un autre détail me revint à la mémoire.

— Vous avez raison. Les choses ne se sont pas passées comme ça. Ecoutez-moi.

Et je lui parlai de l'échantillon de cacao que Poirot avait fait analyser.

— Mais Bauerstein ne l'avait pas déjà fait analyser ?

— Justement ! Je viens de comprendre. Réfléchissez : c'est Bauerstein qui a été chargé de faire procéder à l'analyse. Si c'est lui le meurtrier, il n'a eu aucune difficulté à échanger l'échantillon empoisonné contre du cacao ordinaire, et de l'envoyer au laboratoire. Bien sûr, aucune trace de strychnine n'a été décelée. Et personne n'a osé soupçonner Bauerstein ni prélever un autre échantillon de cacao... sauf Poirot, ajoutai-je en hommage (tardif il est vrai) à la perspicacité de mon ami.

— Et que faites-vous de cette amertume que le cacao ne peut masquer ?

— Il est seul à le prétendre. Et puis on peut envisager d'autres possibilités. Bauerstein est reconnu comme l'un des plus grands toxicologues au monde et...

— L'un des plus grands, quoi ? Voulez-vous me répéter ça, s'il vous plaît ?

— Il en sait plus sur les poisons que n'importe qui, ou peu s'en faut. Et je me dis qu'il a peut-être trouvé le moyen d'ôter à la strychnine son amertume. A moins qu'il ne se soit pas agi de strychnine, mais d'un autre poison, si rare que personne n'en a jamais entendu parler et qui produit les mêmes effets.

— Hum ! C'est possible en effet, reconnut John. Mais il y a un hic : comment aurait-il pu empoisonner ce cacao ? Il ne se trouvait pas dans le vestibule, lui ?

— C'est exact, dus-je admettre.

Soudain une hypothèse effarante me traversa l'esprit. Je priai pour que John n'y pensât pas de son côté. Je lui jetai un coup d'œil à la dérobée. Les sourcils froncés par la concentration, il était visiblement un peu perdu et je réprimai un soupir de soulagement. Car il venait de m'apparaître que le Dr Bauerstein n'aurait pu réussir son forfait qu'avec l'aide d'un complice. Ou d'une complice...

Mais une telle infamie était impossible à imaginer ! Une femme aussi jolie que Mary Cavendish ne pouvait être une meurtrière. Pourtant, des créatures non moins séduisantes qu'elle avaient été des empoisonneuses...

Je me remémorai alors la première conversation à laquelle j'avais participé, le jour de mon arrivée à Styles Court. Nous prenions le thé sur la pelouse, et je me rappelai fort bien la lueur dans ses yeux quand elle avait déclaré que le poison était une arme de femme. Et cette étrange agitation dont elle avait fait preuve le mardi soir... Mrs Inglethorp avait-elle découvert la relation qu'elle entretenait avec le Dr Bauerstein ? La vieille dame l'avait-elle menacée de tout révéler à John, et les deux amants avaient-ils décidé de la supprimer pour éviter le scandale ?

La conversation énigmatique entre Poirot et miss Howard ne prenait-elle pas dès lors tout son sens ? N'était-ce pas cette hypothèse monstrueuse qu'Evelyn avait refusé d'envisager ?

Hélas ! tout paraissait concorder.

Quoi d'étonnant alors que miss Howard eût proposé « d'étouffer » l'affaire. Sa phrase inachevée, « Emily elle-même n'aurait pas... » devenait enfin compréhensible. Mrs Inglethorp aurait certainement préféré laisser son meurtre impuni plutôt que de voir le nom des Cavendish souillé par l'infamie.

— Il y a autre chose, dit John, si soudainement que j'en sursautai. Une chose qui me fait douter de votre hypothèse.

Selon toute apparence, il ne se demandait pas comment le poison avait pu être versé dans le cacao, et j'en fus soulagé.

— De quoi s'agit-il ?

— Eh bien, le fait que Bauerstein ait jugé l'autopsie nécessaire. Il n'était absolument pas obligé de l'exiger. Et ce n'est pas ce fantoche de Wilkins qui en aurait eu l'idée : la crise cardiaque le satisfaisait pleinement.

— Peut-être. Mais est-ce vraiment une preuve ? Bauerstein n'a-t-il pas joué la sécurité à long terme en demandant l'autopsie ? L'étrangeté du décès risquait malgré tout de s'ébruiter, et les autorités judiciaires auraient pu ordonner l'exhumation. L'affaire aurait alors éclaté au grand jour, et il se serait trouvé en fâcheuse posture. Comment croire qu'un homme jouissant d'une telle réputation ait pu commettre l'erreur d'attribuer la mort à une simple crise cardiaque ?

— Votre raisonnement se tient, reconnut John. Mais du diable si je lui trouve un mobile plausible !

De nouveau, le doute m'assaillit.

— Allons ! je me trompe peut-être. Quoi qu'il en soit, que cela reste entre nous...

— Cela va sans dire.

Tout en parlant, nous étions parvenus à la petite grille du jardin. Des voix toutes proches nous parvinrent. Le thé avait été servi à l'ombre du sycomore, comme au jour de mon arrivée.

Cynthia était revenue de l'hôpital, et j'approchai un siège du sien. Je lui transmis la demande de Poirot.

— Oh ! mais bien sûr ! Je serai enchantée de lui faire visiter le labo. Le mieux serait qu'il vienne prendre le thé un jour. Nous conviendrons d'une date. C'est un petit homme si charmant. Mais il est vraiment bizarre ! Figurez-vous qu'il m'a fait ôter mon épingle de foulard, l'autre jour, pour la remettre lui-même parce qu'elle n'était pas parfaitement droite !

— C'est une manie chez lui ! constatai-je en riant.

— Ça m'en a tout l'air, en effet.

Nous gardâmes le silence un temps. Puis Cynthia jeta un coup d'œil furtif à Mary Cavendish et murmura :

— Mr Hastings ?

— Oui ?

— J'aimerais vous parler seule à seul, après le thé.

J'avais surpris le regard de Mrs Cavendish. Je devinais que les deux femmes ne sympathisaient guère, et je me mis à songer pour la première fois à l'avenir de la jeune fille. Si Mrs Inglethorp n'avait pris aucune disposition particulière à son égard, j'étais convaincu que John et Mary lui proposeraient de partager leur foyer, du moins jusqu'à la fin de la guerre. Je savais que John l'aimait bien et qu'il serait désolé de la voir partir.

C'est alors que John ressortit de la maison. Son visage, habituellement jovial, était crispé de fureur :

— J'en ai par-dessus la tête de ces maudits inspecteurs ! Que cherchent-ils encore ? Ils ont profité de notre absence pour mettre la maison sens dessus dessous ! C'en est trop ! J'en parlerai à Japp dès que je le verrai !

— Bande de fouineurs ! maugréa miss Howard.

Lawrence, quant à lui, déclara que les flics — en bons flics qu'ils étaient — se croyaient obligés de se montrer efficaces.

Mary Cavendish ne fit aucun commentaire.

Après le thé, je proposai une promenade à Cynthia, et nous nous éloignâmes en direction des bois.

Dès que la végétation nous eut cachés aux yeux des autres, je me tournai vers elle.

— Eh bien ?

Avec un soupir Cynthia se laissa tomber à terre et ôta son chapeau. Un rayon de soleil filtra à travers les frondaisons, transformant sa chevelure rousse en or vivant.

— Mr Hastings... Vous avez toujours été si gentil, et vous avez tant d'expérience...

Quel charme se dégageait de cette jeune femme ! Un charme bien plus réel que celui de Mary, qui ne parlait jamais ainsi !

— Eh bien ? répétai-je doucement, car elle hésitait.

— Je voulais vous demander votre opinion. Quel parti dois-je prendre ?

— Pardon ?

— Voilà : Tante Emily m'a toujours affirmé que je n'avais aucun souci à me faire pour mon avenir. Peut-être l'a-t-elle oublié, à moins qu'elle n'ait pas pensé à sa disparition... Le fait est qu'elle n'a pris aucune disposition à mon sujet, et que je me retrouve dans le flou le plus total ! Pensez-vous que je devrais partir d'ici sans tarder ?

— Bien sûr que non ! Et je suis certain que personne ici ne veut vous voir partir !

Cynthia resta un instant silencieuse, arrachant des brins d'herbe de ses doigts délicats.

— Mrs Cavendish, si, lâcha-t-elle enfin. Elle me déteste !

— Elle vous déteste ? répétai-je, stupéfait.

— Oui. Je ne sais pourquoi, mais elle ne peut pas me supporter. Pas plus que lui, d'ailleurs.

— Alors là, vous vous mettez le doigt dans l'œil — si j'ose m'exprimer ainsi : John a beaucoup d'estime pour vous.

— John ? Oh ! lui, bien sûr ! Mais je voulais parler de Lawrence. Qu'il me haïsse ou non m'importe peu, mais c'est affreux de sentir que personne ne vous aime. Vous ne trouvez pas ?

— Mais on vous aime, ma chère Cynthia ! affirmai-je avec le plus grand sérieux. Vous vous trompez, j'en suis sûr. La preuve : il y a John... et miss Howard...

— Oui, peut-être, dit-elle sans enthousiasme. John m'aime bien, du moins je le pense. Evie aussi, bien sûr. Malgré ses manières un peu frustes, elle ne ferait pas de mal à une mouche. Mais Lawrence ne m'adresse jamais la parole s'il peut éviter de le faire, et Mary doit se forcer pour être simplement polie avec moi. Elle a demandé à Evie de rester, elle l'a suppliée. Mais elle ne veut pas de moi et... et je ne sais plus quoi faire !

Sur quoi la malheureuse fondit en larmes.

Je ne pourrais dire ce qui me prit alors. Peut-être était-ce sa beauté : elle était assise là, sans défense, sa chevelure magnifique illuminée par le soleil ; ou encore le soulagement que j'éprouvais face à quelqu'un de si évidemment extérieur à la tragédie ; à moins que ce ne fût pure compassion pour la détresse d'un être si jeune et si seul... Je me penchai vers elle et pris une de ses petites mains dans les miennes.

— Epousez-moi, Cynthia, dis-je avec une certaine maladresse.

Sans le vouloir le moins du monde, je venais de trouver un remède souverain contre ses larmes. Elle se redressa aussitôt, retira sa main et me lança sans ménagement :

— Ne soyez pas stupide !

Je me trouvai bien embarrassé.

— Je ne suis pas stupide. Je vous demande de me faire l'honneur d'être ma femme.

A ma grande surprise, elle éclata de rire et me traita de « sale farceur » !

— C'était vraiment adorable de votre part ! ajouta-t-elle avec un petit rire dans la voix, mais vous savez bien que vous n'en avez pas la moindre envie !

— Mais si ! Je possède...

— Peu importe ce que vous possédez ! Vous n'en avez pas la moindre envie... Ni moi non plus, d'ailleurs.

— Eh bien, alors, n'en parlons plus ! rétorquai-je assez sèchement. Mais je ne vois pas ce qu'il y a de si drôle dans une demande en mariage.

— Vous avez raison ! Mais méfiez-vous quand même : la prochaine fois, quelqu'un pourrait vous dire « oui » ! Allons ! Au revoir et merci ! Vous m'avez vraiment remonté le moral !

Et, avec un dernier éclat de rire, elle disparut entre les arbres.

Je gardais de cette entrevue, il me faut bien l'admettre, un sentiment de profonde frustration.

Je décidai brusquement de descendre au village et d'aller voir Bauerstein. Quelqu'un devait surveiller cet individu de près. Par la même occasion, je profiterais de ma visite pour le rassurer, s'il se croyait soupçonné. Je me rappelais combien Poirot avait confiance en mon sens de la diplomatie. J'allai donc frapper à la porte de la maison où il avait loué un appartement meublé.

Une vieille femme vint m'ouvrir.

— Bonjour, madame, dis-je aimablement. Le Dr Bauerstein est chez lui ?

Elle me regarda avec des yeux ronds :

— N'êtes pas au courant ?

— Au courant de quoi ?

— De c'qui lui est arrivé, pardi !

— Et qu'est-ce qu'il lui est arrivé ?

— Ben, l'est... parti, quoi...

— Parti ? Il est mort ?

— Mais non ! L'est parti avec la police !

— Vous voulez dire qu'il a été arrêté ? m'exclamai-
je.

— Ben oui, c'est ça. Et...

Je n'entendis pas la suite. Je courais déjà dans le
village à la recherche de Poirot.

10

L'ARRESTATION

A mon grand dépit, Poirot n'était pas chez lui. Le vieux Belge qui vint m'ouvrir la porte me confia qu'il le croyait parti pour Londres.

La nouvelle me laissa pantois. Pourquoi diable Poirot avait-il décidé de partir ? Projetait-il déjà ce voyage avant que nous nous séparions, quelques heures plus tôt, ou cette idée lui était-elle venue subitement ?

Assez contrarié, je repris le chemin de Styles. Poirot absent, que devais-je faire ? Mon ami avait-il prévu cette arrestation ? N'en était-il pas à l'origine, comme cela me paraissait probable ? Autant de questions sans réponses. En attendant, qu'allais-je décider ? Devais-je ou non annoncer la nouvelle à Styles ? Je me refusais à l'admettre, mais penser à Mary Cavendish m'était pénible. Serait-elle bouleversée ? A cet instant, j'écartais d'elle tout soupçon. Elle ne pouvait être impliquée, je l'aurais su.

Par ailleurs, comment lui cacher l'arrestation du Dr Bauerstein ? Tous les journaux en parleraient dès le lendemain. Néanmoins l'idée de la lui annoncer moi-même me répugnait. Si j'avais pu le joindre, j'aurais demandé conseil à Poirot. Quelle mouche l'avait piqué de filer ainsi à Londres de façon aussi inopinée ?

Je ne pouvais m'empêcher d'admirer son pouvoir de déduction. Aurais-je jamais pensé à soupçonner le médecin si Poirot ne m'avait mis sur la voie ? Décidément, ce petit bout d'homme avait oublié d'être bête !

Après avoir pesé le pour et le contre quelques instants, je résolus de n'en parler qu'à John. Il déciderait lui-même s'il convenait ou non de propager la nouvelle.

Il poussa un long sifflement.

— Eh ben mon vieux ! s'exclama-t-il. Vous aviez donc vu juste ! Quand vous m'en avez parlé, je n'arrivais pas y croire.

— A première vue, l'idée surprend, mais on est vite convaincu devant des faits qui s'imbriquent si parfaitement. A présent, qu'allons-nous faire ? Il est évident que tout le monde sera au courant demain...

— Alors attendons, dit John après un temps de réflexion. Inutile de divulguer la nouvelle pour l'instant. On l'apprendra bien assez tôt, vous avez raison.

Le lendemain matin, je me levai aux aurores et parcourus aussitôt les journaux. Quel ne fut pas mon étonnement de n'y lire aucune mention de l'arrestation ! Un article de remplissage, intitulé « Styles, une histoire de poison », n'apportait aucun élément nouveau. Je ne voyais à ce silence qu'une explication : pour une raison quelconque, Japp ne désirait pas de publicité sur ce dernier rebondissement de l'affaire. Peut-être allait-il y avoir d'autres arrestations, ce qui ne m'enchantait guère.

Après le petit déjeuner, je décidai de me rendre au village pour voir si Poirot était revenu. J'étais sur le point de me mettre en route quand un visage bien connu apparut à l'une des portes-fenêtres, et une voix reconnaissable entre toutes lança :

— Bonjour, mon bon ami !

— Poirot ! m'exclamai-je, soulagé.

Et je lui pris les mains pour l'entraîner à l'intérieur.

— Jamais je n'ai eu autant de plaisir à voir quelqu'un. Ecoutez : je n'ai soufflé mot à personne de ce que vous savez, excepté à John. Ai-je eu raison ?

— Le problème, mon bon ami, c'est que je ne sais pas de quoi vous parlez...

— Mais de l'arrestation du Dr Bauerstein, bien sûr !

— Bauerstein a donc été arrêté ?

— Vous n'étiez pas au courant ?

— Je l'ignorais totalement. Néanmoins, je n'en suis pas étonné outre mesure. La côte n'est qu'à une demi-douzaine de kilomètres, ne l'oublions pas.

— La côte ? répétai-je sans comprendre. Quel rapport ?

Poirot eut un haussement d'épaules :

— Le rapport est pourtant évident.

— Eh bien, il m'échappe toujours ! Je suis certes lent d'esprit, mais je ne saisis pas ce qu'il peut y avoir de commun entre le fait que la côte soit toute proche et le décès de Mrs Inglethorp !

— C'est qu'il n'y en a aucun, bien entendu, répondit Poirot avec un sourire. Mais je croyais que nous parlions de l'arrestation du Dr Bauerstein ?

— Eh bien ! il a été arrêté pour le meurtre de Mrs Inglethorp !

— Quoi ? s'écria Poirot avec toutes les apparences de l'étonnement sincère. Le Dr Bauerstein a été arrêté pour le meurtre de Mrs Inglethorp ?

— Oui.

— Mais c'est impossible ! Grotesque ! Qui vous a raconté ça, mon bon ami ?

— Eh bien, personne ne me l'a vraiment raconté sous cette forme, avouai-je. Mais il a été arrêté, c'est un fait.

— Cela, je le comprends. Mais pour espionnage, mon bon ami, pour espionnage !

— Pour espionnage ? soufflai-je, incrédule.

— Exactement.

— Et pas pour le meurtre de Mrs Inglethorp ?

— Bien sûr que non, à moins que notre ami Japp ait perdu la tête.

— Mais... Je pensais que vous étiez tous deux du même avis...

Poirot m'observa un moment et je lus dans ses

yeux de la compassion doublée de la certitude qu'une telle idée relevait de la plus totale absurdité.

— Selon vous, le Dr Bauerstein est donc un espion ? balbutiai-je, mettant quelques secondes à assimiler cette nouvelle information.

— Vous ne vous en doutiez pas ?

Je dus admettre que l'idée ne m'avait jamais effleuré.

— Vous n'avez pas été intrigué par le fait qu'une sommité de Londres vienne prendre sa retraite dans un trou perdu ni qu'il se promène partout, vêtu de pied en cap, à toute heure de la nuit ?

— Non, cela ne m'avait jamais frappé.

— Il est allemand de naissance, bien entendu, expliqua Poirot. Mais il est installé depuis si longtemps en Angleterre qu'on a oublié ses origines. Il s'est d'ailleurs fait naturaliser il y a une quinzaine d'années. Un homme d'une grande intelligence, vraiment — un juif, bien entendu.

— Un salopard, oui ! m'exclamai-je, outré.

— Pas du tout. Un véritable patriote, au contraire. Pensez à tout ce qu'il risque de perdre. Pour ma part, j'éprouve une certaine admiration à son égard.

Mais je ne pouvais adhérer à cette vision philosophique des choses.

— Et dire que c'est avec cet individu que Mrs Cavendish s'est affichée partout ! m'écriai-je sans dissimuler mon indignation.

— Certes, et je suppute qu'il a trouvé sa compagnie fort utile, remarqua Poirot. Aussi longtemps qu'on jasait sur leurs promenades, on ne s'occupait pas de ses autres excentricités.

— Vous pensez donc qu'il ne l'a jamais vraiment aimée ?

Malgré moi, j'avais posé cette question avec une ferveur quelque peu déplacée, étant donné les circonstances.

— Sur ce point, je ne saurais bien évidemment me montrer catégorique. Pourtant... Mais j'ai ma petite idée. Voulez-vous la connaître ?

— Je vous en prie.

— La voici donc : je crois que Mrs Cavendish n'éprouve rien, et n'a jamais rien éprouvé pour le Dr Bauerstein.

— C'est votre opinion ? fis-je sans parvenir à cacher ma satisfaction.

— Oui, et je la crois fondée. Voulez-vous savoir pourquoi ?

— Bien sûr !

— Parce que son cœur bat pour un autre, mon bon ami.

— Ah !

Qu'entendait-il par là ? Malgré moi, je sentis une douce chaleur m'envahir. Je ne suis pas homme à me vanter de mes succès féminins, mais certains détails, peut-être enregistrés avec trop de légèreté sur le moment, me revinrent alors à l'esprit. A la réflexion...

Ces pensées fort agréables furent soudain interrompues par l'arrivée de miss Howard. D'un coup d'œil circulaire, elle s'assura que nous étions seuls, puis exhiba une feuille jaunie qu'elle tendit à Poirot en murmurant ces mots mystérieux :

— Sur le haut de l'armoire !

Et elle quitta aussitôt la pièce.

Poirot déplia le papier sans perdre un instant. Puis, avec une exclamation satisfaite, il l'étala sur la table :

— Venez voir, mon bon ami ! Et dites-moi quelle initiale vous lisez ici. Un J ou un L ?

C'était une feuille de papier d'emballage, de format courant, assez sale, comme si elle était restée un certain temps exposée à la poussière. L'en-tête de l'étiquette était celle de la firme Parkson & Parkson, réputée comme un des meilleurs costumiers de théâtre. Mais c'est plus particulièrement l'adresse qui retenait l'attention de Poirot : (l'initiale à vérifier) *Cavendish Esq. Styles Court, Styles St. Mary, Essex.*

Après quelques bonnes minutes je déclarai :

— Un T ou un L, mais certainement pas un J.

Poirot replia le papier.

— Parfait. Je suis tout à fait de votre avis. Et vous pouvez parier sur le L sans risque !

— D'où est-ce que ça sort ? Ça a une grande importance ?

— Une importance relative. Mais ce papier confirme une hypothèse que j'avais formulée, et qui supposait l'existence d'un tel document. J'ai donc demandé à miss Howard de le chercher, mission qu'elle a menée à bien, comme vous pouvez le constater.

— Que voulait-elle dire par : « Sur le haut de l'armoire » ?

— C'est l'endroit où elle a découvert cette feuille, tout simplement.

— Curieux endroit pour ranger un papier, remarquai-je.

— Je ne partage pas cet avis, mon bon ami. Le haut d'une armoire est l'endroit idéal où ranger papiers d'emballage et cartons. Je les mets là moi-même. Si l'opération est menée avec ordre et méthode, il n'y a rien là qui puisse offenser la vue.

Je revins à un sujet beaucoup plus sérieux :

— Poirot, avez-vous réussi à vous faire une idée précise sur ce crime ?

— Oui... En fait, je crois savoir comment il a été perpétré.

— Ah !

— Malheureusement, c'est une simple théorie que ne vient étayer aucune preuve. A moins que... (Soudain il m'empoigna le bras et m'entraîna dans le vestibule. Dans son excitation, il se mit à vociférer en français :) *Mademoiselle Dorcas ! Un moment, s'il vous plaît !*

Inquiète, la domestique sortit de l'office en courant.

— Ma bonne Dorcas, j'ai une petite idée — une petite idée qui, si elle se révélait juste, nous ferait faire un formidable bond en avant ! Dites-moi, Dorcas : lundi — et non pas mardi, j'insiste sur la date —, le lundi qui a précédé le drame. La sonnette de Mrs Inglethorp fonctionnait-elle normalement ?

La domestique parut fort étonnée.

— Eh bien non, monsieur, cela me revient, maintenant que vous le dites ; mais je me demande bien comment vous l'avez deviné. Une souris a dû ronger le fil. Un ouvrier est venu le changer mardi matin.

Poirot manifesta son ravissement par une exclamation prolongée et nous retournâmes dans le petit salon.

— Voyez-vous, je crois qu'il est inutile de chercher des indices, mon ami ! La raison devrait suffire. Mais la chair est faible, et c'est une consolation de se dire que nous sommes sur la bonne voie. Ah ! mon bon ami ! Regardez-moi. Je cours, je saute, le géant que je suis a repris des forces.

Et il sortit par la porte-fenêtre et s'éloigna en gambadant sur la pelouse.

— Qu'arrive-t-il à votre étonnant petit ami ? fit une voix dans mon dos.

Mary Cavendish se tenait derrière moi. Elle me sourit et je lui rendis son sourire.

— Que se passe-t-il ?

— Vraiment, je n'en sais rien ! Il a interrogé Dorcas à propos d'une sonnette, et sa réponse l'a enchanté au point qu'il s'est mis à faire des bonds de cabri, comme vous le voyez !

Mary se mit à rire.

— C'est ridicule ! Il sort du parc. Est-ce qu'il va revenir aujourd'hui ?

— Je n'en ai pas la moindre idée. J'ai cessé de faire des pronostics à son sujet !

— Il est vraiment fou ?

— Comment savoir ? J'ai parfois l'impression très nette qu'il est fou à lier ; puis, au moment où sa folie me semble la plus évidente, je découvre une logique au cœur même de cette folie.

— Je vois.

Mary se mit à rire, mais elle me paraissait soucieuse, ce matin-là. Elle était grave, presque triste.

Je jugeai le moment opportun pour aborder le sujet de Cynthia, ce que je fis avec une grande diplomatie, du moins me semble-t-il. Pourtant elle m'interrompit sans ménagement avant que j'aie pu aller jusqu'au bout :

— Vous feriez un avocat remarquable, Mr Hastings, j'en suis persuadée. Mais vous gaspillez votre talent en pure perte, car Cynthia n'a rien à craindre de ma part.

Je bredouillais lamentablement qu'il ne fallait surtout pas qu'elle aille penser que... mais elle m'interrompit de nouveau, et je m'attendais si peu à ce qu'elle me dit alors que j'en oubliai Cynthia et ses problèmes.

— Mr Hastings, pensez-vous que nous formions un couple heureux, mon mari et moi ?

Pris au dépourvu, je me surpris à murmurer que je ne me permettrais pas ce genre de réflexion.

— Eh bien, moi je me permets de vous révéler que ce n'est pas le cas, dit-elle calmement.

J'attendis la suite en silence.

Elle se mit à arpenter lentement la pièce, la tête penchée. Son corps mince et souple ondulait doucement au rythme de ses pas. Soudain elle s'arrêta et me dévisagea :

— Vous ne savez rien de moi, n'est-ce pas ? D'où je viens, qui j'étais avant d'épouser John ? Non, vous ne savez rien ! Eh bien, je vais vous le dire. Vous serez mon confesseur. Je crois que vous êtes un bon... Oui, je suis sûre que vous êtes bon.

D'une certaine manière, le compliment ne me flatta pas autant qu'il l'aurait dû. Cynthia avait utilisé le même genre de préambule avant de se confier à moi, et il me semblait que le rôle de confesseur convenait mieux à une personne d'âge mûr qu'à l'homme jeune que j'étais.

— Mon père était anglais, reprit Mrs Cavendish, mais ma mère était russe.

— Ah ! voilà l'explication...

— L'explication de quoi ?

— De ce sentiment de charme étrange... oui, étrange... que j'ai toujours éprouvé en face de vous.

— Ma mère était, paraît-il, très belle. En fait, je n'en sais rien, car je ne l'ai jamais vue. J'étais toute petite quand elle est morte, dans des circonstances tragiques. Elle a pris par erreur une dose trop forte de somnifère. Mon père en a eu le cœur brisé.

Peu après, il est entré au Service consulaire, et je l'ai accompagné partout. A vingt-trois ans j'avais presque fait le tour du monde. C'était une existence merveilleuse, que j'adorais.

Le visage rejeté en arrière, elle souriait doucement. Elle semblait revivre ces jours heureux.

— Puis mon père est mort, me laissant sans ressources. J'ai dû accepter l'hospitalité de vieilles tantes dans le Yorkshire... (Un frisson la parcourut.) Vous comprenez bien que c'était une existence sinistre. Surtout pour une jeune fille élevée comme je l'avais été. La vie était si monotone, si étriquée, que j'ai cru devenir folle...

Quand elle reprit, après un long silence, son ton avait changé :

— C'est alors que j'ai rencontré John Cavendish...

— Oui ?

— Pour mes tantes, c'était un excellent parti, vous le pensez bien. En toute honnêteté, je peux vous affirmer que l'aspect financier n'a pesé d'aucun poids dans ma décision. Il m'offrait simplement le moyen d'échapper à cette monotonie que je ne pouvais plus supporter.

Comme je restais silencieux, elle reprit bientôt :

— Mais ne vous méprenez pas : j'ai été parfaitement franche. Je lui ai expliqué que je l'aimais beaucoup, ce qui était la stricte vérité, et que j'espérais que ce sentiment grandirait encore, mais que je n'étais pas amoureuse de lui. Il m'assura que cela lui suffisait et... nous nous sommes mariés.

Elle se tut de nouveau un long moment, le front soucieux, comme plongée dans le souvenir du passé.

— Je crois, je suis même sûre qu'au début il m'aimait. Mais sans doute n'étions-nous pas faits l'un pour l'autre, car notre couple s'est très vite défait. Il s'est... — et tant pis pour mon orgueil, mais c'est ainsi —, il s'est très rapidement lassé de moi. Oh si ! Très rapidement ! ajouta-t-elle comme je tentais de protester. Cela n'a plus d'importance, à présent, car nous sommes arrivés à la croisée des chemins...

— Que voulez-vous dire ?

— Que je n'ai pas l'intention de rester à Styles Court, répondit-elle avec une calme détermination.

— John et vous allez partir d'ici ?

— John, peut-être pas. Moi, oui.

— Vous allez le quitter ?

— Oui.

— Mais... pourquoi ?

Elle marqua un temps d'hésitation avant de répondre.

— Peut-être... parce que je veux être... libre !

J'imaginai soudain de grands espaces, des forêts vierges immenses, des terres inexplorées... et je compris ce que signifiait le mot liberté pour quelqu'un comme Mary Cavendish. J'eus l'impression de la découvrir telle qu'elle était, créature farouche et fière, aussi peu polie par la civilisation qu'un oiseau dans le ciel. Un gémissement lui tomba des lèvres :

— Vous ne savez pas, vous ne pouvez pas savoir quelle prison a été pour moi cet endroit effroyable !

— Je comprends, l'assurai-je. Mais n'agissez pas sur un coup de tête !

— Un coup de tête !

Sa voix prit une intonation moqueuse. Je lui posai alors une question que je regrettai aussitôt :

— Savez-vous que le Dr Bauerstein a été arrêté ?

Un masque de froideur figea les traits de la jeune femme :

— John a eu l'obligeance de m'en informer ce matin.

— Et... qu'en pensez-vous ? continuai-je d'une voix sourde.

— De quoi ?

— De cette arrestation...

— Que voulez-vous que j'en pense ? Il semble que ce soit un espion allemand, c'est du moins ce que le jardinier a dit à John.

Sa voix était aussi dénuée d'expression que son visage. Cette nouvelle la touchait-elle ?

Elle s'éloigna de quelques pas et, d'un doigt, effleura un des vases.

— Ces fleurs sont fanées. Il faut que je les change.

Pouvez-vous me laisser passer... ? Merci, Mr Hastings.

Et elle sortit tranquillement en me saluant d'une petite inclinaison de la tête.

Non, elle ne tenait certainement pas à ce Bauerstein. Aucune femme ne pourrait jouer ainsi cette indifférence glacée.

Le lendemain matin, contrairement à son habitude, Poirot ne se montra pas. Quant aux hommes du Yard, ils semblaient, eux aussi, s'être volatilisés.

A l'heure du déjeuner arriva pourtant un nouvel indice, négatif d'ailleurs. Nous avions en effet tenté de retrouver trace de la quatrième lettre rédigée par Mrs Inglethorp le soir précédant son décès, et avions fini par y renoncer dans l'espoir qu'elle réapparaîtrait bien un jour. C'est exactement ce qui se produisit. Une réponse arriva à Styles Court par le deuxième courrier. Elle émanait d'une société d'édition de musique française qui accusait réception d'un chèque de Mrs Inglethorp et regrettait de ne pouvoir trouver certain recueil de chansons populaires russes. Ainsi devions-nous renoncer à trouver dans la correspondance de Mrs Inglethorp l'énigme de cette tragédie.

Juste avant l'heure du thé, je descendis au village pour transmettre à Poirot cette mauvaise nouvelle. J'éprouvai une certaine irritation lorsque j'appris qu'il était sorti, une fois de plus.

— Est-il reparti pour Londres ?

— Non, monsieur. Il a juste pris le train pour Tadminster. Il m'a dit qu'il allait « visiter le laboratoire où travaille une jeune personne de sa connaissance ».

— Mais quel idiot ! m'exclamai-je. Je lui ai pourtant bien dit que le mercredi est le seul jour où elle n'y est pas ! Eh bien, soyez assez aimable de lui dire de venir nous voir, dès demain matin.

— Je lui transmettrai votre message, monsieur.

Mais Poirot ne se manifesta pas non plus le lendemain, et cela commença à m'irriter. Sa désinvolture passait vraiment les bornes !

Après le déjeuner, Lawrence voulut me parler seul à seul. Il me demanda si j'avais l'intention de descendre au village pour voir Poirot.

— Non, je ne crois pas. S'il veut nous voir, il n'a qu'à venir !

Cette réponse parut déconcerter Lawrence, et je remarquai chez lui une certaine nervosité qui ne lui était pas coutumière.

— Que se passe-t-il ? demandai-je, intrigué. Si c'est important, je peux y aller, bien sûr.

— Oh ! Ce n'est pas grand-chose, mais... bon, si vous changiez d'avis... (sa voix n'était plus qu'un chuchotement) pourriez-vous lui dire que je crois avoir retrouvé la tasse à café manquante ?

L'énigmatique message de Poirot m'était presque sorti de l'esprit, mais Lawrence refusa de satisfaire ma curiosité. Faisant taire mon amour-propre, je résolus de retourner à Leastways Cottage.

Cette fois, on m'y accueillit avec un sourire, et l'on m'annonça que Mr Poirot était bien dans ses appartements. Voulais-je me donner la peine de monter ? Comme l'on pense bien, je me donnai la peine en question.

Mon ami était assis à sa table, la tête enfouie dans ses mains. Il se redressa vivement.

— Que se passe-t-il ? m'enquis-je avec sollicitude. Vous n'êtes pas malade, j'espère ?

— Non, non, pas malade du tout. Mais je dois prendre une décision d'une importance capitale.

— Faut-il ou non coincer le coupable, c'est ça ? plaisantai-je.

Mais, à ma grande surprise, Poirot accueillit ma boutade sans rire.

— « Parler ou ne pas parler, telle est la question » comme l'a si justement dit votre grand Shakespeare.

Je ne pris pas la peine de rectifier cette malheureuse citation.

— Vous parlez sérieusement, Poirot ?

— Très sérieusement. Car la chose la plus sérieuse au monde se trouve dans la balance, voyez-vous.

— Et c'est ?

— Le bonheur d'une femme, mon ami.

Cette réponse me laissa sans argument, mais Poirot continuait déjà :

— Le moment est venu, et j'hésite. L'enjeu est de taille et je ne sais quelle carte jouer. Et personne d'autre que moi, Hercule Poirot, ne le risquerait.

Et il ponctua cette déclaration orgueilleuse en se frappant la poitrine.

Je lui laissai quelques instants pour savourer l'effet produit, puis lui rapportai la réponse de Lawrence.

— Ah ! Il a donc retrouvé la tasse manquante ! s'exclama-t-il. Bien ! Votre Mr Lawrence fait preuve de plus d'intelligence que ne le laisse augurer son visage de carême !

Pour ma part, les facultés intellectuelles de Lawrence me paraissaient en effet assez réduites, mais je m'abstins de toute polémique à ce sujet, et réprimandai amicalement Poirot pour avoir oublié que le mercredi était le jour de repos de Cynthia.

— Vous avez raison. Ma mémoire est une vraie passoire ! Néanmoins l'autre jeune femme m'a reçu fort aimablement. Sans doute ma déception lui a-t-elle fait pitié car elle m'a montré tout ce que je voulais voir avec une grande gentillesse.

— Alors tout est pour le mieux. Il faudra quand même que vous alliez prendre le thé avec Cynthia un autre jour.

Puis je lui parlai de la quatrième lettre écrite par Mrs Inglethorp.

— C'est bien dommage, avoua-t-il. Je comptais beaucoup sur cette lettre, mais ç'aurait été trop beau. Cette affaire doit se résoudre de l'intérieur. (De l'index, il se tapota le front.) Ces petites cellules grises ; à elles de jouer, comme on dit ! (Puis, sans transition, il me demanda :)

— Etes-vous expert en empreintes digitales, mon bon ami ?

— Non, répondis-je sans dissimuler mon étonnement. Je sais qu'il n'en existe pas deux semblables, mais là se limitent mes connaissances en ce domaine.

— Elles n'en sont pas moins exactes.

Il alla ouvrir un petit tiroir et en sortit quelques photographies qu'il disposa devant moi, sur la table.

— Je les ai numérotées : 1, 2, 3. Auriez-vous l'obligeance de me les décrire ?

Je me concentrai un moment sur les clichés :

— Ce sont des agrandissements, à ce que je vois. Je pense que l'empreinte n° 1 appartient à un homme ; pouce et index. La 2 est plus menue, et très différente ; sans doute celle d'une femme. Quant à la 3... il me semble qu'il y a plusieurs empreintes mêlées, mais je reconnais la n° 1, ici, très nettement.

— Recouvrant les autres ?

— Exactement.

— Vous êtes catégorique ?

— Sans hésitation.

Poirot approuva d'un hochement de tête, puis il ramassa les photographies et les rangea.

— Bien entendu, et comme d'habitude, vous ne me donnerez pas d'explication ? dis-je, un peu vexé.

— Mais si ! Le premier cliché représente les empreintes de Mr Lawrence. Le deuxième, celles de miss Cynthia. Elles n'ont qu'une importance relative. Je ne les ai prises que dans un but comparatif. La photographie n° 3 est un peu plus complexe.

— Ah ?

— Elle est très agrandie, vous l'avez noté. Vous avez peut-être remarqué cette tache sur le cliché. Je ne vous expliquerai pas le procédé que j'ai utilisé, poudre, appareil, etc. Il est commun à toutes les polices et permet de révéler en très peu de temps les empreintes relevées sur n'importe quel objet. Je vous ai montré les empreintes, mon bon ami... Il me reste donc à vous apprendre sur quel objet elles ont été relevées.

— Allez-y ! je bous d'impatience !

— Eh bien ! Le cliché n° 3 est l'agrandissement d'une petite fiole qui se trouve dans l'armoire aux poisons du dispensaire de l'hôpital de la Croix-Rouge, à Tadminster... Lieu qui semble aussi fréquenté qu'un hall de gare !

— Bon Dieu ! m'exclamai-je. Mais que font les empreintes de Lawrence Cavendish sur cette fiole ? Pas un instant il ne s'est approché de l'armoire le jour où nous sommes allés au laboratoire !

— Et pourtant !

— Mais c'est impossible ! Nous sommes restés ensemble tout le temps de notre visite !

Mais Poirot ne semblait pas de cet avis.

— Mon bon ami, il y a bien eu un moment pendant lequel vous n'étiez pas ensemble, et c'est pourquoi vous avez appelé Lawrence pour qu'il vous rejoigne sur le balcon...

— C'est vrai. J'avais oublié ce détail... Mais cela n'a duré que quelques secondes.

— Elles lui ont suffi.

— Pour quoi faire ?

Poirot eut un petit sourire indéfinissable.

— Pour permettre à un monsieur qui a autrefois étudié la médecine de satisfaire une curiosité bien légitime.

Nos regards se croisèrent. Celui de Poirot me parut assez satisfait. Il se leva et se mit à fredonner un petit air. Je l'observai avec une certaine méfiance.

— Poirot, que contenait la fiole en question ?

Il s'approcha de la fenêtre et regarda au-dehors.

— Hydrochlorure de strychnine, lança-t-il sans se retourner (et il reprit sa petite chanson).

— Mon Dieu ! dis-je sans autre commentaire, car je m'attendais à cette réponse.

— L'hydrochlorure pur est d'un usage peu fréquent. Il n'entre que dans la composition de certaines pilules. C'est la solution officielle, « Hydrochl. de Strychnine Liq. », que l'on utilise habituellement. Voilà pourquoi les empreintes sont encore sur cette fiole.

— Comment avez-vous réussi à prendre ces clichés ?

— J'ai laissé tomber mon chapeau du balcon. Les visiteurs n'étant pas admis dans la cour à ce moment-là, la camarade de travail de miss Cynthia a bien été obligée de descendre le ramasser. Je lui ai naturellement présenté toutes mes excuses.

— Vous saviez donc ce que vous alliez découvrir ?

— En fait, je n'en savais rien. Mais, d'après votre compte rendu, j'avais compris que Mr Lawrence avait pu aller jusqu'à l'armoire, et je voulais en avoir le cœur net.

— Poirot, votre expression réjouie vous trahit : ce point était très important pour vous.

— Je n'en suis pas sûr. Mais un détail m'a frappé, et je parie qu'il n'a pas échappé à votre vigilance.

— De quoi s'agit-il ?

— Eh bien, il y a vraiment trop de strychnine dans cette affaire ! Cela fait la troisième fois que nous en découvrons. Il y avait de la strychnine dans le forti-fiant de Mrs Inglethorp. C'est de la strychnine que Mr Mace a vendue, à la pharmacie de Styles Saint-Mary. Et voici maintenant une fiole de strychnine qui porte les empreintes des membres de la maisonnée. C'est à s'y perdre, et, vous le savez, je n'aime pas le désordre.

Nous fûmes interrompus par un des résidents belges de Leastways Cottage qui passa la tête par la porte.

— Une dame est en bas et demande Mr Hastings.

— Une dame ?

Je me précipitai dans l'étroit escalier, Poirot sur mes talons. Mary Cavendish attendait sur le seuil.

— Je suis allée rendre visite à une petite vieille qui habite le village, expliqua-t-elle, et comme je savais par Lawrence que vous étiez parti chez Mr Poirot, je me suis permis de venir vous chercher.

— Hélas, madame ! fit Poirot comiquement, moi qui espérais avoir enfin l'honneur de votre visite !

— Si vous m'invitez, c'est avec plaisir que je vien-drai vous voir un jour, répondit-elle en souriant.

— Vous m'en voyez ravi. Et rappelez-vous : au cas où vous auriez besoin d'un confesseur (à ce mot elle tressaillit), papa Poirot est toujours à votre dispo-sition.

Elle le dévisagea un instant, comme si elle cherchait à percer le sens caché de ses paroles. Puis elle détourna la tête d'un mouvement brusque :

— Allons, monsieur Poirot ! Vous ne voulez pas nous accompagner à Styles ?

— Mais si, et avec grand plaisir, madame.

Tout au long du chemin, Mary parla avec volubilité. Je crus remarquer que le regard de Poirot la rendait nerveuse.

Le temps avait changé, et un petit vent aigu, presque automnal, refroidissait l'atmosphère. Mary frissonna et releva le col de son manteau. Dans les arbres, la bise soufflait de façon lugubre — on eût dit un géant invisible qui soupirait.

Dès que nous eûmes franchi les grilles de Styles, nous sûmes qu'il s'était passé quelque chose d'anormal.

Dorcas se précipita en courant à notre rencontre. En larmes, elle se tordait les mains de désespoir. Dans le vestibule, tous les autres domestiques se tenaient alignés, yeux écarquillés et, à coup sûr, oreilles aux aguets.

— Oh ! madame ! madame ! Je ne sais pas comment vous l'annoncer...

— Que se passe-t-il, Dorcas ? m'impatientai-je. Allons, parlez !

— Ces maudits inspecteurs de Scotland Yard... Ils l'ont arrêté... Ils ont arrêté Monsieur !

— Ils ont arrêté Lawrence ?

Dorcas me jeta un regard étrange.

— Non, monsieur. Pas Mr Lawrence... Mr John.

Avec un cri sauvage, Mary Cavendish s'abattit contre moi. Et, tandis que je me retournais pour la soutenir, j'entrevis une lueur de triomphe dans les yeux de Poirot.

11

LE PROCÈS

Deux mois après ces événements, John Cavendish comparaissait devant la justice pour le meurtre de sa belle-mère.

Il y a peu à dire sur les semaines qui précédèrent l'ouverture du procès. Mon admiration et ma sympathie allèrent sans réserve à Mary Cavendish. Rejetant avec mépris l'idée même que son mari fût coupable, elle se battit bec et ongles à ses côtés.

Comme je faisais part de mon admiration à Poirot, il m'approuva d'un air songeur :

— Oui. Elle fait partie de ces femmes qui se montrent sous leur meilleur jour dans l'épreuve. C'est là qu'elles sont les plus tendres et les plus loyales. Quant à son orgueil et à sa jalousie...

— Sa jalousie ?

— N'avez-vous pas remarqué l'incommensurable jalousie qu'elle porte en elle ? Comme je vous le disais donc et — au risque de vous choquer — comme on le dit en français vulgaire : « son orgueil et sa jalousie, elle s'est assise dessus ». Elle ne pense qu'à son mari et à l'épouvantable menace qui pèse sur lui.

Il avait dit cela avec une certaine émotion, et je me rappelai ce jour où il s'était demandé s'il devait parler ou non, où il avait parlé tendrement du « bonheur d'une femme ». Je me réjouis que la décision n'ait pas dépendu de lui.

— Aujourd'hui encore, j'ai du mal à y croire, dis-je. Voyez-vous, jusqu'à la dernière minute j'ai eu la conviction que c'était Lawrence.

Poirot eut un sourire en coin :

— Je savais que c'était là votre idée.

— Mais John ! Mon vieil ami John !

— Chaque assassin est le vieil ami de quelqu'un, observa Poirot avec philosophie. On ne devrait jamais confondre sentiment et raisonnement.

— Je dois dire que j'aurais apprécié que vous me mettiez sur la bonne piste.

— Peut-être m'en suis-je abstenu précisément parce qu'il était votre vieil ami...

Je fus quelque peu décontenancé par cette remarque. Ne m'étais-je pas empressé de rapporter à John ce que je croyais être l'opinion de Poirot à propos de Bauerstein ? Soit dit en passant, celui-ci avait été lavé des accusations d'espionnage qui pesaient contre lui. Néanmoins, il avait beau s'être montré, cette fois-ci, plus malin que la justice, il n'en avait pas moins laissé quelques plumes dans l'histoire.

Je demandai à Poirot s'il pensait que John serait condamné. Il me surprit une fois de plus en déclarant que, bien au contraire, l'acquittement lui paraissait très probable.

— Mais, mon cher Poirot...

— Allons, mon bon ami ! Ne vous ai-je pas dit et répété depuis le début de cette affaire que je n'avais pas de preuves formelles ? Savoir qu'un homme est coupable est une chose, encore faut-il le prouver. Or, dans le cas présent, les preuves font particulièrement défaut. Là réside toute la difficulté. Moi, Hercule Poirot, je sais, mais il manque un maillon. Et à moins que je ne trouve ce maillon manquant...

— Quand avez-vous commencé à soupçonner John Cavendish ? demandai-je après un long silence.

— Vous-même, ne l'avez-vous jamais soupçonné ?

— Non, jamais.

— Pas même après ce fragment de conversation que vous avez surpris entre Mrs Cavendish et sa belle-mère ? Ni plus tard, lors des témoignages, quand la jeune femme s'est montrée si peu coopérative ?

— Non.

— Est-ce que vous n'avez pas compris que un et un font deux, et que si ce n'était pas Alfred Inglethorp qui avait eu une scène violente avec sa femme — ce qu'il a énergiquement nié à l'enquête, rappelez-vous —, il ne pouvait s'agir que de John ou de Lawrence ? Or, l'attitude de Mary Cavendish ne se justifiait que si c'était son mari qui se trouvait en cause, et non pas Lawrence.

Et la lumière se fit soudain jour en moi :

— Ainsi, c'est donc John qui a eu cette altercation avec sa belle-mère cet après-midi-là ?

— Exactement.

— Et vous le saviez depuis le début ?

— Bien sûr. Comment expliquer autrement la conduite de Mary Cavendish ?

— Et vous dites pourtant qu'il a de grandes chances d'être acquitté !

Poirot haussa les épaules :

— Je le dis et je le répète. Lors de l'audience préliminaire, nous prendrons connaissance de l'acte d'accusation, mais ses avocats conseilleront certainement à John de réserver sa défense. Ce sera le coup de théâtre de l'ouverture du procès proprement dit. Ah ! pendant que j'y pense, notez bien ceci sur vos tablettes, mon bon ami. Ce procès, je n'ai pas la moindre intention d'y assister.

— Quoi ?

— Non. Officiellement, je n'ai rien à voir dans cette affaire. Tant que je n'aurai pas découvert le maillon manquant, je dois rester dans la coulisse. Mrs Cavendish doit s'imaginer que j'œuvre dans l'intérêt de son époux, et pas contre lui.

— Permettez-moi de vous dire que je trouve votre politique indigne et... euh... « au ras des pâquerettes » !

— Allons bon ! Quand vous utilisez une de nos expressions françaises les plus imagées, tâchez de le faire avec plus d'à-propos. Non, sérieusement. Nous sommes confrontés à un individu sans scrupules, doué d'une intelligence remarquable, ce qui nous autorise à nous servir de tous les moyens — honnêtes ou à la limite du déshonnête — dont nous pouvons disposer. Sinon, il nous filera entre les doigts ! C'est pourquoi j'ai pris soin de me faire des plus discrets. Toutes les découvertes ont été faites par Japp ; et Japp en retirera tout le bénéfice. Et si je devais être appelé à la barre, ajouta-t-il avec un large sourire, ce serait probablement en qualité de témoin de la défense.

Je n'en croyais pas mes oreilles !

— C'est de bonne guerre, poursuivit Poirot. Curieusement, je pourrais d'ailleurs fournir un témoignage qui réduirait à néant un des points forts de l'accusation.

— Lequel ?

— Celui concernant la destruction du testament. Ce n'est pas John Cavendish qui l'a brûlé.

Poirot était un véritable prophète. J'épargnerai au lecteur les méandres fastidieux de la procédure judiciaire pour dire simplement que John Cavendish réserva sa défense et fut incarcéré jusqu'au procès.

Septembre nous trouva tous à Londres. Mary avait loué une maison à Kensington, où Poirot fut hébergé. Quant à moi, le ministère de la Guerre me proposa une sinécure, ce qui me permit de leur rendre visite aussi souvent que je le désirais.

Les semaines passaient et l'état nerveux de Poirot se faisait de plus en plus pénible à supporter. Le « chaînon manquant » dont il m'avait parlé manquait toujours. Je souhaitais pour ma part qu'il ne le découvrît jamais, car si son époux n'était pas acquitté, quel bonheur pouvait espérer Mary Cavendish ?

Le 15 septembre, John Cavendish se présenta au banc des accusés de l'Old Bailey. Il se vit signifier son inculpation pour « meurtre avec préméditation sur la personne d'Emily Agnes Inglethorp » et plaida non coupable.

Il avait pris pour assurer sa défense sir Ernest Heavywether, le célèbre avocat de la Couronne. Me Philips, également avocat de la Couronne, ouvrit, pour sa part, le procès *au nom* de la Couronne.

Selon lui, le meurtre avait été soigneusement prémédité et accompli de sang-froid. Il ne s'agissait ni plus ni moins que de juger l'assassinat par le poison d'une vieille dame, aimante et confiante, par son beau-fils qu'elle avait pourtant chéri plus qu'une mère. Elle avait pourvu à tous ses besoins depuis sa plus tendre enfance. Son épouse et lui avaient vécu à Styles Court dans le luxe, entourés de l'affection attentionnée de la vieille dame qui s'était montrée une bienfaitrice généreuse.

Me Philips se proposait donc d'appeler à la barre un certain nombre de témoins afin de prouver que l'accusé, individu débauché et dépensier, non seulement s'était retrouvé sans argent mais avait entretenu une liaison avec Mrs Raikes, l'épouse d'un fermier du voisinage. Mise au courant de la situation, Mrs Inglethorp lui avait adressé des reproches l'après-midi précédant sa mort. La discussion s'était envenimée et on en avait surpris les échos. La veille, l'accusé avait acheté de la strychnine à la pharmacie du village, non sans prendre la précaution de se déguiser et de se faire passer pour l'époux de Mrs Inglethorp. Il espérait ainsi faire accuser cet homme — qu'il détestait — du crime prémédité. Par chance, Mr Alfred Inglethorp avait pu produire un alibi irréfutable.

Le 17 juillet, poursuivit Me Philips, juste après cette querelle qui l'avait opposée à son beau-fils, Mrs Inglethorp avait rédigé un nouveau testament, que l'on devait retrouver, le lendemain matin, détruit dans la cheminée de sa chambre. Néanmoins, on pouvait affirmer que cet acte avantageait notablement son époux. La défunte avait déjà fait testé en faveur d'Alfred Inglethorp, mais c'était avant leur mariage et (l'avocat brandit un index pour appuyer son discours) l'accusé n'en savait rien. Pourquoi la défunte s'était-elle décidée à rédiger un nouveau testament, alors que l'ancien existait toujours ? Cela, l'accusation ne pouvait le dire pour l'instant. Mrs Inglethorp était une personne âgée ; elle avait pu oublier l'existence du précédent. Ou bien — et Me Philips accordait plus de crédit à cette seconde hypothèse — elle se doutait que l'ancien était annulé par le mariage, puisqu'elle avait débattu de ce sujet. Les femmes ne sont pas toujours très au fait de la législation. Un an plus tôt environ, elle avait rédigé un autre testament, en faveur de l'accusé celui-là. Me Philips entendait prouver que c'était bien John Cavendish qui avait apporté son café à Mrs Inglethorp, le soir de la tragédie. Plus tard, il avait réussi à pénétrer dans la chambre de sa belle-mère et à détruire le nouveau testament, dont la disparition rendrait toute sa validité à celui qui avait été rédigé en sa faveur.

C'était grâce à l'inspecteur Japp, brillant inspecteur du Yard, que l'accusé avait été arrêté. On avait en effet découvert dans sa chambre une fiole de strychnine identique à celle qui avait été vendue la veille du crime au prétendu Mr Inglethorp par le pharmacien du village. Il incombait au jury de décider si ce faisceau de preuves accablantes permettait ou non de définir avec certitude la culpabilité de l'accusé.

Ayant subtilement conclu qu'il paraissait difficilement concevable qu'un jury n'en arrive pas à cette conclusion, Me Philips se rassit et s'épongea le front.

Pour la plupart, les premiers témoins appelés à la barre furent ceux qui avaient déposé aux *Stylites Arms* lors de l'enquête préliminaire, et tout d'abord les médecins.

Sir Ernest Heavywether, célèbre dans toute l'Angleterre pour la manière dont il déstabilisait les témoins, ne posa que deux questions au Dr Bauerstein :

— Si mes renseignements sont exacts, la strychnine est une drogue à effet rapide ?

— Oui.

— Dont vous ne pouvez expliquer l'effet retard que l'on note dans le cas présent ?

— Non.

— Je vous remercie.

Mr Mace reconnut la fiole que lui montra Me Philips comme étant celle qu'il avait vendue à « Mr Inglethorp ». Questionné plus précisément, il admit ne connaître Mr Inglethorp que de vue et ne lui avoir jamais parlé auparavant. Son témoignage se limita à ces précisions.

Alfred Inglethorp le remplaça à la barre et nia formellement avoir acheté la strychnine ou s'être querellé avec son épouse. Divers témoins suivirent, qui confirmèrent cette déclaration.

Les jardiniers furent ensuite appelés et déposèrent au sujet de leur contre-signature sur le testament. Puis ce fut au tour de Dorcas.

Fidèle à ses chers « jeunes messieurs », la domestique décréta qu'en ce qui concernait la voix qu'elle avait entendue, il ne pouvait s'agir de celle de John. Avec la même fougue, elle affirma que c'était Mr Inglethorp qui se trouvait dans le boudoir avec son épouse. Dans le box des accusés, John eut un sourire mélancolique. Il ne savait que trop l'inutilité de cette intervention loyale : la défense n'avait aucunement l'intention de nier ce point. Comme on s'en doute, Mrs Cavendish ne fut pas appelée à la barre pour déposer contre son mari.

Après diverses questions mineures à Dorcas, Me Philips lui demanda :

— Au mois de juin, est-ce que vous vous souvenez d'avoir réceptionné un paquet envoyé par la firme Parkson & Parkson et adressé à Mr Lawrence Cavendish ?

— Non, monsieur. Bien sûr, c'est possible. Mais Mr Lawrence a été absent une partie du mois de juin.

— Supposons qu'un paquet soit arrivé en l'absence de Mr Lawrence Cavendish. Qu'en aurait-on fait ?

— Il aurait été déposé dans sa chambre ou on l'aurait fait suivre.

— C'est vous qui en auriez pris l'initiative ?

— Non, monsieur. J'aurais laissé le paquet sur la

table du vestibule. C'est miss Howard qui s'en serait chargée.

Evelyn Howard fut ensuite appelée à la barre. Après quelques questions sur des points de détail, elle fut interrogée sur le fameux paquet.

— Je ne sais plus. On reçoit beaucoup de paquets. Je ne me souviens pas de celui-là en particulier.

— Vous ne savez pas si ce paquet a été réexpédié à Mr Lawrence Cavendish au Pays de Galles, ou s'il a été déposé dans sa chambre ?

— Réexpédié, je ne crois pas. Je m'en souviendrais.

— Admettons qu'un paquet soit arrivé pour Mr Lawrence Cavendish, et qu'il ait ensuite disparu. Auriez-vous remarqué cette disparition ?

— Non, je ne crois pas. J'aurais pensé que quelqu'un d'autre s'en était chargé.

— Si je ne me trompe, c'est vous, miss Howard, qui avez découvert cette feuille de papier ?

Et il brandit la feuille défraîchie que moi-même et Poirot avions examinée dans le petit salon de Styles.

— Oui, c'est moi.

— Pouvez-vous nous expliquer pourquoi vous l'avez cherchée ?

— Parce que le détective qui s'intéresse à cette affaire me l'a demandé.

— Et où l'avez-vous trouvée ?

— Sur le haut d'une... d'une armoire.

— L'armoire de l'accusé ?

— Je... je crois.

— Ne l'avez-vous pas trouvée vous-même ?

— Si.

— Vous devez donc savoir où vous l'avez trouvée ?

— Oui... Sur l'armoire de l'accusé.

— Voilà qui est mieux.

Un représentant de la firme Parkson & Parkson, costumiers, attesta qu'ils avaient vendu une barbe noire le 29 juin à un Mr L. Cavendish, après commande passée par lettre accompagnée d'un mandat. Non, ils ne gardaient pas le courrier mais les commandes figuraient dans leurs livres. La barbe avait été envoyée à L. Cavendish Esq., Styles Court, comme demandé par le client.

Avec une lenteur étudiée, sir Ernest Heavywether se leva.

— D'où venait cette lettre ? demanda-t-il.

— De Styles Court.

— L'adresse même à laquelle vous avez envoyé la commande ?

— Oui.

Avec l'agressivité d'un prédateur, Heavywether attaqua le pauvre représentant de Parkson & Parkson :

— Comment pouvez-vous l'affirmer ?

— Je... Je ne comprends pas...

— Avez-vous la certitude que cette lettre venait de Styles Court ? Vous vous souvenez du cachet de la poste ?

— Non... Mais...

— Ah ! Vous ne vous en souvenez pas ! Ce qui ne vous empêche pourtant pas d'affirmer avec aplomb que cette lettre venait de Styles. Le cachet de la poste aurait pu être celui de n'importe quel autre endroit, non ?

— Euh... oui.

— De fait, cette lettre, même rédigée sur du papier à en-tête de Styles Court, aurait pu être postée n'importe où, n'est-ce pas ? Au Pays de Galles, par exemple ?

Le témoin dut admettre qu'il aurait pu en être ainsi, et sir Ernest se déclara satisfait.

Elisabeth Wells, deuxième femme de chambre à Styles, succéda au représentant de Parkson & Parkson. Après s'être couchée elle s'était souvenue qu'elle avait verrouillé la porte d'entrée, alors que Mr Inglethorp avait prié qu'on se contente de la fermer à clef. Elle avait donc décidé de redescendre au rez-de-chaussée. Surprenant un léger bruit en provenance de l'aile ouest, elle avait jeté un coup d'œil dans le couloir et avait vu Mr John Cavendish qui frappait à la porte de Mrs Inglethorp.

Sous le feu roulant de ses questions, sir Ernest Heavywether amena impitoyablement Elisabeth à se

contredire. Puis, avec un[...]
la défense la renvoya et se[...]

Ce fut alors le tour d'Ann[...]
de bougie sur le tapis et jura[...]
ter le café dans le boudoir. Ce[...]
de la journée, et l'audience fut[...]
lendemain.

Alors que nous quittions les lieu[...]
eut des paroles amères à l'encontre[...]
Couronne.

— Quel horrible personnage ! Quel[...]
autour de mon pauvre John ! Et cette [...] dont il
dénature chaque détail afin de lui faire dire le
contraire de ce qu'il dit !

— Allons, allons ! demain, ce sera le contraire, dis-
je d'un ton consolant.

— Oui, fit-elle, songeuse. (Puis, en baissant la
voix :) Mr Hastings, vous ne croyez pas... non, ça ne
peut pas être Lawrence ?... Oh, non ! ce n'est pas possible !

J'étais moi-même assez décontenancé par la tournure du procès. Aussi, dès que je me trouvai seul
avec Poirot, je lui demandai s'il avait une idée de la
tactique employée par sir Ernest.

— Ah ! lâcha mon ami, en connaisseur. Il est très
fort, ce sir Ernest !

— D'après vous, il croit Lawrence coupable ?

— A on avis, il ne croit rien du tout et il s'en
moque ! Non, il essaye simplement de créer une telle
confusion dans l'esprit des jurés qu'ils en arrivent à
être divisés sur la culpabilité de l'un ou l'autre des
deux frères. Il s'évertue à démontrer qu'il existe
autant de preuves accablant Lawrence que John... et
je me demande s'il n'y parviendra pas.

L'inspecteur Japp fut le premier témoin appelé à
la barre le lendemain. Il déposa avec brièveté et précision. Après avoir rappelé les événements précédents, il poursuivit :

— Suite à certaines informations qui nous avaient
été communiquées, le commissaire Summerhaye et
moi-même avons profité de l'absence de l'accusé

...e fouille méthodique de sa
...a commode, cachées parmi des
...ts, nous avons trouvé : primo, une
...unettes à monture en or que voici, iden-
... à celles que porte Mr Inglethorp ; secundo,
...tte fiole.

Le flacon était celui qu'avait déjà reconnu
Mr Mace, le préparateur : une petite fiole de verre
bleu, contenant un peu de poudre cristalline
blanche, et dont l'étiquette portait la mention :
« Hydrochlorure de strychnine. POISON. »

Depuis la séance des dépositions préliminaires aux
Stylites Arms, les enquêteurs du Yard avaient découvert un nouvel indice, glissé dans le chéquier de
Mrs Inglethorp. Il s'agissait d'une longue bande de
papier buvard qui avait très peu servi. En le tenant
devant un miroir, on pouvait lire distinctement :
« ... je lègue tout ce que je possède à mon époux bien-
aimé, Alfred Ing... » Ce nouvel élément prouvait sans
contestation possible que le testament détruit avait
été rédigé en faveur du mari de la défunte. Japp montra ensuite le fragment de papier calciné retrouvé
dans la cheminée de la chambre et termina son
témoignage par la fausse barbe découverte dans le
coffre du grenier.

Mais sir Ernest contre-attaqua immédiatement :

— A quelle date avez-vous fouillé la chambre de
l'accusé ?

— Le mardi 24 juillet.

— Soit une semaine exactement après le drame ?

— Oui.

— Donc vous avez découvert ces deux objets dans
la commode. Etait-elle fermée à clef ?

— Non.

— Ne vous semble-t-il pas étonnant qu'un meurtrier conserve les preuves de son crime dans un
meuble que n'importe qui peut fouiller sans difficulté ?

— Il les a peut-être cachées là parce qu'il était
pressé.

— Je vous rappelle qu'une semaine entière s'était

écoulée depuis le crime. Il avait donc eu cent fois la possibilité de les détruire !

— Peut-être, oui.

— Il n'y a pas de « peut-être » qui tienne ! Avait-il, oui ou non, le temps matériel de faire disparaître ces objets ?

— Oui.

— Les sous-vêtements parmi lesquels étaient cachés ces objets étaient-ils épais ou légers ?

— Plutôt épais.

— Autrement dit, c'étaient des sous-vêtements d'hiver. Il est donc évident que l'accusé n'aurait aucune raison d'ouvrir ce tiroir avant longtemps, n'est-ce pas ?

— C'est possible, en effet.

— Veuillez répondre avec plus de précision, je vous prie. Etait-il probable que l'accusé, alors que nous sommes dans la période la plus chaude d'un été torride, ouvre ce tiroir précis, qui contient des sous-vêtements d'hiver ? Oui ou non ?

— Non.

— En ce cas, n'est-il pas possible que ces deux objets aient été placés dans ledit tiroir par une tierce personne, et que l'accusé ait ignoré leur présence ?

— Cela me paraît assez improbable.

— Mais possible ?

— Oui.

— Ce sera tout.

D'autres témoignages suivirent, qui mirent en évidence les difficultés pécuniaires de l'accusé à la fin du mois de juillet, ainsi que sa liaison avec Mrs Raikes. Pauvre Mary, cela dut être atroce à entendre pour une femme possédant un tel amour-propre ! Les faits rapportés par Evelyn Howard étaient donc bien réels, mais sa haine pour Alfred Inglethorp l'avait poussée à conclure un peu vite que la personne concernée n'était autre que lui.

Ce fut ensuite le tour de Lawrence. D'une voix sourde, en réponse aux questions de Me Philips, il nia avoir commandé quelque article que ce fût à la firme Parkson & Parkson au mois de juin. D'ailleurs, le 29 de ce mois, il se trouvait au Pays de Galles.

Aussitôt sir Ernest intervint, le menton agressif :

— Vous niez avoir commandé une barbe noire à la firme Parkson & Parkson le 29 juin ?

— Je le nie.

— Ah ! Et s'il arrivait quelque chose à votre frère John, qui hériterait de Styles Court ?

La brutalité de la question fit monter le rouge aux joues habituellement pâles de Lawrence. Le juge laissa échapper un murmure désapprobateur et, dans le box des accusés, John se pencha en avant dans un mouvement de colère.

Mais sir Heavywether n'en avait cure :

— Veuillez répondre à ma question.

— Je crois que ce serait moi.

— Que voulez-vous dire par « je crois » ? Votre frère n'a pas d'enfants. Donc vous hériteriez, n'est-ce pas ?

— Oui.

— Ah ! Voilà qui est mieux ! lâcha sir Heavywether avec une ardeur féroce. Et, si je ne me trompe, vous hériteriez également d'une somme d'argent confortable, non ?

— Voyons, sir Ernest, protesta le juge, ces questions sont déplacées.

Sir Heavywether s'inclina, mais il avait décoché son trait.

— Le mardi 17 juillet, poursuivit-il, vous avez visité en compagnie d'un ami le laboratoire de l'hôpital de la Croix-Rouge, à Tadminster. Est-ce exact ?

— Oui.

— Alors que, par le plus grand des hasards, vous vous trouviez seul un instant, n'avez-vous pas ouvert l'armoire aux poisons pour examiner certains des flacons ?

— Je... je... il est possible que...

— Je vous demande si vous l'avez fait ou non ?

— Oui.

La question suivante de sir Ernest partit comme un boulet de canon.

— Vous êtes-vous intéressé à un flacon en particulier ?

— Non, je ne crois pas.

— Prenez garde, Mr Cavendish. Je parle d'une petite fiole d'hydrochlorure de strychnine...

Le visage de Lawrence Cavendish prit une teinte cadavérique :

— N-non... Je suis sûr que non !

— Alors veuillez expliquer au jury comment il se fait qu'on ait retrouvé vos empreintes sur cette fiole ?

Cet interrogatoire agressif faisait merveille sur une nature aussi fragile :

— Il... Il est possible que j'aie touché cette fiole, mais...

— Très possible, en effet ! Avez-vous prélevé une partie du contenu de cette fiole ?

— Absolument pas !

— Alors pourquoi l'avez-vous touchée ?

— J'ai fait des études de médecine, et ces choses-là m'intéressent tout naturellement.

— Ah ! Ainsi, les poisons vous intéressent ? Vous n'en avez pas moins attendu d'être seul pour satisfaire cet « intérêt », n'est-ce pas ?

— Non, c'était par hasard. Si les autres avaient été là, j'en aurais fait autant.

— Mais à ce moment, justement, les autres n'étaient pas là.

— C'est exact, mais...

— Pendant tout l'après-midi, vous n'avez été seul que deux minutes. Or, il semble que vous ayez précisément profité de ces deux minutes pour satisfaire votre « intérêt » pour l'hydrochlorure de strychnine.

— Je... je..., bredouilla pitoyablement Lawrence.

Visiblement satisfait, sir Ernest conclut, le visage empreint d'une expression pleine de sous-entendus :

— Je n'ai pas d'autre question à vous poser, Mr Cavendish.

Cet interrogatoire avait déclenché l'émoi dans la salle. Les élégantes de l'assistance, tête contre tête, se chuchotaient leurs commentaires. Et le brouhaha devint tel que le juge menaça de faire évacuer la salle.

Il y eut encore quelques témoignages. Des experts en graphologie vinrent donner leurs conclusions sur la signature apposée dans le registre de la pharmacie. Tous affirmèrent que c'était un faux, et qu'il pouvait s'agir de l'écriture déguisée de l'accusé. Poussés dans leurs retranchements, ils admirent qu'il pouvait également s'agir d'une habile contrefaçon de l'écriture de l'accusé.

La plaidoirie que prononça sir Ernest Heavywether pour la défense ne dura guère, mais fut rehaussée par l'éloquence emphatique du personnage. Jamais, au cours de sa longue carrière, affirma-t-il, il n'avait vu un homme accusé d'homicide volontaire sur des preuves plus légères. Elles étaient indirectes, et la plupart d'entre elles ne résistaient pas à l'analyse. Que le jury prenne la peine d'étudier en détail, et avec toute l'impartialité souhaitable, ce qu'on pouvait tirer des dépositions. De la strychnine avait été découverte dans un tiroir de la commode se trouvant dans la chambre de l'accusé. Or, ce tiroir n'était pas fermé à clef. On ne pouvait en déduire formellement que l'accusé y eût caché le poison ; pour sa part, sir Ernest y voyait la mise en scène diabolique d'une tierce personne cherchant à faire porter les soupçons sur son client. Le ministère public avait été incapable de prouver que John Cavendish avait effectivement commandé la barbe noire chez Parkson & Parkson. Quant à la querelle qui avait opposé l'accusé à sa belle-mère, elle avait certes eu lieu, mais on en avait décuplé l'importance, tout comme on avait exagéré ses problèmes financiers.

Son éminent confrère (sir Ernest désigna sir Philips d'un signe de tête désinvolte) avait relevé que, si l'accusé était innocent, il aurait dû déclarer spontanément que la personne qui s'était querellée avec Mrs Inglethorp n'était pas son mari mais lui-même. Sir Ernest pensait que les faits avaient été mal présentés. Voici, en fait, ce qui s'était passé : à son retour à Styles Court, le mardi soir, John Cavendish avait appris de source sûre qu'une violente querelle avait opposé Mr et Mrs Inglethorp. L'accusé n'avait pas imaginé un instant qu'on pût confondre sa voix avec celle de Mr Inglethorp ; il en avait donc conclu que sa belle-mère avait eu deux altercations dans la même journée.

Le lundi 16 juillet, prétendait l'accusation, John Cavendish avait poussé la porte de la pharmacie du village, sous l'apparence de Mr Alfred Inglethorp. En réalité, l'accusé se trouvait à ce moment précis dans un endroit reculé appelé Marston's Spinney, attiré là par une lettre anonyme qui le menaçait de révéler à son épouse certains de ses agissements s'il ne se rendait pas à ce rendez-vous. John Cavendish avait donc obtempéré, et attendu en vain pendant une demi-heure, avant de rentrer à Styles Court. La malchance avait voulu qu'il ne rencontrât personne en chemin : il ne pouvait par conséquent produire aucun témoin pour alléguer ses dires. Néanmoins, il avait eu la bonne idée de conserver la lettre de chantage, qu'il tenait à la disposition de la justice.

En ce qui concernait le testament détruit, l'accusé, de par sa formation d'avocat, savait fort bien que le testament en sa faveur était automatiquement annulé par le remariage de sa belle-mère. Sir Ernest avait l'intention d'appeler à la barre plusieurs témoins afin de déterminer qui avait brûlé le testament, et il était fort possible que l'affaire prenne à cette occasion un tour bien différent.

Pour finir, il démontrerait au jury que des présomptions autrement plus sérieuses pesaient sur d'autres personnes que son client, et sur Mr Lawrence Cavendish en particulier.

Cela dit, il appela John Cavendish à la barre.

Celui-ci s'acquitta fort bien de son rôle. Magistralement guidé par les questions de sir Ernest, il déposa de façon convaincante. La lettre anonyme qui l'avait attiré à Marston's Spinney circula parmi le jury. La bonne volonté avec laquelle il décrivit ses ennuis d'argent et son différend avec la défunte ajoutèrent un certain crédit à ses dénégations.

Une fois l'interrogatoire terminé, il marqua un temps d'hésitation puis ajouta :

— Je tiens à préciser un point. Je désapprouve catégoriquement les insinuations de sir Ernest Heavywether à l'encontre de mon frère. J'ai la conviction que Lawrence n'a pas plus à voir dans ce crime que moi-même.

Sir Ernest se contenta de sourire. Il ne pouvait échapper à son sens aigu de l'observation que ces dernières paroles avaient produit un effet très favorable sur les jurés.

Le moment était venu du contre-interrogatoire de l'accusation, mené par Me Philips :

— J'ai cru comprendre que l'idée ne vous avait jamais effleuré que les témoins aient pu confondre votre voix avec celle de Mr Inglethorp. N'est-ce pas plutôt surprenant ?

— Non, je ne trouve pas. On m'avait dit qu'une querelle avait opposé ma belle-mère et son époux, et je n'avais aucune raison de mettre en doute cette information.

— Pas même quand Dorcas, la domestique, a répété certaines phrases de cette altercation, phrases dont vous auriez dû vous souvenir ?

— Je ne m'en suis pas souvenu.

— Vous avez une mémoire bien courte !

— Nous étions tous deux très en colère et je crois que nos propos ont dépassé notre pensée. Sur le moment, j'ai prêté très peu d'attention aux termes employés par ma mère.

Me Philips émit un reniflement incrédule — artifice de plaidoirie d'une efficacité indéniable. Puis il enchaîna sur le problème de la lettre anonyme reçue par John Cavendish :

— Cette « preuve » manuscrite vient fort à propos ! Dites-moi, cette écriture ne vous semble pas familière ?

— Pas que je sache !

— N'y voyez-vous pas une ressemblance frappante avec votre propre écriture... mal imitée ?

— Non, je ne trouve pas !

— J'affirme qu'il s'agit là de votre propre écriture !

— Non !

— Et moi, j'affirme que, soucieux de vous consti-
tuer un alibi, vous avez imaginé ce rendez-vous par
ailleurs assez improbable et avez écrit vous-même
cette lettre « anonyme » pour appuyer votre déclaration !

— Non !

— N'est-il pas exact que, à l'heure où vous prétendez avoir attendu dans un endroit isolé et peu fréquenté, vous vous trouviez en réalité dans la pharmacie du village, occupé à acheter de la strychnine
sous l'identité de Mr Alfred Inglethorp ?

— Non, c'est un mensonge !

— J'affirme que c'était vous, affublé d'une fausse
barbe taillée à la ressemblance de celle de Mr Inglethorp et vêtu d'un de ses costumes ! Et j'affirme que
vous avez imité sa signature sur le registre !

— C'est absolument faux !

— Alors je laisserai aux jurés le soin de constater
la remarquable similitude qui existe entre la signature du registre, votre lettre « anonyme » et un
échantillon de votre écriture.

Ayant ainsi conclu, Me Philips se rassit. Sur son
visage se lisait la satisfaction du devoir accompli,
mêlée à l'indignation que cette suite de dénégations
éhontées avaient éveillée.

Vu l'heure tardive, l'audience fut suspendue
jusqu'au lundi suivant.

Poirot me parut passablement découragé. Il avait
entre les sourcils ce petit pli soucieux que je ne lui
connaissais que trop bien.

— Qu'avez-vous ? demandai-je.

— Ah ! mon bon ami, cette affaire prend une mauvaise tournure, une bien mauvaise tournure...

Malgré moi, j'eus un soupir de soulagement : John
Cavendish allait sans doute être acquitté.

De retour à la maison de Kensington, mon ami
repoussa la tasse de thé que lui présenta Mary
Cavendish.

— Non, madame, je vous remercie. Je vais monter dans ma chambre.

Je le suivis. Les sourcils toujours froncés, il prit un

jeu de patience dans le tiroir du bureau. Puis il s'assit et, sous mes yeux incrédules, se mit avec le plus grand sérieux à construire un château de cartes !

Il dut remarquer mon expression ahurie, car il crut bon de s'expliquer :

— Non, mon bon ami, je ne suis pas retombé en enfance ! Simplement, je me calme les nerfs. Cet exercice réclame une grande précision des gestes. La précision des gestes entraîne celle du cerveau. Et jamais plus que maintenant je n'en ai eu autant besoin !

— Que se passe-t-il ? m'inquiétai-je au bout d'un moment.

D'un coup de poing sur la table, Poirot avait fait s'écrouler le fragile édifice.

— Il se passe, mon bon ami, que je peux construire des châteaux de cartes de sept étages, mais que je suis toujours incapable (nouveau coup sur la table) de... (bang !) de trouver ce... (bang !) ce chaînon manquant dont je vous ai parlé !

Ne sachant trop que dire, je me cantonnai dans un silence prudent et le regardai s'atteler à la construction d'un second château de cartes. Lentement il superposa les petits cartons en lançant des bribes de phrases :

— C'est comme ça qu'il faut œuvrer... En plaçant... un élément après l'autre... avec une précision... mathématique !

J'observai le château de cartes s'élever étage par étage. Jamais mon ami ne marqua la moindre hésitation ni ne commit la moindre erreur. Son adresse égalait celle d'un prestidigitateur.

— Vous possédez une sûreté de gestes remarquable, fis-je remarquer. Je crois n'avoir vu trembler vos mains qu'en une seule occasion.

— Une occasion où je devais être bien énervé, alors, commenta Poirot sans se départir de son calme.

— En effet ! Vous étiez hors de vous. Ne vous en souvenez-vous pas ? C'était dans la chambre de Mrs Inglethorp, lorsque vous avez découvert que la serrure de la mallette avait été forcée. Vous vous teniez près de la cheminée, et je vous ai vu aligner les bibelots sur le marbre, selon votre habitude ; à cet instant, votre main tremblait comme une feuille ! Je dois avouer que...

Je ne pus en dire davantage. Car Poirot poussa un cri rauque et inarticulé et détruisit une nouvelle fois sa construction. Puis, plaquant ses mains sur ses yeux, il commença à se balancer d'avant en arrière sur sa chaise, comme s'il souffrait le martyre.

— Seigneur ! Poirot, que vous arrive-t-il ? Vous ne sentez pas bien ?

— Si, si ! souffla-t-il. Mais je viens tout d'un coup d'entrevoir une théorie...

— Ah ! m'exclamai-je avec soulagement. Une de vos fameuses « petites théories » !

— Ah ! ma foi, non ! rétorqua Poirot avec un accent de sincérité totale. Cette fois, il s'agit d'une théorie fantastique ! Prodigieuse ! Et c'est vous, mon bon ami, vous qui me l'avez suggérée !

Il bondit de sa chaise et, m'étreignant avec fougue, m'embrassa sur les deux joues. Avant même que je fusse revenu de ma surprise, il était sorti en trombe de la pièce.

A ce moment, Mary Cavendish entra.

— Qu'arrive-t-il donc à Mr Poirot ? s'étonna-t-elle. Je viens de le croiser dans l'escalier. Il dévalait les marches et m'a crié au passage : « Un garage ! Pour l'amour du ciel, madame, indiquez-moi un garage ! » Mais il n'a même pas attendu ma réponse et s'est précipité dehors !

Je me ruai à la fenêtre. Il dévalait en effet la rue en courant à perdre haleine et en gesticulant. Il n'avait même pas pris le temps de mettre son chapeau ! Je me retournai vers Mary Cavendish avec un geste d'impuissance :

— Il va se faire arrêter par un agent ! Il tourne déjà le coin de la rue !

Nous nous regardions, totalement désemparés.

— Que peut-il bien lui passer par la tête ?

— Je n'en ai aucune idée, répondis-je. Il était en

train de construire un château de cartes, quand il m'a déclaré soudain avoir la révélation d'une de ses « théories » — et il s'est précipité dehors comme vous l'avez constaté vous-même.

— J'espère, soupira Mary Cavendish, qu'il rentrera pour dîner.

Mais la nuit tomba, et Poirot n'était toujours pas rentré.

12

LE CHAÎNON MANQUANT

Le départ précipité de Poirot nous avait tous fort intrigués. La matinée du dimanche se passa sans que nous le revoyions. Vers 3 heures de l'après-midi, un coup de klaxon tonitruant nous attira à la fenêtre. Nous vîmes Poirot qui descendait d'une automobile, suivi de Japp et de Summerhaye. Le petit homme paraissait transformé. Il affichait une autosatis-faction qui frisait la caricature. Il salua Mary Caven-dish avec une politesse exagérée :

— Madame, puis-je solliciter de votre bienveillance la permission d'organiser une petite réunion dans votre salon ? La présence de chacun d'entre vous sera nécessaire.

Mary eut un léger sourire teinté de tristesse.

— Vous savez bien, Mr Poirot, que je vous laisse toujours carte blanche.

— Vous êtes trop aimable, madame.

Toujours épanoui, Poirot nous rassembla dans le salon et disposa les sièges à notre intention :

— Miss Howard, ayez la bonté de prendre place ici. Miss Cynthia... Mr Lawrence... Notre brave Dor-cas... Et Annie, là... Bien. Nous allons attendre pour commencer l'arrivée de Mr Inglethorp. Je lui ai envoyé un message.

Miss Howard se leva d'un bond :

— Si cet homme franchit le seuil de cette maison, je m'en vais !

— Voyons ! Voyons !

Poirot s'approcha d'elle et lui parla à mi-voix. Finalement elle parut se laisser convaincre et retourna s'asseoir. Un instant plus tard, Alfred Inglethorp entrait.

Plus personne ne manquait à l'appel. Poirot se leva, tel un conférencier à la mode, et exécuta une courbette face à son public :

— Mesdames et messieurs, comme vous le savez tous, c'est à la demande de Mr John Cavendish que je suis venu à Styles, dans le but de résoudre cette douloureuse affaire. Mon premier soin a été d'examiner la chambre de la défunte. Sur recommandation des médecins, cette pièce avait été gardée fermée à clef, dans l'état où elle se trouvait au moment de la tragédie. Mes premières recherches m'ont permis de trouver : primo, un fragment d'étoffe de couleur verte ; secundo, une tache encore humide sur le tapis près de la fenêtre ; tertio, une boîte vide ayant contenu de la poudre de bromure.

» Considérons tout d'abord le fragment d'étoffe verte. J'en ai découvert quelques fibres coincées dans le verrou de la porte de communication entre la chambre de miss Cynthia et celle de Mrs Inglethorp. J'ai remis cet indice à la police, qui ne s'y est guère intéressée et en tout cas n'a pas su en définir la provenance : il s'agit en fait d'un morceau d'étoffe appartenant à une salopette de travailleur agricole.

Un frisson parcourut l'assistance.

— Or, une seule et unique personne à Styles Court travaille la terre : Mrs Cavendish. C'est donc forcément elle qui a pénétré dans la pièce par la porte donnant sur la chambre de miss Cynthia.

— Mais cette porte était verrouillée de l'intérieur ! m'exclamai-je.

— C'était le cas quand j'ai examiné la chambre. Mais pour affirmer qu'elle l'était auparavant, nous n'avons que la parole de Mrs Cavendish, puisque c'est elle-même qui a essayé de l'ouvrir. Or, dans la confusion qui a suivi, il est évident qu'elle a eu amplement le temps de pousser le verrou. J'ai vérifié cette hypothèse dès que j'en ai eu l'occasion. Tout d'abord, je me suis aperçu que le fragment d'étoffe verte correspondait exactement à une déchirure dans la salopette de Mrs Cavendish. De plus, au cours de sa déposition préliminaire aux *Stylites Arms*, Mrs Cavendish a affirmé avoir entendu de sa chambre tomber la table de chevet. J'ai également vérifié ce point en demandant à mon ami Hastings de se poster dans l'aile gauche de la maison, de l'autre côté de la porte de Mrs Cavendish. Puis je me suis rendu en compagnie de la police dans la chambre de la défunte et j'ai renversé la table de chevet en feignant un geste maladroit : mon ami Hastings n'a rien entendu. Cela m'a conforté dans l'idée que Mrs Cavendish ne disait pas la vérité quand elle prétendait se trouver dans sa chambre au moment du drame. En vérité, j'étais déjà persuadé que Mrs Cavendish se trouvait en réalité dans la chambre de Mrs Inglethorp quand l'alarme a été donnée.

Je lançai un coup d'œil en direction de Mary Cavendish. Elle était pâle mais souriante.

— Partant de là, j'ai poursuivi mon raisonnement. Mrs Cavendish se trouve dans la chambre de sa belle-mère ; nous dirons qu'elle y cherche quelque chose qu'elle n'a pas encore trouvé. Soudain, Mrs Inglethorp se réveille, saisie par une douleur inquiétante. Dans une convulsion, un de ses bras renverse la table de chevet, puis l'agonisante saisit le cordon d'appel. Affolée, Mrs Cavendish fait tomber sa bougie puis la ramasse, laissant une tache sur le tapis. Elle se réfugie en hâte dans la chambre de Cynthia dont elle referme la porte. Elle se précipite dans le couloir car elle ne veut pas que les domestiques la trouvent là. Trop tard ! Elle entend des pas dans la galerie reliant les deux ailes du bâtiment. Que va-t-elle faire ? Sans tergiverser, elle retourne dans la chambre de miss Cynthia et secoue la jeune fille pour la réveiller. Toute la maisonnée arrive dans le couloir et l'on s'attaque à la porte verrouillée de Mrs Inglethorp. Personne ne remarque que Mrs Cavendish n'est pas arrivée en même temps que les autres. Pourtant, et ce détail retiendra mon attention, je ne trouverai personne non plus qui l'ait vue venir de l'autre aile. Tout cela est-il exact, madame ? demanda Poirot.

— Parfaitement exact, acquiesça-t-elle. Vous comprenez bien que j'aurais moi-même révélé ces faits si j'avais pensé que ça puisse aider mon époux. Mais ils ne m'ont pas semblé pouvoir influer sur la question de son innocence ou de sa culpabilité.

— En un sens, vous avez raison, madame. Mais ils m'ont permis d'abandonner certaines fausses pistes et d'attribuer à d'autres faits leur signification réelle.

— Le testament ! s'exclama soudain Lawrence. C'est donc vous, Mary, qui l'avez détruit ?

Mrs Cavendish répondit d'un signe de tête négatif, imitée en cela par Poirot qui poursuivit d'une voix posée :

— Non. Une seule personne avait la possibilité de détruire le testament : Mrs Inglethorp elle-même.

— C'est invraisemblable ! m'écriai-je. Elle venait de le rédiger l'après-midi même !

— C'est pourtant elle qui l'a brûlé, mon bon ami. Comment expliqueriez-vous autrement qu'elle ait demandé qu'on allume un feu dans sa chambre, alors que la journée avait été l'une des plus chaudes de l'été ?

Je ne pus réprimer un haut-le-corps. Quels imbéciles nous avions été de ne pas relever l'incongruité de ce feu ! Mais Poirot poursuivait sa démonstration :

— Le thermomètre a grimpé ce jour-là jusqu'à 30°C à l'ombre. Pourquoi Mrs Inglethorp aurait-elle demandé du feu dans sa chambre, si ce n'est pour brûler un papier ? Rappelez-vous que, pour obéir aux consignes d'économie de guerre décrétées à Styles Court, le moindre morceau de papier est soigneusement récupéré. Il n'y avait donc aucun moyen de détruire un document aussi épais qu'un testament. Dès le moment où j'ai appris qu'un feu avait été allumé dans sa chambre, j'en ai déduit qu'il n'avait d'autre utilité que la destruction d'une pièce importante, un testament peut-être. C'est pourquoi la découverte du fragment calciné dans les cendres ne m'a pas le moins du monde étonné. Bien sûr, à ce moment-là, je ne savais pas encore que ce testament avait été rédigé l'après-midi même, et je dois reconnaître qu'en apprenant cela, j'ai commis une grossière erreur : j'ai en effet établi une relation directe entre la décision de détruire le testament et la querelle de l'après-midi qui, pour cette raison, n'a pu avoir lieu qu'après la rédaction du document.

» Là comme nous le savons, je me trompais et j'ai dû abandonner cette idée. J'ai alors abordé le problème selon un angle différent. A 16 heures, Dorcas a entendu sa maîtresse dire sur le ton de la colère : « J'y vois clair, à présent. Et ma décision est prise. N'espérez pas que la peur du qu'en-dira-t-on ni le scandale parce qu'il s'agit d'un sordide problème de couple me fassent fléchir ! » J'en ai déduit, avec raison, comme la suite l'a prouvé, que ces paroles étaient adressées non pas à son époux, mais à Mr John Cavendish. A 17 heures, soit une heure plus tard, elle se sert presque des mêmes mots, mais le point de vue a changé. Elle confie à Dorcas : « Je ne sais plus quoi faire. Le scandale qui frappe un couple est un drame affreux. Si je le pouvais, je préférerais enterrer cette affaire. Et oublier... tout oublier... » A 16 heures, elle s'est fâchée tout en se dominant. Une heure plus tard, elle avoue qu'elle est dans le désespoir et qu'elle a subi un effroyable choc.

» J'ai donc considéré le problème sous son aspect psychologique, et j'en ai tiré une conclusion qui m'a immédiatement paru irréfutable. La seconde fois qu'elle parle de « scandale », il ne s'agit pas du même ! A l'évidence, ce second scandale la touche personnellement.

» Assemblons tous ces éléments : à 16 heures, Mrs Inglethorp a une altercation avec son beau-fils. Elle menace de le dénoncer à son épouse, laquelle, incidemment, entend la majeure partie de cette conversation. Une demi-heure plus tard, ayant eu précédemment un entretien sur la validité des testaments, Mrs Inglethorp en rédige un en faveur de son époux et le fait contresigner par les deux jardiniers. A 17 heures, Dorcas trouve sa maîtresse en proie à un émoi intense, une feuille de papier à la main (peut-être une lettre, pense Dorcas). C'est alors qu'elle ordonne qu'un feu soit allumé dans sa chambre. On peut donc déduire qu'entre 16 h 30 et 17 heures un fait nouveau est survenu qui a totalement modifié son état d'esprit, puisqu'elle est maintenant aussi résolue à détruire le testament qu'elle l'était à le rédiger une demi-heure plus tôt. Quel est ce fait nouveau ?

» Pour autant que nous le sachions, elle est restée seule pendant cette demi-heure. Personne n'est entré ni sorti de ce boudoir. D'où vient donc ce brusque revirement ?

» Nous en sommes réduits aux suppositions, mais la mienne me paraît bonne. Mrs Inglethorp n'a plus de timbres dans son secrétaire. Nous le savons puisqu'elle demandera plus tard à Dorcas de lui en faire porter. Mais, dans le coin opposé du boudoir, elle voit le secrétaire de son mari. Il est fermé à clef, mais elle est pressée de trouver des timbres et, si j'extrapole correctement, elle essaie de l'ouvrir avec ses propres clefs. Je vérifierai plus tard que l'une d'entre elles a fonctionné. En cherchant des timbres, elle trouve cette feuille de papier que Dorcas a vue dans sa main, et qui ne lui était certes pas destinée. De son côté, en revanche, Mrs Cavendish croit que cette lettre qu'elle voit dans les mains de sa belle-mère est une preuve écrite de l'infidélité de son époux. Elle la réclame à Mrs Inglethorp qui lui rétorque en toute franchise que ce document ne la concerne pas. Mais, certaine que sa belle-mère cherche à protéger John, Mrs Cavendish ne la croit pas. Or Mrs Cavendish est une personne très résolue et, derrière sa réserve de façade, elle cache une jalousie féroce. Bien décidée à s'emparer de ce document à tout prix, elle voit la chance lui sourire. Elle trouve, par le plus grand des hasards, la clef de la mallette que Mrs Inglethorp a égarée le matin même.

Or, elle n'ignore pas que c'est dans cette mallette que sa belle-mère conserve tous ses papiers importants.

» Mrs Cavendish conçoit alors un plan comme seule une femme dévorée par la jalousie peut en imaginer. Au cours de la soirée, elle va déverrouiller la porte de miss Cynthia. Probablement prend-elle la précaution de huiler les gonds ; car je constaterai qu'elle s'ouvre sans bruit. Par prudence, elle repousse l'exécution de son projet aux premières lueurs de l'aube, car les domestiques sont habitués à l'entendre aller et venir dans sa chambre à pareille heure. Elle enfile sa salopette, traverse sans bruit la chambre de miss Cynthia et pénètre dans celle de Mrs Inglethorp.

Poirot fit une pause que Cynthia mit à profit pour intervenir :

— Si quelqu'un avait traversé ma chambre, je me serais réveillée !

— Sauf si vous aviez été droguée, mademoiselle.

— Droguée ?

— Mais oui ! répondit Poirot. (Puis, s'adressant de nouveau à nous tous :) Souvenez-vous que miss Cynthia a continué de dormir malgré le tumulte dans la chambre voisine. A cela, deux explications possibles : soit elle fait semblant de dormir, ce que je ne pense pas ; soit son état d'inconscience résulte d'un facteur artificiel.

» Cette seconde hypothèse à l'esprit, j'examine toutes les tasses à café avec le plus grand soin, car — je m'en souviens — c'est Mrs Cavendish qui a porté son café à miss Cynthia le soir précédent. Je prélève un échantillon dans chaque tasse pour le faire analyser. Sans résultat. Je compte les tasses, dans l'hypothèse qu'on en ait enlevé une. Mais six personnes ont pris le café, et il y a six tasses. Sur le moment, je crois avoir fait fausse route.

» Puis je découvre que j'ai négligé un fait de première importance : ce soir-là, le Dr Bauerstein est venu à Styles, et le café a été servi à sept personnes, et non à six. Ce qui change tout, puisqu'il manque dès lors une tasse. Les domestiques n'ont rien remarqué d'anormal. Annie, la femme de chambre, a amené sept tasses car elle ne sait pas que Mr Inglethorp ne prend jamais de café ! Quant à Dorcas, qui débarrasse les tasses le lendemain matin, elle en ramène six à l'office, comme d'habitude. Ou plutôt cinq, à strictement parler, puisque la sixième est celle que l'on retrouve pulvérisée dans la chambre de Mrs Inglethorp.

» J'ai la conviction que la tasse manquante est celle de miss Cynthia. Le fait que miss Cynthia ne sucre jamais son café me conforte dans mon hypothèse, car tous les échantillons que je relève au fond des tasses contiennent du sucre. Puis je m'intéresse à ce « gros sel » qu'Annie a trouvé sur le plateau près du cacao qu'elle apporte chaque soir à Mrs Inglethorp. Je prélève un échantillon de ce cacao et le fais analyser.

— Mais le Dr Bauerstein l'avait déjà fait ! intervint Lawrence.

— Pas exactement. Lui, il avait demandé au chimiste de chercher des traces de strychnine ; moi, je lui demande de chercher des traces de somnifère.

— De somnifère ?

— Oui. Et voici le rapport d'analyse. Mrs Cavendish a administré un somnifère, puissant mais tout à fait inoffensif, à Mrs Inglethorp et à miss Cynthia. Et c'est pourquoi elle a dû passer un bien mauvais quart d'heure ! Imaginez son affolement quand sa belle-mère est soudain prise de violentes convulsions puis meurt ! Et on prononce le mot « poison » ! Elle qui pensait que ce somnifère ne présentait aucun danger, elle est terrifiée à l'idée d'avoir provoqué la mort de la vieille dame ! Sous l'emprise de la panique, elle se précipite au rez-de-chaussée, subtilise la tasse et la soucoupe utilisées par miss Cynthia et les cache dans un grand vase de cuivre, où Mr Lawrence les retrouvera plus tard. Elle n'ose pas toucher au reste de cacao, car elle se sait surveillée. Imaginez son soulagement quand elle entend parler de strychnine. En fin de compte, elle n'est donc pas responsable de ce drame.

» Nous pouvons maintenant expliquer pourquoi les symptômes qui caractérisent l'empoisonnement par la strychnine ont été si lents à se manifester. Un somnifère absorbé en même temps que le poison en retarde les effets de plusieurs heures.

Poirot s'interrompit un instant. Mary Cavendish le regarda et son visage reprit quelque couleur :

— Tout ce que vous venez de dire est exact, Mr Poirot. J'ai passé les moments les plus affreux de mon existence, et jamais je ne les oublierai. Mais vous êtes vraiment étonnant ! A présent, je comprends...

— ... pourquoi je vous disais que vous pouviez vous confesser à papa Poirot en toute sécurité, c'est bien cela ? Mais vous ne me faisiez pas confiance.

— Maintenant, je comprends tout ! s'exclama Lawrence. Absorbé après le café empoisonné, le cacao contenant le somnifère en a retardé les effets !

— Exactement. Mais le café était-il ou non empoisonné ? Là surgit un petit problème, car Mrs Inglethorp n'a jamais bu ce café...

— Quoi ?

Ce cri de surprise avait été poussé par tout le monde à la fois.

— Non, elle ne l'a pas bu. Vous vous souvenez que j'ai parlé d'une tache sur le tapis, dans la chambre de la défunte ? Or, cette tache présentait certaines caractéristiques. Tout d'abord, elle était encore humide quand je l'avais examinée, et il s'en dégageait une forte odeur de café. Pris dans les fibres du tapis, j'avais retrouvé de minuscules fragments de porcelaine. Tout s'était éclairé pour moi, car je venais de poser ma trousse sur la table proche de la fenêtre, et le plateau avait basculé, faisant tomber ma trousse à l'endroit précis de la tache. La veille, quand elle était entrée dans sa chambre, Mrs Inglethorp avait posé son café sur cette table, et le meuble lui avait joué le même mauvais tour.

» La suite des événements, je n'ai pu que la conjecturer. Je pense que Mrs Inglethorp ramasse alors les morceaux de la tasse qu'elle pose sur sa table de chevet. En guise de stimulant, elle réchauffe un peu de cacao qu'elle absorbe immédiatement. Nous voici donc confrontés à une nouvelle énigme : nous savons que le cacao ne contient pas de strychnine, et que le café n'a pas été bu ; pourtant le poison a dû être ingéré entre 19 et 21 heures, ce soir-là. Par quel autre moyen la strychnine a-t-elle pu être consommée sans que son goût ne transparaisse ? Eh bien, il est si extraordinaire que personne n'y a pensé !

Poirot interrogea son public d'un regard circulaire avant de répondre à sa propre question dans une envolée dramatique :

— Son fortifiant !

— Vous voulez dire que le meurtrier avait mis le poison dans le fortifiant ?

— Il n'y a pas ajouté le poison, puisque celui-ci s'y trouve déjà ! La strychnine qui va causer la mort de Mrs Inglethorp est celle prescrite par le Dr Wilkins ! Afin de mieux vous éclairer, permettez-moi de vous lire un court extrait tiré d'un manuel de préparateur que j'ai trouvé au laboratoire de l'hôpital de la Croix-Rouge de Tadminster ; ce passage est célèbre dans les classes de pharmacologie :

Sulfate de strychnine .... *1 cent.*
Bromure de Potassium .... *18 grammes.*
Eau distillée .... *24 grammes.*

Cette solution dépose en quelques heures la plus grande part du sel de strychnine sous forme de cristaux transparents d'un bromure insoluble. En Angleterre, une dame mourut après avoir absorbé un remède contenant cette composition. Le précipité de strychnine s'était concentré au fond de la bouteille, et la patiente l'avait avalé dans sa presque totalité lorsqu'elle avait ingéré la dernière dose.

» Bien entendu, la prescription du Dr Wilkins ne contient pas de bromure. Pourtant, vous vous en souviendrez peut-être, j'ai déjà mentionné la présence d'une boîte vide de poudre de bromure. Une simple pincée de cette poudre, mélangée au fortifiant de Mrs Inglethorp, a donc pu précipiter la strychnine au fond de la bouteille, comme le décrit le pas-

sage du manuel que je viens de vous lire, et elle aura
été absorbée avec la dernière dose. Comme vous
l'apprendrez plus tard, la personne qui avait pour
habitude de servir son fortifiant à Mrs Inglethorp
prenait grand soin de ne pas agiter la solution afin
de laisser le précipité au fond de la bouteille.

» Au cours de l'enquête, plusieurs indices m'ont
confirmé que le meurtre avait été planifié pour la
nuit du lundi. Ce jour-là, le cordon de la sonnette de
Mrs Inglethorp est sectionné ; miss Cynthia doit passer la soirée chez des amis. Dans l'aile droite,
Mrs Inglethorp se trouve ainsi isolée de toute assistance, et il est fort probable qu'elle mourra avant
d'avoir pu bénéficier d'aucun secours médical. Mais,
pressée de se rendre à la fête du village, la victime
désignée oublie de prendre son fortifiant. Le lendemain, elle déjeune chez des amis. Voilà pourquoi la
dernière dose, la dose mortelle, sera prise un jour
plus tard que ne l'a prévu l'assassin. Et c'est grâce à
ce délai fortuit que j'ai aujourd'hui entre les mains
la preuve irréfutable, ce chaînon qui a si longtemps
manqué à mon raisonnement.

Conscient de la tension muette qui s'était installée
dans l'assistance, Poirot brandit alors trois étroites
bandes de papier :

— Voici une lettre écrite par l'assassin lui-même,
mes chers amis ! Si elle avait été rédigée en des
termes plus transparents, tout laisse à penser que
Mrs Inglethorp, alertée à temps, aurait pu en réchap-
per. En tout état de cause, la défunte, si elle se savait
en danger, n'en connaissait pas l'origine.

Dans un silence total, Poirot assembla les trois
bandes de papier. Puis, s'étant éclairci la gorge, il lut :

Ma très chère Evelyn,

*Sans doute êtes-vous inquiète de ne pas recevoir de
nouvelles. Tout va bien. Simplement, cela aura lieu ce
soir au lieu d'hier soir. Vous me comprenez. Nous
nous paierons du bon temps quand la vieille, une fois
morte, ne sera plus dans nos jambes. Personne ne
pourra m'attribuer le crime. Votre idée d'utiliser la*

poudre de bromure était un trait de génie ! Mais nous devons rester très prudents. Le moindre faux pas...

— Ici s'arrête cette lettre, mes chers amis. Sans doute son auteur a-t-il été interrompu. Mais il ne peut y avoir aucun doute quant à son identité ! Nous connaissons tous cette écriture, et...

Un cri rageur, presque un hurlement, s'éleva dans le silence :

— Démon ! Comment avez-vous obtenu cette lettre ?

Un siège fut renversé. Poirot bondit lestement de côté. Il eut un geste rapide comme l'éclair. Et son assaillant, déséquilibré, s'écroula de tout son poids.

— Mesdames, messieurs, annonça Poirot avec un certain panache, permettez-moi de vous présenter l'assassin : Mr Alfred Inglethorp !

13

LES EXPLICATIONS DE POIROT

— Poirot, vous n'êtes qu'un vieux gredin, et j'ai presque envie de vous étrangler ! Comment avez-vous pu me mener à ce point en bateau ?

Nous étions installés dans la bibliothèque. Les derniers jours avaient été assez éprouvants. A l'étage inférieur, John et Mary Cavendish étaient à nouveau réunis tandis qu'Alfred Inglethorp et Evelyn Howard se préparaient à moisir derrière les barreaux. Quant à moi, j'avais enfin l'oreille de Poirot, et je n'avais pas l'intention de laisser passer cette occasion de satisfaire ma curiosité.

Poirot mit un temps avant de me répondre :

— Je ne vous ai pas mené en bateau, mon bon ami. Tout au plus vous ai-je empêché de vous fourvoyer vous-même.

— Oui, mais pourquoi ?

— Ah ! mon bon ami ! C'est difficile à dire. Voyez-vous, vous êtes d'un tempérament si honnête, et d'une nature si franche que... Enfin, disons qu'il vous est impossible de dissimuler vos sentiments. Si je vous avais fait part de mes petites théories, l'homme astucieux qu'est Alfred Inglethorp aurait flairé le danger dès la première rencontre avec vous. Et dans ce cas, adieu à nos chances de le démasquer !

— Je crois avoir un peu plus de diplomatie que vous ne m'en prêtez !

— Allons, mon bon ami ! fit Poirot désolé. Je vous

en prie, ne vous vexez pas ! Votre aide m'a été des plus utiles. Seule l'incommensurable honnêteté de votre belle nature a dicté ma réserve.

— Je veux bien l'admettre, maugréai-je, un peu apaisé. Je continue néanmoins d'estimer que vous auriez pu me mettre sur la voie.

— Et c'est ce que j'ai fait, mon bon ami ! A plusieurs reprises. Mais vous n'avez pas compris. Rappelez-vous : vous ai-je jamais dit que je croyais à la culpabilité de John Cavendish ? Ne vous ai-je pas confié, bien au contraire, que son acquittement était presque certain ?

— C'est vrai, mais...

— Et n'ai-je pas ensuite souligné les difficultés qu'il y avait à amener l'assassin devant la justice ? Ne vous est-il pas alors apparu que je parlais de deux personnes entièrement différentes ?

— Non, cela ne m'est pas apparu clairement !

— Et ne vous ai-je pas dit à plusieurs reprises, au début de cette affaire, que je ne voulais pas que l'on arrêtât Mr Inglethorp à ce moment-là ? Voilà qui aurait dû pourtant vous mettre sur la voie !

— Voulez-vous dire que vous le soupçonniez déjà à ce moment-là ?

— C'est exact. Pour commencer, s'ils étaient plusieurs à pouvoir tirer profit de la mort de Mrs Inglethorp, son époux n'en restait pas moins le principal intéressé. C'était l'évidence même. Ce premier jour où nous nous sommes rendus ensemble à Styles, je n'avais aucune idée de la façon dont avait été perpétré le crime. Mais d'après le peu que je savais déjà de Mr Inglethorp, je me doutais bien qu'il me serait très difficile de l'impliquer dans cette affaire. Une fois sur les lieux, j'ai immédiatement compris que c'était Mrs Inglethorp qui avait brûlé le testament. Et puisque j'aborde ce sujet, vous ne pouvez m'accuser de ne pas vous avoir fait remarquer l'incongruité d'un feu de cheminée en plein été.

— Oui, je le reconnais ! concédai-je avec une certaine impatience. Mais poursuivez...

— Eh bien, mon bon ami, ma théorie sur la culpabilité d'Alfred Inglethorp me parut très vite bien fragile. Les indices qui l'accusaient étaient si nombreux que j'avais plutôt tendance à le croire innocent.

— Quand avez-vous changé d'avis ?

— Quand j'ai découvert que plus j'essayais de le disculper, plus il s'efforçait de se faire arrêter. Puis je me suis rendu compte qu'il n'avait aucune liaison avec Mrs Raikes. John Cavendish, en revanche, n'était pas resté insensible au charme de cette dame, j'en eus vite la certitude.

— Quel rapport ?

— Il est très simple. Si Alfred Inglethorp entretenait des relations coupables avec Mrs Raikes, son silence était tout à fait compréhensible. Mais quand j'ai su que tout le village était au courant de la liaison entre John Cavendish et Mrs Raikes, ce même silence prenait un tout autre sens. Il était ridicule de penser qu'il se taisait par peur du scandale, puisqu'il n'avait aucune raison de le redouter. Cela m'a donné à réfléchir, et je suis peu à peu arrivé à la conclusion que Mr Alfred Inglethorp voulait être arrêté. Eh bien ! Dès cet instant j'ai décidé de tout faire pour qu'il ne le soit pas.

— Attendez ! Je ne comprends pas pourquoi il voulait se faire arrêter !

— Mon bon ami, il existe dans votre pays une loi qui stipule qu'un homme acquitté ne peut être rejugé pour la même affaire. Ah ! l'idée était ingénieuse ! A l'évidence, c'est un individu d'une rare intelligence ! Sa position eût fatalement attiré les soupçons sur lui, il en était conscient. Aussi a-t-il conçu ce stratagème remarquable : confectionner des indices qui l'accableraient. Il voulait être arrêté. Il lui eût alors suffi de dévoiler son alibi, qu'il savait irréfutable, et il eût été tranquille jusqu'à la fin de ses jours !

— Mais je ne comprends toujours pas comment il a pu se construire un alibi tout en se rendant à la pharmacie...

Poirot me regarda avec stupeur.

— Mon pauvre ami ! Est-il donc possible que vous

n'ayez pas encore compris ? C'est miss Howard qui est allée acheter la strychnine à la pharmacie !

— Miss Howard ?

— Bien sûr ! Qui d'autre ? Rien de plus simple. Sa taille correspond à celle d'Alfred Inglethorp ; sa voix est grave, masculine ; atout supplémentaire, elle a un lien de parenté avec Inglethorp et lui ressemble beaucoup, surtout par son port et sa démarche. Donc rien de plus simple. Quel couple redoutable !

— Je demeure encore un peu dans le flou quant à l'utilisation du bromure, avouai-je.

— Allons bon ! Je vais donc démonter pour vous mon raisonnement. J'ai tendance à penser que c'est miss Howard le cerveau dans cette affaire. Peut-être vous rappelez-vous le jour où elle a parlé de son père médecin ? On peut supposer qu'elle avait l'habitude de lui préparer certains remèdes ; à moins qu'elle n'ait trouvé l'idée du bromure dans l'un des nombreux ouvrages de pharmacologie qui traînaient à Styles pendant la période où miss Cynthia préparait son examen. Toujours est-il qu'elle connaît l'effet de la poudre de bromure dans une solution contenant de la strychnine : la concentration rapide du poison sous forme de précipité. L'idée a dû lui venir tout d'un coup. Mrs Inglethorp disposait en permanence d'un mélange de poudre de bromure qu'elle prenait parfois le soir, en guise de somnifère. Quoi de plus facile que de dissoudre une pincée de poudre de bromure dans la bouteille de fortifiant lorsque celui-ci est livré par le pharmacien ? Le risque est pratiquement nul. La prise fatale n'aura pas lieu avant une quinzaine de jours, et si quelqu'un a surpris l'un des deux la bouteille de fortifiant à la main, ce détail sera oublié depuis longtemps au moment du drame. Entre-temps, miss Howard se sera querellée avec sa maîtresse et aura quitté Styles. Le délai et son éloignement écarteront d'elle tout soupçon. Oui, une idée géniale ! S'ils s'étaient contentés de l'appliquer, il est fort probable que jamais on ne les aurait soupçonnés. Mais cela ne les satisfait pas, et ils pèchent par excès d'intelligence. C'est ce qui a causé leur perte.

Les yeux fixés au plafond, Poirot tira une bouffée de sa minuscule cigarette, puis il continua :

— Ils imaginent un stratagème pour diriger les soupçons sur John Cavendish : ils achètent de la strychnine à la pharmacie du village et signent le registre en imitant son écriture.

» Le lundi, Mrs Inglethorp doit logiquement prendre sa dernière dose de fortifiant. C'est pourquoi, à 18 heures ce même jour, Alfred Inglethorp s'arrange pour être vu par plusieurs personnes en un lieu très éloigné du village. Miss Howard a déjà répandu l'histoire inventée de toutes pièces de sa liaison avec Mrs Raikes, ce qui justifiera le silence obstiné de son complice. A 18 heures donc, miss Howard, sous l'apparence d'Alfred Inglethorp, entre dans la pharmacie ; elle raconte son histoire de chien à empoisonner et obtient la strychnine. Elle signe le registre du nom de son acolyte en imitant l'écriture de John Cavendish, qu'elle s'est auparavant entraînée à contrefaire.

» Mais tous ces efforts ne serviront à rien si John, lui aussi, peut fournir un alibi. C'est pourquoi elle rédige à son intention une lettre anonyme — toujours en copiant son écriture — qui l'envoie à l'heure dite dans un endroit si isolé qu'il y a fort peu de chances pour que quelqu'un l'aperçoive.

» Jusque-là, tout va bien. Miss Howard retourne à Middlingham, et Alfred Inglethorp à Styles. Ce dernier ne peut être compromis : car c'est miss Howard qui a gardé la strychnine, laquelle n'est d'ailleurs qu'un leurre destiné à orienter les soupçons sur John Cavendish.

» Arrive l'imprévu. Mrs Inglethorp ne prend pas son fortifiant ce soir-là. La sonnette rendue inutilisable, l'absence de Cynthia — combinée par Alfred Inglethorp avec l'aide inconsciente de son épouse —, toutes ces précautions se révèlent inutiles. Et c'est alors qu'Alfred Inglethorp commet un faux pas.

» Mrs Inglethorp est sortie. Assis à son bureau, il écrit une lettre à sa complice qui, voyant leur plan échouer, risque de s'inquiéter. Mrs Inglethorp rentre sans doute plus tôt que prévu. Pris de court, Alfred Inglethorp referme à clef son bureau. S'il reste dans le boudoir, il craint d'avoir à l'ouvrir de nouveau, auquel cas son épouse pourrait entrevoir la lettre avant qu'il ait pu la subtiliser. Il sort donc se promener dans les bois, n'imaginant pas un instant que Mrs Inglethorp puisse ouvrir son bureau et découvrir la lettre.

» C'est pourtant ce qu'elle va faire, comme nous le savons. Elle lit ces lignes et comprend la perfidie de son mari et d'Evelyn Howard. L'allusion au bromure, hélas ! n'éveille pas sa méfiance. Certes, elle pressent un danger, mais elle ne peut le localiser. Elle prend la décision de ne rien dire à son mari de sa découverte, mais elle conserve la lettre. Elle écrit à son avoué pour lui demander de venir la voir le lendemain matin et décide de détruire au plus vite le testament qu'elle vient de rédiger.

— C'est donc pour retrouver la lettre adressée à miss Howard qu'Alfred Inglethorp a forcé la serrure de la mallette ?

— Exactement. Et, au risque énorme qu'il n'hésite pas à courir pour la récupérer, on mesure l'importance qu'il donne, à juste titre d'ailleurs, à cette missive. A part cette lettre, rien ne le relie au crime qui se prépare.

— Il y a pourtant une chose que je n'arrive pas à comprendre : dès qu'il l'a eue en sa possession, pourquoi ne l'a-t-il pas détruite ?

— Parce qu'il n'a pas osé prendre le risque suprême : celui de garder la lettre sur lui !

— Je ne vous suis pas.

— Envisagez le problème de son point de vue. J'ai calculé qu'il n'aurait eu que cinq minutes pour mettre la main sur la lettre. Ensuite nous arrivions. Avant cela, Annie balayait l'escalier : elle aurait vu quiconque passait dans l'aile droite. Imaginez maintenant la scène : il pénètre dans la chambre de sa femme à l'aide d'une de ses clefs — les serrures de la maison sont toutes très semblables — et se précipite sur la mallette. Elle est fermée, et il ne parvient pas à trouver la clef. Saisi de panique, il comprend que sa présence dans la chambre sera découverte, mais qu'il doit tout tenter pour récupérer cette preuve accablante. A l'aide d'un canif, il force la serrure et fouille la mallette. A présent, un autre problème se pose à lui : il court un risque énorme à garder la lettre sur lui. On peut le voir sortir de la chambre, le fouiller... Et si on découvre ce papier sur lui, il est perdu ! Il est probable qu'il entend à ce moment-là John et Mr Wells sortir du boudoir. Il faut qu'il agisse au plus vite. Où peut-il dissimuler la lettre ? Dans la corbeille à papiers ? Son contenu est soigneusement conservé, et de toute façon on l'examinera certainement. La détruire ? Il n'en a aucun moyen. Affolé, il regarde autour de lui et... que croyez-vous qu'il voie, mon bon ami ?

Je secouai la tête.

— Il ne lui faut que quelques secondes pour déchirer la feuille en plusieurs bandes, qu'il tortille pour leur donner l'apparence d'allume-feu de papier. Il ne lui reste plus qu'à les ajouter à ceux qui sont déjà dans le vase, sur la cheminée, et le tour est joué !

Je poussai une exclamation de surprise.

— Personne ne penserait à regarder à cet endroit-là, reprit Poirot. Il lui suffira de revenir dans la chambre dès que l'occasion se présentera et de détruire cette unique preuve de sa culpabilité.

— Ainsi, cette preuve, nous l'avions sous les yeux pendant tout ce temps, dans le vase à allume-feu de Mrs Inglethorp !

— Eh oui, mon bon ami ! C'est là que se trouvait le chaînon manquant de mon raisonnement, et c'est à vous que je dois de l'avoir découvert.

— A moi ?

— Mais oui. Rappelez-vous. Vous m'avez parlé du tremblement insolite de mes mains quand j'alignais les bibelots sur la cheminée ?

— Oui, mais je ne comprends toujours pas...

— Mais moi, j'ai compris ! Voyez-vous, mon bon ami, cela m'a fait penser à une chose : la première fois que nous étions entrés ensemble dans la chambre de Mrs Inglethorp, j'avais déjà aligné les objets sur la cheminée. Or, s'ils étaient alignés, je n'avais aucune raison de recommencer cette opération un peu plus tard... sauf si quelqu'un, entre-temps, y avait touché !

— Mon Dieu ! murmurai-je. Voilà donc l'explication de votre comportement ! Vous vous précipitiez à Styles pour récupérer la lettre !

— Oui... Une course contre la montre !

— Pourtant, je ne comprends toujours pas comment Alfred Inglethorp a pu être assez fou pour ne pas détruire la lettre plus tôt. Les occasions ne lui ont sans doute pas manqué.

— Détrompez-vous ! J'ai tout fait pour l'en empêcher !

— Vous ?

— Oui. Ne m'avez-vous pas reproché de mettre toute la maisonnée dans la confidence ?

— Ça oui, alors !

— Eh bien, mon bon ami, c'était pour conserver une chance d'acculer Inglethorp. Je n'étais pas certain de sa culpabilité, mais dans cette hypothèse je me doutais qu'il n'aurait pas gardé le papier sur lui. Il l'aurait caché quelque part en attendant de pouvoir le détruire. Je me suis donc assuré la complicité de toute la maisonnée afin de contrer ses plans. Il faisait déjà figure de suspect aux yeux de tous ; en rendant la chose publique, je le plaçais sous la surveillance incessante de dix détectives amateurs. Dans ces conditions, il n'allait pas prendre le risque de détruire la lettre. Il s'est donc vu contraint de quitter Styles en la laissant dans le vase à allume-feu.

— Mais miss Howard aurait dû avoir de nombreuses occasions d'agir à sa place ?

— A cela près qu'elle ignorait totalement l'existence de cette lettre. Suivant la stratégie qu'ils avaient élaborée, elle ne lui adressait jamais la parole. N'oublions pas qu'ils étaient censés se détester, n'est-ce pas ? Ils auraient sans doute attendu la condamnation de John Cavendish pour se rencontrer. Bien sûr, Alfred Inglethorp était sous surveillance constante, car j'espérais qu'il me conduirait un jour ou l'autre à la lettre. Mais il était trop rusé pour prendre ce genre de risques. La lettre était apparemment en sécurité là où elle se trouvait ; personne n'avait pensé à fouiller le vase à allume-feu les premiers jours, il était donc peu probable qu'on le fasse par la suite. Sans la révélation que provoqua chez moi votre remarque, nous n'aurions sans doute jamais pu le livrer à la justice.

— Je comprends mieux, maintenant. Mais, dites-moi, quand avez-vous commencé à soupçonner miss Howard ?

— Lors de l'enquête préliminaire. J'ai compris qu'elle mentait au sujet de la lettre que lui avait adressée Mrs Inglethorp.

— Comment ?

— Vous avez vu la lettre, n'est-ce pas ? Pourriez-vous me la décrire ?

— Oui... Enfin, plus ou moins.

— Peut-être vous rappelez-vous alors l'écriture de Mrs Inglethorp, caractérisée par de larges espaces entre les mots ? Or, si vous aviez regardé la date placée en haut de la lettre, « le 17 juillet », vous auriez noté qu'elle était très différente. Voyez-vous où je veux en venir ?

— Pas le moins du monde, avouai-je.

— Simplement à ceci : à l'origine, cette lettre était datée du 7 juillet, et non pas du 17. Le 1 fut rajouté dans l'espace entre l'article et le 7 pour transformer la date.

— Soit. Mais dans quel but ?

— C'est exactement la question que je me suis posée. Pourquoi miss Howard avait-elle substitué à la lettre effectivement écrite le 17 une autre lettre, du 7 celle-là, dont elle avait maquillé la date ? Evidemment parce qu'elle ne désirait pas montrer la véritable lettre du 17. Mais pourquoi ? C'est à partir de ce moment-là que j'ai eu des soupçons. Ne vous ai-je pas répété maintes fois qu'il faut se méfier des gens qui ne disent pas la vérité ?

— Et cependant, m'écriai-je avec indignation, vous m'avez donné deux raisons pour lesquelles miss Howard ne pouvait avoir commis le crime !

— Et même d'excellentes raisons ! ajouta Poirot. A tel point qu'elles m'arrêtèrent longtemps. Puis je me suis remémoré un fait significatif : miss Howard et Alfred Inglethorp étaient cousins. Si elle n'avait pu commettre le crime seule, rien ne l'empêchait d'y avoir participé. Et puis, il y avait cette antipathie plutôt excessive ! Et qui cachait en fait un sentiment tout à fait contraire. Il est évident qu'un lien passionnel les unissait bien avant l'arrivée d'Alfred Inglethorp à Styles. Leur infâme projet avait été conçu de longue date. Il épouserait cette vieille femme aussi crédule que fortunée ; il la pousserait à rédiger un testament en sa faveur ; ensuite, il leur suffirait de la faire disparaître selon un plan remarquablement élaboré pour profiter de ses richesses par voie d'héritage. Si tout s'était déroulé sans accroc, ils auraient sans aucun doute quitté l'Angleterre un peu plus tard, pour vivre ensemble avec l'argent de leur malheureuse victime.

» Ils forment un couple dont le machiavélisme n'a d'égal que le manque de scrupules. Tandis que l'on commence à le soupçonner, elle dispose tranquillement les éléments qui doivent conduire l'enquête à un dénouement tout différent. Quand elle arrive de Middlingham, elle apporte tous les indices compromettants. Nul ne la soupçonne, bien entendu, et elle jouit d'une totale liberté de mouvement dans la maison. Elle va donc cacher la strychnine et les lunettes dans la chambre de John, puis elle place le postiche au fond de la malle, dans le grenier. Elle s'arrange ensuite pour que ces objets soient découverts.

— Ce que je ne saisis pas, c'est pourquoi ils ont cherché à faire porter les soupçons sur John, remarquai-je. Lawrence aurait beaucoup mieux convenu.

— Vous avez raison ; mais les indices qui le rendaient suspect sont dus au seul hasard. En fait, je

pense que cela a plutôt contrarié nos deux meur-
triers.

— Son comportement a été très maladroit, dis-je
après réflexion.

— Certes. Mais, bien sûr, vous avez compris ce qui
le motivait ?

— Non.

— Ne vous êtes-vous pas rendu compte qu'il
croyait Cynthia coupable ?

— Non ! Mais c'est invraisemblable !

— C'était très vraisemblable, au contraire. Et j'ai
bien failli partager cette idée. Je l'avais en tête
lorsque j'ai questionné Mr Wells pour la première
fois au sujet du testament. Et n'oubliez pas ces
poudres de bromure qu'elle avait préparées pour
Mrs Inglethorp, ni cette aptitude remarquable à se
déguiser en homme, comme nous l'a raconté Dorcas.
Non, vraiment, elle se prêtait plus aux soupçons que
n'importe qui d'autre !

— Allons, Poirot ! Vous plaisantez !

— Pas le moins du monde. Vous dirai-je ce qui a
tant fait blêmir Mr Lawrence quand il est entré dans
la chambre de sa belle-mère cette nuit fatale ? Alors
que la vieille dame, visiblement empoisonnée, ago-
nisait sur son lit, il a vu derrière vous la porte donnant sur la chambre de miss Cynthia, et il a remarqué que le verrou n'était pas poussé.

— Mais il a déclaré le contraire ! m'insurgeai-je.

— Justement, rétorqua Poirot. Et c'est bien pourquoi j'ai soupçonné que la porte n'était pas verrouillée. Il cherchait ainsi à protéger miss Cynthia.

— Pourquoi diable voulait-il la protéger ?

— L'amour, mon bon ami ! Il est amoureux d'elle.
Je ne pus me retenir de rire :

— Là, Poirot, vous vous égarez. J'ai appris par
hasard que, bien loin d'en être amoureux, Lawrence
ne peut pas la souffrir.

— Et d'où tenez-vous cette certitude, mon bon
ami ?

— De Cynthia elle-même.

— La pauvre petite ! Et vous a-t-elle dit si elle souffrait de cette attitude ?

— Non. Elle m'a même assuré que c'était le dernier de ses soucis.

— Elle en éprouve donc une peine réelle, en déduisit Poirot. Elles sont toutes pareilles... Ah ! les femmes...

— Je suis très surpris de ce que vous me dites au sujet de Lawrence.

— Pourquoi ? Ça crevait les yeux. Chaque fois que miss Cynthia discutait ou plaisantait avec son frère, l'humeur de Mr Lawrence s'assombrissait notablement. Il s'était persuadé qu'elle était amoureuse de Mr John. Quand il est entré dans la chambre de sa belle-mère, il a aussitôt compris qu'elle avait été empoisonnée. Il en a conclu bien hâtivement que miss Cynthia n'était pas étrangère au drame et en a conçu un désespoir affreux. Il s'est souvenu que miss Cynthia était montée avec sa belle-mère dans cette chambre la veille au soir. Afin d'empêcher toute analyse, il a mis la tasse à café en miettes, sans doute en l'écrasant sous son talon. C'est aussi pourquoi il a soutenu à fond, contre toute vraisemblance, la thèse du « décès par causes naturelles ».

— Et ce message énigmatique concernant « la tasse manquante » ?

— J'étais pratiquement sûr qu'elle avait été cachée par Mrs Cavendish, mais il me fallait en avoir la certitude. Au départ, Mr Lawrence n'avait aucune idée de ce que signifiait ce message ; à la réflexion, toutefois, il a conclu qu'en trouvant cette tasse manquante il laverait de tout soupçon la dame de son cœur. Ce en quoi il avait tout à fait raison.

— Autre chose : quel sens donnez-vous aux ultimes paroles de Mrs Inglethorp ?

— Elle accusait son époux, bien entendu.

— Eh bien, Poirot, dis-je avec un soupir, je pense que vous avez expliqué tous les points qui me restaient encore obscurs. Je suis heureux que cette affaire se soit terminée aussi bien. Même John et Mary se sont réconciliés.

— Grâce à moi.

— Comment ça, grâce à vous ?

— Mon cher ami, ne voyez-vous pas que c'est uniquement l'épreuve du procès qui les a rapprochés ? Que John aime toujours son épouse, je n'en ai jamais douté, pas plus que je n'ai douté des sentiments qu'elle continuait à lui porter. Mais, avec le temps, ils s'étaient éloignés l'un de l'autre. Tout provenait d'un malentendu. Elle l'avait épousé sans amour, et il le savait. Mais, à sa façon, John est un homme sensible, et il refusait de s'imposer à elle. Or, à mesure qu'il s'éloignait d'elle, Mary sentait grandir son amour pour lui. Mais tous deux sont tellement orgueilleux que tout rapprochement était impossible. Lui s'égara dans une liaison avec Mrs Raikes, tandis qu'elle se mettait à fréquenter le Dr Bauerstein. Souvenez-vous, le jour de l'arrestation de John Cavendish, j'ai longuement hésité à prendre une lourde décision...

— Certes, et j'ai fort bien compris votre accablement.

— Pardonnez-moi, mon bon ami, mais j'ai bien peur que vous n'ayez rien compris du tout... Je me demandais s'il convenait que j'innocente John Cavendish d'entrée de jeu. J'avais tous les atouts en main pour le faire... mais il m'aurait été plus difficile ensuite de confondre les véritables coupables. Jusqu'au dernier moment, ceux-ci se sont complètement trompés sur ma position, ce qui explique en bonne partie ma réussite.

— Vous voulez dire que vous auriez pu éviter à John Cavendish l'épreuve d'un procès ?

— Oui, mon bon ami. Mais j'ai finalement décidé de privilégier le bonheur d'une femme. Seule la terrible épreuve qu'ils viennent de subir pouvait réunir ces deux âmes fières.

Je regardai mon ami avec ahurissement. Quel aplomb colossal chez ce petit homme ! Qui d'autre que lui eût laissé accuser un homme de meurtre dans le seul but de restaurer son bonheur conjugal ?

— Je lis dans vos pensées, mon bon ami ! dit-il

avec un sourire. Non, personne hormis Hercule Poirot n'aurait osé prendre un tel risque ! Mais vous avez tort de lui en faire grief : le bonheur d'une femme, et d'un homme, est le bien le plus précieux au monde.

A ces mots, je me remémorai les événements qui avaient précédé cette conversation. Livide, au dernier degré de l'épuisement, Mary Cavendish était étendue sur le canapé. Elle attendait quelque chose... Puis un coup de sonnette s'était fait entendre au rez-de-chaussée, et elle s'était levée d'un bond. Poirot avait ouvert la porte et son regard avait rencontré celui, implorant, de la jeune femme. Il avait alors hoché doucement la tête.

— Oui, madame, avait-il dit, je vous l'ai ramené.

Puis il s'était écarté pour laisser le passage à John et, tandis que nous nous éclipsions, j'avais surpris le feu qui brûlait dans les yeux de Mary Cavendish que son époux serrait dans ses bras.

— Peut-être avez-vous raison, Poirot, dis-je, radouci. C'est le bien le plus précieux au monde...

On frappa soudain à la porte, et la tête de Cynthia parut dans l'entrebâillement :

— Je... je voulais juste...

— Entrez donc, m'empressai-je de dire en me levant.

Elle entra mais ne fit pas mine de s'asseoir.

— Je venais simplement pour vous dire...

— Oui ?

Elle tortillait quelque chose dans ses mains.

— Vous êtes deux amours, voilà ! dit-elle enfin.

Sur quoi elle m'embrassa, embrassa Poirot et sortit de la pièce en courant.

— Qu'est-ce que diable cela peut bien signifier ? demandai-je, éberlué.

Recevoir un baiser de Cynthia était certes très agréable, mais cette démonstration publique avait quelque peu gâté mon plaisir.

— Cela signifie qu'elle vient de se rendre compte que Mr Lawrence ne la déteste pas autant qu'elle le pensait, répondit Poirot avec le plus grand sérieux.

— Mais...

— Justement, voici l'intéressé.

A ce moment, en effet, Lawrence passa devant la porte entrouverte.

— Eh bien, Mr Lawrence ! lança Poirot. Il semblerait que vous méritiez quelques félicitations, non ?

Lawrence rougit puis réussit à sourire d'un air penaud. En vérité, l'homme amoureux offre un spectacle bien ridicule ! Le trouble de Cynthia, en revanche, m'avait paru tout à fait touchant.

Je soupirai.

— Qu'avez-vous, mon bon ami ?

— Oh, rien ! dis-je, morose. Ces deux femmes sont exquises !

— Et ni l'une ni l'autre n'est pour vous, n'est-ce pas ? compléta Poirot. Mais quelle importance, mon bon ami ? Consolez-vous : bientôt, peut-être, une nouvelle enquête nous réunira. Et alors qui sait...

Achevé d'imprimer en septembre 2010, en France sur Presse Offset par
Maury-Imprimeur - 45330 Malesherbes
N° d'imprimeur : 158506
Dépôt légal : 10/10 - Édition 03